# 斂財小淘氣

2

風文創 548

涼月如眉 著

風文創 548

# 目錄

# 第二十一章

陸靖收到陸鹿親手繡的一雙鞋墊，看著針線很生澀，跟繡娘的完全無法比較，不過好歹是份心意。這麼多年，頭一回收到這個嫡女的針線活，陸靖頓時心中百感交集。

傍晚回內宅用晚膳時，看著一屋子兒女，陸靖不動聲色地對龐氏說：「明天知府夫人賞菊會，把鹿姐也帶上吧。」

龐氏一點也不意外，理所當然地回答。「好的。」

旁邊易姨娘略略感到詫異，而陸明容則好奇問：「爹爹，那大姊姊的禁足令解除了？」

「嗯。」

陸明妍歡喜似的笑說：「太好了！今兒鄧夫子和曾夫子還特意問起大姊姊呢～～」

陸慶最小，迷糊的問：「大姊姊的功課是不是很好？為什麼兩位女先生還特意問起？」

陸明妍但笑不語。好個鬼！不曉得落下多少了，也不曉得能不能趕上進度呢！

「聽說，大姊姊最近幾天一直在練字做功課。」陸序忽然插話道。「並沒有因為禁足落下學業。」

陸明容大驚。「聽誰說的？」

「二叔家的度哥哥。」陸序回。

陸靖聞言，眉尖緊了緊。陸度一直跟陸鹿有來往？倒不是懷疑別的，只是陸度是陸府目前最有出息、也最能獨當一面的少爺。他看重堂妹陸鹿，是因為前些日子的危機處理能力嗎？

竹園很快就得到解禁的消息，一片放心。

陸鹿看著滿是針扎的雙手，沮喪地說：「我白白嫩嫩的玉手呀，這得什麼時候才能恢復？」

衛嬤嬤好氣又好笑。「大姑娘，用一雙鞋墊換解禁，多划算，妳還有什麼不滿？」

「毀了我一雙嬌嫩的玉手……衛嬤嬤，我可是靠手為生的哦……呃，以前啦。」陸鹿吐吐舌頭，不小心就把真心話說出來了。

衛嬤嬤沒聽懂，只是遞上一盒抹手的油脂膏。「沒事，將養兩天就好。」

「姑娘，妳是怎麼想到這法子的？」春草一旁添茶，好奇問。

陸鹿吹吹額前劉海，得意挑眉。「自古以來，打親情牌是最穩妥最有效的法子。妳們想呀，我這幾天這麼老實乖巧縮在園子裡，安靜的當個小透明，這招叫以退為進打同情牌。然後呢，在最適當的時候遞上一雙飽含心血的親製鞋墊，禮輕親情重，再加上我也沒什麼大錯，自然老爺就會心軟嘍。」

「姑娘好聰明哦！」雖說幾個詞不大懂，但不妨礙夏紋拍馬屁鼓掌。

「嗯，我也覺得我冰雪聰明、秀外慧中、無與倫比……」

屋裡的人一齊齊漠然淡定的轉身，各做各的事。這種自吹自擂，她們已漸漸習慣。

「小青，去催繡房，新衣服做好沒有？」陸鹿抹塗油脂膏後，舞著雙手催。

小青在門邊笑應道：「春草姐已著小秋姊姊催去了。姑娘放心吧。」

「夏紋，明兒個給我把髮型梳好看點。」

夏紋嘴角抽抽，矮身問：「姑娘不是早拿主意，梳雙鬟嗎？」

「雙鬟太小家子氣……梳個飛天髻好了。」陸鹿仰頭四十度角，在美美幻想。第一次亮相出場怎麼能平平淡淡呢？這樣怎麼成為眾人焦點？哼，她可是自帶主角光環的穿越女，呃……或是魂穿重生女？

新趕製的衣裳送來，陸鹿就迫不及待的試穿上了。

粉色雞心領羅紋衫，外加一件淺白小襖，繡淡墨修竹，暗含著她竹園的特色，也顯得清新別緻。百褶裙是銀紅高腰的，裙上繡幾片竹葉，腰帶是淺青色，整體顏色雖多，但並不豔俗，給人嬌俏清麗的味道。

陸鹿扭來扭去，很滿意這效果。

益城官紳小姐圈望穿秋水的賞菊會隆重拉開帷幕。巳時一刻，陸府門前很是熱鬧，龐氏和石氏各乘一輛馬車，陸鹿、陸明容、明妍和明姝四姊妹同坐一輛最大的馬車，後頭是丫頭婆子及攜帶零碎雜物的馬車，整整堵了半條街。

隨身丫頭婆子都是難得出門一趟，又趕上天氣明媚，風輕雲淡，個個心情好，嘰嘰喳喳說笑不停。前頭兩位太太的馬車都走了一陣，後頭還在磨磨蹭蹭，你推我擠的好不歡樂。周大福家的婆娘讓粗僕去喝斥了兩回，才漸漸安靜，一行人慢悠悠向著菊園去。

益城程家的菊花種得最好，品種最多，被選為上貢。雖然最好的花都送往皇宮，但他們也並不藏私，而是按品階向所有人發售。程家會做生意，也有手段，便出資在益城修建了一座菊園。

菊園占地面積廣闊，規劃又十分精細，處處可見獨具匠心，最特別的是一步一景都與菊花有關，除了高大的樹之外，就只有菊花，是名副其實的菊園。

每年入秋，菊園對外開放，供益城達官富紳們宴客聚會之用。知府常夫人早就預定下這次的賞菊大會，是以，今天除了常夫人邀請的客人，閒雜人等一概都不許放進。

菊園挨著北湖，一片花香鳥語。陸鹿上世的記憶還在，可再次來到菊園還是讚嘆不已。還未入園，便先聞到空中瀰漫的菊香，淡雅不濃烈，有提神之效。

陸府也算益城名家，由專人引導著這一眾太太姑娘們向裡去。每行一步，陸鹿就嘖嘖稱奇。「漂亮！」迴廊樓閣水榭，處處精妙，外加各式各樣、五顏六色的菊花，擺放得也錯落有致，頗費了番心思。

「明姝，妳看那株菊，白得真好看！」陸鹿暗暗扯著陸明姝，喜氣洋洋指給她看。

陸明姝拿帕子掩著嘴，小聲提醒。「姊姊，別這樣，倒像沒見過菊花似的。」

「我是沒見過這麼好看的嘛。」陸鹿東張西望，一步一景，一步一嘆。

陸明容噗哧輕笑。「大姊姊今日可大飽眼福了！」

雖然聽出她的奚落，陸鹿卻只翻她一個白眼，仍是左顧右盼。「咦？那邊水閣都是些什麼人？」

陸明姝側頭看一眼，眼眸一亮，低低道：「是西寧侯府的小姐們。」

「咦喲，她們真的跑來了？」陸鹿撇撇嘴，這幫貴女們真閒。

菊園雖以賞花為主，但也修建了兩處極大的前堂後庭。前堂被松樹之類的阻隔，一些公子哥兒們送母親、妹妹們過來，便暫時歇腳此處。後庭則是太太、小姐們聚集區。

龐氏和石氏入內時，階下有穿著極體面的丫頭挑起簾帷，笑稟：「陸府兩位太太到！」裡頭有人笑說：「快請。」

一語未了，便有富紳太太迎出來，與龐氏、石氏招呼。「妳們來了！快請，就等妳們妯娌兩個了。」

龐氏笑道：「不敢勞駕。」

入了內室，一屋子珠光寶氣的夫人、太太們都笑著圍在一個渾身貴氣的婦人身邊。龐氏認得，這不是今次代表西寧侯府來的顧夫人嗎？雖說段家二房未襲爵，但吏部尚書的夫人，那也是正宗的誥命夫人！

知府常夫人貴為東道主，自然引見益城富紳陸府的家屬給顧夫人認識。龐氏和石氏恭敬規矩的見禮後，便是陸鹿和妹妹們一起給各位夫人、太太們見禮。

陸鹿首次亮相，自然引得諸婦人多看幾眼。見她舉止從容，神色平靜，氣度不卑不亢，眼眸清澈明亮，雖有些小家碧玉，大致還過得去，不像是鄉莊養大的。

一一見過諸夫人後，知府常夫人便著下人帶著姑娘們出去隨意遊玩。

陸明容有些失望，她還想在眾位夫人、太太面前表現一番的，誰知倒讓陸鹿小露了一下臉，還沒等她上前湊趣，就讓人打發出來。

陸明姸和陸明姝倒是格外歡喜，陸明姸才九歲，玩心猶在，很開心能夠自由到處玩耍。陸明姝則是急急地想去見夏天時曾有過一面緣的段府小姐們，聽聽段勉的消息也是不錯。

「姊姊，快走呀。」陸明姝一臉興奮與期待，步子邁得比平時要大，眼角餘光看到磨磨蹭蹭的陸鹿，回頭招呼。

陸鹿明顯意興闌珊，擺手說：「妳們去吧。我去別邊逛逛，回頭再找妳們。」

「大姊姊，妳不去結交一下段府小姐們嗎？」陸明姸狀似天真問。

「不去。」陸鹿神色平淡，顯然對認識達官貴人的小姐們不感興趣。

陸明姝可惜道：「姊姊，還是一起去吧？那邊水閣，不但有段府小姐們，還有益城別的姑娘們，正好一起認識一下。」

「我一會兒再過去找妳們。」陸鹿擺擺手，便帶著春草、夏紋轉向長廊另一側去了。

陸明姝大惑不解，疑問。「大姊姊這是怎麼啦？」

陸明容輕笑道：「怕露怯唄！算了，由她去。長這麼大沒見過這麼漂亮的園子，就讓她一個人好好飽飽眼福去吧。」

「二姊說得在理。大姊姊定是聽說段家的威名，不敢去見客吧？」陸明姸也掩齒竊笑。

陸明姝卻搖頭。「不像，大姊姊不像這麼懦弱膽小之輩。」

陸明容兩姊妹對視一眼，從彼此眼中看到明悟。嗯，的確不像！陸鹿還叫懦弱膽小，那她們的膽色算什麼？

段府？能避則避！上一世被坑得還不夠嗎？重活一世還要覥著臉上趕著湊？她可不犯賤，絕不重蹈覆轍！

好在，菊園夠大，處處皆景，菊香滿園。

「唉！無聊！」陸鹿逛了一會兒，站在一處斜坡上，望著不遠由北湖引進園中的一座內湖發呆。

春草和夏紋左右看看，確定無人，才笑嘻嘻道：「姑娘難道不喜歡這滿園菊花？奴婢瞧著真真好看。」

「喜歡呀。可是，花品單一，視覺疲勞，看久了也無趣。」陸鹿順手扯起一根在坡上搖搖晃晃的狗尾巴草，絞在手指間。

「什麼叫視覺疲勞？」春草歪頭，虛心好問。

陸鹿撫額嘆氣。高處不勝寒啊！單獨在這破古代沒有知己真是人生寂寞如雪。這樣簡單的詞都要她注解，獨醒真的好痛苦！

「這麼說吧，春草，妳瞧坡底下那叢白菊花好看吧？」看到春草猛點頭，陸鹿接下句。

「那我讓妳瞧兩個時辰、三個時辰試試，妳還會覺得美嗎？」

「啊，姑娘，光瞧著這叢？」

「是呀。別的不許瞧，就盯著這叢妳認為好看的使勁瞧……」

春草面露苦色。「會很無趣吧？」

「就是呀。再美的景物，看多了、看久了，慢慢就會失去興趣，甚至厭煩，麻木不仁，沒有當初那一眼的驚豔，所以叫視覺疲勞，因為乏味嘛。」

「哎呀，姑娘，我明白了。」夏紋抬手，舉一反三問。「是不是如果天天讓我光吃紅燒肉，頓頓紅燒肉，吃著吃著也會吃到吐呀？」

「意思對了。不過，夏紋，妳確定妳會吃到吐？」陸鹿嘻笑著擰擰夏紋的臉，說：「妳不會吐光了再吃？」

「才不會呢。」夏紋扭捏道：「自從跟著姑娘回城，天天有肉吃，還沒到吃到吐的地步，可是有時也好想換換口味呢，總吃一樣菜，快沒食慾了。」

春草撇嘴笑她。「妳每天吃兩大碗飯，還叫沒食慾？姑娘別信她的。」

夏紋惱羞成怒，追著春草就打，逗得陸鹿摀嘴格格笑了。

幾個人正嬉鬧著，忽然「汪汪」兩聲，邊上衝出一條白色的狗，向著打鬧的春草和夏紋齜牙亂叫。

「啊！」兩個丫頭嚇白了臉，齊齊尖叫，誰知她們越尖叫，那隻白狗越叫越厲害，存心似的。

陸鹿拾起一小截掉落的樹杈，朝兩丫頭說：「千萬別跑，越跑這死狗追越緊。」

「姑、姑娘，妳別過來，快、快躲起來。」春草結結巴巴，還不忘提醒她。

陸鹿揮舞著手中樹杈傲然道：「怕啥，我有武器。」

白狗很通靈性似的，對她罵「死狗」很不滿，幽怨的看陸鹿一眼，齜著牙喘著粗氣逼近過來。

陸鹿稍稍打量一眼就看出這隻狗不同尋常，怕是哪家小姐帶來的寵物狗。外形像京巴，一身毛茸茸全是白色，沒有雜毛，梳理得也很整齊乾淨，眼神卻不老實，凶巴巴的，看著頗有些仗勢欺人的意味。

「汪汪汪！」牠繼續對著陸鹿狂吠。哼，嚇死妳！就跟以前那些小丫頭們一樣，個個都嚇得花容失色最好玩了。

誰知，陸鹿不但不懼，反而踏前一步，揚起手中樹杈兜頭噼哩啪啦揍牠。

「嗷嗚～～」白狗尖利的痛心一叫，夾起尾巴灰溜溜逃離。踢到鐵板了，找主人告狀去，嗚嗚嗚……

「痛打落水，不對，痛打欺軟怕硬狗。」陸鹿反正閒得無聊，舞著樹杈大呼小叫的追上去，還指著嚷。「站住，哪裡跑！」

一隻白狗在前逃竄，一白襖少女張牙舞爪在後追，場景引起附近其他賞花人士的駐足圍觀。春草和夏紋兩個都看呆了。咋回事？姑娘就這麼追著一條狗跑了？哎呀，這可不是鄉莊。今日來賞菊的都是有頭有臉的太太、小姐，不能丟臉啊！

「姑娘，不要追了！」春草提裙急急喊。

「姑娘，小心摔跤。」夏紋也反應過來。

白狗撒腿跑得很快，繞過一座花壇後又竄向一座假山，回頭一看。喲，那小丫頭還追上來了。於是，牠又向陸鹿齜牙凶巴巴「汪汪汪！」狂吠，極顯霸氣。

陸鹿捋捋袖子，比牠更凶的步步逼近，嘴角彎翹，笑得奸詐。「秋天吃狗肉火鍋最是滋補，看你肥肥嫩嫩的，剝皮放血，撒點辣椒香菜冬筍什麼，美味無窮！嘖嘖……」說完，還意猶未盡的伸出舌頭舔一下唇。

白狗都嚇呆了！臥槽！這哪裡來的吃貨野丫頭，不但追打牠，還打算活捉吃了牠！嗚嗚……主人救命！白狗灰頭土臉的落敗，繞過古意森森又高壯的假山，嗚嗚的哭泣起來。

陸鹿眉毛一聳，跟她比凶？小傢伙，還嫩點。哎，不對？她堂堂正正的富家小姐幹麼跟一隻畜牲爭輸贏呢？贏了好像也不值得高興吧？好吧，今天就放你一馬！

陸鹿玩得差不多了，好心腸的準備收工。她剛要扔掉樹杈，假山另一面忽然轉出數人，目光複雜又明晃晃的射向她。

「汪汪汪……」白狗委屈地又叫起來，不過聲調明顯低軟很多。

陸鹿抬眸一看，差點一個趔趄站不穩。

當中最顯眼的那個人，不是段勉又是誰？怎麼這傢伙老陰魂不散的，走哪兒都碰得上？他不是回京了嗎？怎麼還留在益城？並且，那神色之冰冷、那眸光之不明，害得她超級想跑路——碰上他準沒好事！

「咦？程姑娘，是妳呀？」站在陰沈段勉旁邊的另一位翩翩佳公子勾唇，衝發愣的陸鹿一笑。

「你是……哦？公子，是你呀！」陸鹿認出那位笑臉迎人的公子正是前幾天送她回城的玉面公子，也回他一笑。

「程姑娘，妳這是……」玉面公子打量她兩眼，今天穿戴一新，顯得人清麗又俏皮。

「哦，我……」陸鹿眼角掃到段勉冷著臉，也順勢裝作不認識他，福福身岔開玉面公子的問題，淺笑。「見過各位公子。不好意思衝撞各位。」

「汪汪！」白狗不耐煩了，主人怎麼不責罵她呢？

陸鹿掃一眼被玉面公子抱在臂彎的白狗，裝作才第一次見到的樣子討好著笑。「哎呀，這隻狗狗好可愛喲。」

此言一出，所有人都呆滯了下，就連白狗也愣住了。這個兩面三刀的女人，還真是厚臉皮！

玉面公子輕輕撫撫白狗，溫和笑。「嗯，牠叫小白，是我妹妹養的寵物。」

「名字真好聽又好記呢！」陸鹿發出單純的恭維，又一次成功的噁心到大夥兒了。

除了段勉嘴角微微抽了抽，其他人都很無語的看著表情淡定的陸鹿，其中一個看穿戴也是個富家子，長得虎頭虎腦的，說道：「這位姑娘，別裝了，我們都聽見了，妳才說要把小白剝皮放血做成狗肉火鍋吃了。」

「啊！」陸鹿原地小跳，臉色怪異的發出驚叫。

聽、到、了？方才她威脅嚇唬這隻白狗的話讓這一行人聽到了？他們就在假山後？難怪這隻被她追的喪家狗會忽然扭頭繼續挑釁她，牠是聞到主人漸近的氣息和聽到腳步聲了吧？真是條有心計的白毛狗，鄙視之！

陸鹿臉上的表情很豐富，層層變幻，煞是有趣。

玉面公子和氣地擺手解圍。「我相信程姑娘是在跟小白開玩笑的。」

「呵呵。」大夥都掩嘴而樂。

陸鹿用悲憤又羞惱的眼光瞪向眾人，尤其多瞪了兩眼段勉，然後跺足，咬牙切齒道：「各位公子爺，你們慢慢樂！告辭！」扭頭，腳不沾地的一路狂奔。

白狗不甘心就這麼放過欺牠嚇牠的小丫頭，「嗖」的掙出玉面公子的臂彎就要狗仗人勢的追上去。

「小白，回來。」玉面公子冷靜的喚。

白狗極為委屈，可憐巴巴的垂頭低聲嗚咽。長這麼大，從來都是牠欺負人，還沒人敢欺負牠，這是頭一遭。為什麼明明公子都聽到那野丫頭的惡言惡語了，還不給牠報仇呢？

玉面公子彎腰抱起牠，一手撫摸牠的炸毛，一面向段勉為首的貴公子們解釋說：「小丫頭童言無忌。」

「哎，常兄，你認識她？誰家丫頭呀？」

「據我所知，是陸府的。」

「陸府？哦，就是益城第一富紳的陸府？難怪下人這麼沒規矩。」有官家少爺嗤笑。

段勉看對方一眼，淡淡道：「在下倒覺得天真未泯，質樸純真。」

「呃？」

這些公子哥之中，就數段勉來頭最大、身分最高，不說他是西寧侯世子，脫去這層關係也是個掙得軍功的參將？他既下定語，很快就將其他人要批評陸鹿言行舉止的嘴給堵住了。

玉面公子溫和的笑看向段勉。「世子爺說得對。這位程姑娘雖行為粗放些，卻難得自然天真不造作，沒想到陸府還有這麼有趣的小丫頭。」

段勉沒頭沒腦地問一句。「她知道你的身分嗎？」

玉面公子微微一怔，微笑搖頭。「想必不知。」

段勉了然點頭。他一個堂堂西寧侯府世子都被野丫頭呼來喝去的罵，他一個小小知府公子想必也入不得她的眼。身分未明，所以，她才這麼熱絡客氣吧？

只不過，他有一點不解。這位常公子衣著不俗，程竹這愛財女就不打算敲詐一番？她不是不放過任何詐錢的機會嗎？

段勉太不瞭解陸鹿了。她是愛財，可是也分目標和場合的好吧？首先，這位玉面公子幫她入城不被宵小盯上，感激來不及，怎麼會想到去敲詐？

其次，那麼多人護擁之下，大街上，也沒理由敲詐呀？就算學老太太碰瓷也得挑人少時候下手吧？

再次，她只看到對方鮮衣怒馬、左擁右護的，來頭必定不小，卻不知道他姓甚名誰，膽子再大，也得擦亮眼睛不是？萬一惹到不該惹的人呢？至於為什麼敢惹段勉呢？因為段勉欠她的！前世欠，這輩子還欠！利滾利，敲他多少都理直氣壯。

此刻的陸鹿氣不壯，卻很飽。太丟臉了！還是讓隻白狗給耍了！虧她還硬著頭皮忍著假笑恭維了白狗兩句誇獎話，沒想到搬起石頭砸自己腳了，生生讓那幫不知打哪冒出來的公子哥兒看笑話了！咦？對哦，這是菊園後廊，為什麼會進來這些公子哥？不是男女有別嗎？

春草和夏紋小碎步的緊跟在陸鹿身後，聽她嘴裡嘰嘰咕咕的碎碎唸。忽然，她站住，舉目四望，有其他花樣女子三三兩兩邀朋結伴的好像朝同一個方向湧去。

「春草，去問問。」

春草應一聲，忙去拉著一個看起來是園主人專門留在四處招呼客人的丫頭，很快，就跑回來稟報。「姑娘，前頭閣子裡太太們召來一班西域舞伶，好些小姐們都去看新奇了。」

「西域舞伶？」陸鹿化窘為喜，她也想去看新鮮。

偌大的菊園，彎彎繞繞的花徑滿多的，饒是陸鹿認路快，也費了點時間。等她趕到暖閣時，已經裡三層外三層的圍滿了僕婦丫頭們。

這間暖閣跟夫人們方才待的後堂相鄰。夫人、太太們已經各就各位的坐好，而小姐、姑娘們，也大多湊過來，依著各自的母親準備一飽眼福，更令她們沒想到的是，赫赫有名的段世子竟然也冷著臉湊在女人堆中，打算賞舞呢。

閣外雖圍擠不少人，卻不見高聲喧譁，只有低低竊語，而閣內則胡琴悠揚，大戲要拉開帷幕了。

「讓開，讓開。」春草和夏紋幫忙在前面開路，陸鹿袖著手晃進閣內。

來得巧不如來得早！陸鹿忽然發現自己成全場焦點了。原本裝扮好的西域舞者敲著音樂節奏就要展肢飛上場了，沒想到屏風後施施然轉出個少女，沒事人似的袖著手。

呃？陸鹿有種走錯門的窘迫。上座的固然是顧氏和知府常夫人居中，可她沒想到段勉這個號稱有厭女症的傢伙，還有那幫公子哥兒竟然也佔據著左邊，饒有興趣的等著看胡舞。

右邊一溜各色高矮胖瘦的太太們，她們身後遮擋著薄薄的細紗，阻隔開未出閣小姐、姑娘們的視線。

陸鹿很快就發現，那層細紗其實只能遮擋外界的視線，對裡頭姑娘們是沒影響的——當她還在發愣是不是要及時退出去時，就聽到陸明姝嬌聲呼。「大姊姊，這邊來。」

龐氏的位置很靠前，她雖不是官太太，可卻是富太太中的頭一人呀。看一眼扯著嘴角的陸鹿，她臉色淡淡輕聲說：「還不快入座。」

「哦。」陸鹿舉起袖子半掩面，快步轉入右邊薄紗後。果然，陸家小姐們的座位旁給她留了一個位置。

# 第二十二章

安靜坐好，陸鹿表情淡定，段勉卻瞬間睜圓眼。

什麼什麼？這野丫頭，為什麼能神色自若的進入暖閣？這地方哪裡是她該來的？就算是陸府大小姐貼身一等大丫頭，也不可能大搖大擺從容淡定的從正門進來吧？

更蹊蹺的是細簾那邊有人叫她什麼？大姊姊？她就這麼自然的轉入小姐們才能安坐的位置去，那她是……

段勉越想越氣。他堂堂段世子、段參將，從來都是他欺人，如今倒好，讓一個黃毛丫頭耍得團團轉而不自知。更氣人的是，他竟然完全信了！他引以為傲的警覺性呢？他縝密的推理判斷力呢？這個可惡的野丫頭！

「汪汪汪！」狗叫聲很突兀，鬧得那班西域舞者快崩潰了。還讓不讓人好好跳舞了？

「小白，閉嘴！」最前頭靠邊衣著淺綠的少女羞惱的拍了下懷中寵物狗的頭，歉意道：「不好意思，我家小白不習慣這種人多的場合。小玉。」

「在，三小姐。」側帷一端轉出個清秀丫頭。

綠衣少女將懷中小白遞過去，慍怒道：「帶牠出去，別擾了大家賞舞。」

「是。」小玉把小白抱出側門，小白還不甘心，撲叫著對陸鹿瞪眼。

陸鹿坐在第三排，瞄一眼，正好跟小白眼神對上。後者相當不忿：主人是不是不寵牠了？為什麼不能衝著這個欺牠、罵牠的女人齜牙？

坐在最前排、懷裡抱著小白狗，想必那綠衣女子不是段府的小姐，而是知府的小姐？咦？這麼一推斷下來，玉面公子難道是知府公子常克文？上一世，陸鹿曾遠遠見過一面，早就音容模糊了，沒想到原來那麼帥氣。

叮叮咚咚的舞樂開始了，大家也都把注意力轉到細紗前。陸鹿伸長脖子一看，細紗確實阻隔得不是很明顯，至少舞女們的身姿還是一清二楚的。

「哎呀，怎麼穿這麼少？」旁邊陸明姝羞紅了臉。

陸明妍低聲。「三姊姊，聽說西域那邊的女人一向都穿著暴露，這是她們的風俗呢。」

「可也太露了吧？肚臍眼都露了出來。」陸明姝不大敢看。

其他小姐、姑娘們也在竊竊私語，不過，目標不是暴露的舞女。

「哎呀，那個就是段世子嗎？長得真俊！」

「是呀是呀！原以為常公子就已經很俊了，沒想到段世子更好看！」

「對了，不是說段世子最喜紅色嗎？常年著紅裝，怎麼今天是一藏青色大氅呢？」

「我也聽說了。所以今天還特意換了件紅色小襖呢！誰知……」

「我也是，昨兒聽說段世子會來賞菊會，巴巴跟姊姊換了新做的紅裳，沒想到……」

「妳們看，段世子好像在看著這邊呢？」

「會不會是在看我？」

「切！妳想多了。」

這沒法好好看胡女舞了！陸鹿無奈聽著第二排的官小姐們興奮的撩頭髮，期望對面段世子能雙目如炬，隔著薄紗望見自己，而坐在她後排的人也不甘示弱，甚至有大膽的還站起來，伸長脖子張望。

「喂，妳擋著我呀！」

「要不妳也站起來好了，不是最前排誰看得見呀？」

於是，後面幾排的都站起來觀賞胡女舞了——其實大多都在透過薄紗好好打量段勉呢！

最前排的顧瑤對此議論不屑一顧，帶著鄙夷之色對身邊的段晚蘿小聲說：「這益城小姐們可真是比不得我們京城貴女有教養，妳聽聽，這都什麼亂七八糟的？」

段晚蘿是段勉的嫡親妹妹，聞言只笑笑，扯扯她。「安靜賞舞吧，理那麼多做什麼？」

說別人沒教養，難道顧瑤教養好？還不是眼巴巴的想黏著段勉，也不過在做徒勞功。

顧瑤轉身想尋求段晚凝的支持，後者卻在專注的賞舞，沒空理會，只好扭頭向這幫益城閨秀們狠狠的「哼」了聲。因為她的身分，坐後排的小姐、姑娘們就算看明白她眼裡的輕視，也只能忍氣吞聲，不敢出聲抗議，可陸鹿倒是認出她來。

顧瑤，顧氏的娘家姪女，想嫁段勉快想瘋了。

前一世，陸鹿一直身處冷園混吃等死，被人遺忘，只有這位表小姐不知吃錯什麼藥，三天兩頭的上門挑釁羞辱；後來，陸鹿才知她的心思，原來她是恨自己嫁給了段勉。

在陸鹿被丟在冷園的日子，這位表小姐使出渾身解數，也無法如願嫁給段勉，後來聽說，顧家人也由不得她胡鬧，硬是另結了門親把她嫁掉了。

見她模樣還是一如前世那麼嬌美，神態也同樣囂張傲慢，陸鹿眼神一冷——憋了一世的氣，總算要吐一口了。

看到顧瑤如此大剌剌的鄙視益城諸女，她探身笑問：「段小姐是不是感冒了？鼻子好像堵了鼻涕一樣？」

「妳、妳說什麼？」顧瑤萬萬沒想到自己態度這麼明顯，還有人敢當面湊上來討罵。

「妳方才那聲『哼』一定是鼻子塞了吧？不然賞舞好好的，妳哼個什麼勁呢？」陸鹿笑咪咪解釋。

其他益城小姐們本來也很不忿顧瑤的舉動，見陸鹿出面打抱不平，個個都面露喜色。有幾個還頻頻點頭，小聲笑說：「就是呀，這位段小姐若是著涼感冒了，早點請大夫瞧瞧吧。可別延誤了。」

「段小姐身子嬌貴，可不要大意哦。」

「哎，她好像不姓段哦。」

「呀，那這位是……」

顧瑤目光冷冷掃過眾女，尤其剜著陸鹿。「我姓顧，不勞操心。我身體好著呢。」

「哦～～顧小姐。」陸鹿恍然，又不解地問道：「不知這位顧小姐搭著西寧侯的架子坐在第一排觀舞，還有什麼不滿的？」

「妳胡說什麼？我哪有不滿了。」

「那妳既不是感冒鼻塞了，也沒有任何不滿，請問妳衝著我們後排人『哼』是什麼意思？瞧不起人嗎？」陸鹿說話可不留一半，而是直接挑明。

「我沒別的意思，妳愛怎麼想怎麼想。」顧瑤只愣了一會兒，就高傲的抬抬下巴示威。

陸鹿撚起几案上的點心放入口中，皮笑肉不笑道：「我的想法就是，顧小姐仗著是京城來的，瞧不起益城在座的諸位小姐們。」

顧瑤冷笑地白她一眼，似乎在說：那又怎樣？能奈我何？

「妳的眼神在說，就瞧不起了又怎樣？能奈我何？對不對？」陸鹿嘴角含著一絲譏笑，不客氣的指出。果然顧瑤神色劇變，就連一直裝著賞舞，卻豎起耳朵細聽的段家小姐們個個都怔了怔。

「不過是侯府的親戚，沾著光蹭著好處，有什麼好得意的？鼻孔朝天還敢哼我們益城貨真價實的小姐、姑娘們？原樣奉送妳幾枚大大的白眼。」陸鹿帶頭翻她一個白眼。後排有兩個姑娘擊掌笑。「說得好。」

「妳竟敢這麼說我？妳到底是誰？」顧瑤臉色發白，怒了。

陸鹿袖起手站起來，不冷不熱問：「我就敢。怎麼，有膽子妳現在就去找妳姑媽告狀去呀。不去是小狗！」

「我？」顧瑤氣得差點要撲過來抓她了。

「表姊，使不得。」段晚蘿急忙攔下她。

常小姐身為東道主，見事態由鬥嘴上升到動手，忙起身喝止陸鹿。「妳少說兩句！」接著轉向顧瑤陪笑。「她不懂事，顧小姐別跟她一般見識。」又扭頭命令。「陸大姑娘，給顧小姐賠禮認錯。」

顧瑤冷笑。「哦，原來是陸府大小姐呀！」

陸鹿挑眉笑。「是呀。閨名一個字，鹿。全名陸鹿。顧小姐可記清了，要撒潑報復可別找錯對象了，不然，會顯得很蠢哦！」

「妳、妳說什麼？」

「哎呀呀，未老先衰呀？這麼近，妳都聽不清我說什麼，可要去請大夫測測耳力了。」陸鹿幸災樂禍地嘲笑。

常小姐臉色完全冷下來，厲聲。「陸大姑娘！妳別說了。」

「還有最後一句。」陸鹿完全無視常小姐的臉色，衝顧瑤笑咪咪提醒。「快去告狀啊！說妳被人譏笑了。」

「妳這個野丫頭！」顧瑤完全明白了，這位就是才從鄉莊回來的陸府大小姐，還曾引起過段勉的注意，原來竟是這樣一位粗野沒教養的野丫頭呀。

「不好意思擾了各位觀舞的雅興。」陸鹿盈盈一福身，笑。「妳們慢慢賞，我先告退。」說完後，便從側門出了暖閣。

陸明容三個面面相覷。大姊又哪根筋抽了？好端端的去得罪什麼西寧侯府的貴小姐？也太不給常府面子了吧？

「呃？顧小姐，各位段小姐，對不起對不起。我大姊才從鄉莊回城，禮儀不周請擔待。」陸明容得了這個空攬了過錯，代陸鹿道歉。

「妳是？」顧瑤正巴不得要找個臺階下呢，這時候去告狀太不現實了。

「這位是陸二姑娘吧？」段晚蘿認得，夏天時見過。

「是，段小姐。」

顧瑤撇嘴。「妳真要代妳那不知禮數的姊姊道歉？不夠有誠意呀？」

「那，顧小姐的意思是……」陸明容垂眼小心試問。

顧瑤眼珠轉轉，拍拍旁邊椅子笑。「過來坐。」

「哎？」陸明容受寵若驚。

段晚蘿低頭勸。「瑤表姊，算了。」

「怎麼可能就這麼算了？」顧瑤咬牙切齒。

常小姐很無奈。顧小姐是段府表小姐，惹不起；可陸府也是益城首富，自家母親辦這一場賞菊會，財力方面可是由陸府大力支持，也不能將關係鬧僵。有陸明容主動出頭緩頰，再好也不過了，至於她們之間有什麼勾當，也不足為怪，不過是小姑娘們的那些小伎倆而已。

後排其中一個穿緋色外衣的女子看了一眼諂媚的陸明容，悄無聲息的也從側門閃出閣子。

陸鹿晃出閣子，站在廊下眺望，春草和夏紋見了，尋了過來。「姑娘，好好的怎麼出閣子了？奴婢聽那曲子真新奇有趣。」

「太吵了。」陸鹿袖起手道：「找個清靜的地方打個盹去。」

招手喚來廊下聽使喚的丫頭，問明清靜去處後，她們就轉出遊廊再出短牆，沿著碎石路來到一座水榭。水榭佈置得整潔大方，一應俱全，就是給姑娘們歇覺用的。

按陸鹿前一世的經驗，舞畢半個時辰，常夫人便會宴請眾位夫人、小姐們午膳，午後才會正式進園賞菊遊玩。

程家這會兒也在把握時間佈置後園最精美的冬秀苑，所有最名貴的菊品都將會在那裡展出，供貴人們觀賞，要是看上了，會直接派人送到府上。

剛躺下沒多久，就聽到春草進來，小聲報：「姑娘，程二姑娘來了。」

「程二姑娘？是……菊花程的二小姐？」

「是。」

「快請。」陸鹿其實聽過她的名字，不過上一世無緣得見，沒想到這一世她竟然主動親近？對鏡抿抿頭髮，陸鹿還沒收拾好，就看到春草打起暖簾，進來一位身量中等、皮膚略黑、眉眼平和的女子，看年紀也不大，十六、七的樣子，卻顯得老成端正。

「見過陸大小姐。」程家是養花的，雖富有，卻沒什麼勢力地位，陸府雖也是富商，可到底家裡有幾位秀才公子，多少比單純的富農強一點點。

「程姊姊客氣了。」陸鹿忙還她一禮，抬眼朝她笑笑。

程二小姐神色更是緩和，笑道：「我單名一個宜，聽聞妹妹單名一個鹿字，果然人如其名，靈動俏皮如小鹿。」

「呃……姊姊過獎了。」陸鹿抹虛汗。她這名就是隨意取的，也不過是從廣字旁中挑了一個而已。

兩人落坐後，程宜親切問：「可去菊園瞧過了？」

「去了。看得眼花繚亂，美不勝收。」陸鹿破天荒還引用了成語。

「謝謝。」程宜對自家的菊花品種還是有信心的，聞言只笑笑，又說：「可惜最近太忙，雖聽聞陸府大小姐回城，卻一直抽不出時間拜訪。若早知陸家妹妹如此可人，該早點登門才是。」

陸鹿哂笑，心忖：妳還是別來的好，免得破壞妳心目中的美好形象。

「我也聽說咱們益城菊花大齊國第一，皆出自貴府，可謂與有榮焉。」陸鹿拽文誇讚。

程宜笑了。「妹妹過獎。」兩人寒暄試探著，不敢一下靠太近，又因為各懷心思不想離太遠，所以扯了一些沒營養的客套話，但聊得還算愉快。

大約半刻鐘後，程宜的丫頭提醒。「二姑娘，時辰快到了，太太那頭還等著呢。」

「就來。」程宜斂起笑臉，向陸鹿嘆氣。「我跟陸妹妹一見如故，頗為投緣，真想這麼繼續聊下去。」

「我也是呀。」陸鹿天真歪頭笑。

程宜苦笑下道：「只不過，午後才是賞菊會重頭戲，我雖然幫不上家裡什麼忙，卻也不得不跟著長輩們學。只好先告辭了。」

「程姊姊自去忙吧。改日有空，再敘不遲。」人家有正經事忙，陸鹿當然也不好留客，此時只見程宜輕笑一聲，遲疑片刻，左右看看。

「春草、夏紋，妳們先出去。」陸鹿算瞧出來，她有些要緊話說。

屏退丫頭，屋裡只有兩人，程宜便悄聲提醒。「陸妹妹可要小心了。」

「怎麼了？」陸鹿微驚。

程宜便將她離開座位出閣後，陸明容與顧瑤的對話一一說給她聽，最後輕嘆說：「並非我多管閒事，挑撥妳們姊妹之情，只是怕陸妹妹吃虧。這顧小姐是京城顧家嫡女，讓妳擠對去，只怕不會嚥下這口悶氣。」

陸鹿整容起身，認真施禮，抬眸正色道：「多謝程姊姊告知，陸鹿感激不盡！」

「妳畢竟是為我們益城出席這次賞菊會的閨閣女子出頭，於情於理於公於私，我都不能坐視不管。」程宜大義凜然，一臉正氣，眼眸出奇的清亮。

陸鹿微微抿唇笑，心情卻變得極好。這個正氣滿滿、是非觀分明的朋友她交定了！來這個世界這麼久了，交個志同道合的閨中蜜友似乎也不錯，省得做什麼事都沒人商量，一直單打獨鬥也挺辛苦的。

送走程宜，陸鹿繼續歪在榻上打盹。稍歇片刻，便聽夏紋挑簾子。「二姑娘來了。」

陸明容臉色如常地進來，看到陸鹿一動不動，撇撇嘴問春草。「大姊姊還沒醒？」

「醒了，有事嗎？」陸鹿慢騰騰直起身，眼神淡漠。

陸明容看她一眼，走上前憂心忡忡說：「大姊姊，可是為方才的事發愁？」

「方才什麼事？」陸鹿裝傻反問。

陸明容坐在她旁邊，拉著她語重心長地勸。「姊姊放心，我替妳瞧清楚了，那顧家小姐並沒有向顧夫人告小狀。」

「噢？然後呢？」陸鹿抽回手，似笑非笑望著她。

「暖閣舞曲已散，姊姊也不用躲在這裡歇午覺了。我知道菊園有一處美景，姊姊可要逛逛，去去煩惱？」陸明容的神情坦蕩，一副為她著想的樣子。

「我沒煩惱呀。」陸鹿繼續望著她笑。

陸明容並不在意，當她故意逞強嘴硬而已。得罪了京城來的貴小姐，豈會不知後果？她一個鄉巴佬，這會兒躲這裡肯定是在瑟瑟發抖吧？

「姊姊快隨我去吧，這會正是賞景的最好時候呢。」

陸鹿眉一挑，笑咪咪點頭。「好。」

稍事梳洗後，陸鹿便隨著陸明容出水榭。這一路，倒是遇見不少面生的小姐們朝陸鹿點頭含笑打招呼。陸鹿雖然一個都不認識，也叫不上名，卻還是有印象，都是方才一同在細簾後賞舞的益城小姐們。

陸明容也看到了，心裡極度忿忿。憑什麼呀？論長相論舉止，她才是陸府最該出風頭的小姐吧？一個粗魯無禮、鄉莊養大的，就因為占個嫡出便受到追捧，太心塞了！

陸鹿袖著手，目不斜視跟著陸明容繞著彎彎曲曲的菊園走，越走越偏靜。

「我說明容妹妹呀，怎麼還沒到呢？」陸鹿看不下去了。這手法也太低劣了吧？

陸明容微怔，旋即堆起笑。「到了。姊姊看到前面那個月亮門沒有？」

「哦。看到了，沒什麼出奇的呀？」

「出奇的在門裡面呀。」陸明容指指矮牆。「裡頭有一株海棠，可是菊園唯一被保留下來的花樹，聽說，還是程家二姑娘執意而為。」

「妳是說，菊園唯一允留的海棠，是程家二小姐的主意才被破例留在菊園中的？」

「可以這麼說。」

陸鹿這一路且行且賞，早就看明白，菊園確實除了菊花沒有別的花種，心裡還在猜這程家主人是不是有強迫症，容不得其他花花草草來陪襯菊。沒想到，這裡還有個例外，而這個例外偏是程宜主張，或許說明了程宜是個有包容心的女子吧？

「哎喲！」陸明容忽然趔趄了下，神情痛苦。

「怎麼啦？」

「我的腳好像扭了。」陸明容皺起秀眉。

她的兩個丫頭小雪和小沫關心地上前扶起她問：「二姑娘，要不要緊？」、「奴婢去找大夫來。」

陸明容看向陸鹿，嘴角撇下道：「姊姊，我只怕不能陪妳進去了。」

「為什麼？」陸鹿單純問。

陸明容指指自己的腳，苦惱道：「我、我腳扭了。」

「讓妳兩丫頭揹著妳進去。」陸鹿快速提出辦法。

「什麼？」陸明容都聽怔了。

陸鹿滿臉都是笑意，袖著手說：「沒有妹妹陪著，那我也不進去了。咱回吧。」

「大姊？妳、妳就……」就沒有強烈的好奇心嗎？來都來了，不進去瞧一眼嗎？

陸鹿好心的拎開她的一個丫頭，代扶著她的胳膊，面色誠懇道：「妳是我的妹妹，為了領我賞美景傷了腳，我怎麼好意思撇下妳不管呢？反正美景又沒有腳，始終在那兒，晚看一天也沒多大損失。倒是妹妹的腳扭了，不早點請大夫瞧，要是跛了瘸了，我這當姊姊的怎麼向老爺、太太交代呢？」

這番話說下來，合情合理，沒有一絲破綻。陸明容的面色卻青一陣白一陣的，欲哭無淚。為什麼不朝她設想的情節發展下去？

「謝謝大姊姊體諒，我、我……」陸明容一咬牙，豁出去了，拉著她強笑。「我的腳好像並不大嚴重。為了不讓姊姊白跑這一趟，我陪姊姊進去。」

「真的嗎？明容妹妹，妳對我真是太好了！」陸鹿也換上感動的神色，拉著陸明容好像說不出話來。

「呃……小雪，進來扶著我。」陸明容想擺脫她的攙扶，喚來另一個被排擠開的丫頭。

「是。」小雪乖巧的上前衝陸鹿福福身。「大姑娘歇著，讓奴婢來扶二姑娘吧。」

陸鹿皮笑肉不笑道：「不，讓我來。明容妹妹，別跟我客氣，咱們可是好姊妹，互幫互扶是天經地義的，不要覺得不好意思。呵呵。」

陸明容的胳膊讓她箍得死緊，又擺脫不開，強行被帶著往月亮門去，臉色相當難看。

踏入月亮門，陸鹿忽然向春草和夏紋下令。「妳們兩個守在這裡，不要跟過來。」

「是。」春草兩個對她的怪異舉動早就習以為常了，倒是陸明容不知為什麼，嘴角卻泛起笑容，與兩個貼身丫頭交換了下眼神，俱有喜意。

月亮門內，確實別有洞天。牆角到處是野生的雛菊，而石子路兩旁卻是排列整齊修剪過的菊花，奼紫嫣紅開得正好。風送花香——還真不是菊花清香——轉過一叢菊花堆成的花壇，迎面看到空曠處一株高達七、八公尺的海棠開著白花，繁錦重重。

「不錯，還真是美！」陸鹿仰頭看一眼，點頭讚。

陸明容被她捏著，面色略慌張，嘴裡敷衍著。「不錯吧？一般人都不知道菊園有這麼一處美景呢。」眼神卻悄悄四處瞅。

「嗯。挺好看的。」陸鹿仔仔細細的看了一回。

小雪一直找不到空隙，這會兒又小心陪著笑上前。「大姑娘，妳瞧好。奴婢扶二姑娘去那邊石凳歇歇腳去，可好？」

「不好。」陸鹿回頭笑咪咪。「我已經瞧好了，咱們回吧。」

「大姑娘？」小雪臉色一變，只好再硬著頭皮說：「那，奴婢來扶二姑娘吧？」

「扶？妳這麼心疼明容妹妹，應該揹她呀。」陸鹿握著陸明容的手，笑嘻嘻建議。

陸明容暗暗著急，嘆息地看了一眼丫頭。

「好，奴婢揹。」小雪垂眸。她蹲下身，陸鹿和小沫兩個將陸明容慢慢扶到她背上。

「等等。」陸鹿忽然又出口。「妳這姿勢不標準，小心把明容妹妹摔著了。」

「什、什麼？」小雪差點就要膝蓋一彎，跪下了。

「來，先屈起右腿，左腿貼地與右腿成九十度直角，全身力量集中在背上……」

陸鹿還在耐心講解，卻聽小沫發出一聲驚叫。「啊？有、有蛇！」

「怎麼可能？這都入秋了，蛇早開始冬眠了。」

陸鹿渾不在意，小沫卻指著牆邊雜草緩緩爬出的兩條青皮圓頭蛇，面色煞白，陸明容也花容失色，發出可怕的尖叫，主僕三個瑟瑟發抖，抱成一團。

「別動，別亂動。」陸鹿鎮定自若在旁邊指揮。「我在鄉下時聽農婦們講過，遇到蛇可千萬別跑，越跑蛇追得越快，咱們人是跑不過蛇的。」

「那、那怎麼辦呀？」陸明容快哭了。

「別撒腿跑哦。被蛇追上咬一口事小，若是讓纏上，那滑溜溜的越纏越緊，血液不流通，死得更快……而且呀，這秋後的蛇最凶猛最毒了。」其實陸鹿早就看出這蛇沒有毒，就是想嚇嚇陸明容。

「啊啊啊……」陸明容嚇得發抖，開始主動去拉扯陸鹿了。

陸鹿躲開她，慢慢退往月亮門方向，輕笑。「明容妹妹，妳們等著，我去叫人來。」

# 第二十三章

「別，妳別走！」陸明容眼中帶著求救又帶點怨恨。

「別動，別亂動哦。」陸鹿嘴角噙著奸笑，忽然輕佻的吹聲口哨，疑似模仿蛇吐信子。

那兩條蛇是被人為弄醒，放在草叢中，然後慢慢溜出來的。說實在的看到有人，聽到尖叫，它們也愣了，遲疑不前，然後又盤在一起開始曬太陽，正好就擋在路當中。

陸明容三個大眼瞪小眼，又驚又怕又不敢跑，只呆呆的發怔，汗涔涔下，臉色也開始轉白，而陸鹿呢，慢騰騰的一步一步挪向門口，嘴裡一直在說：「別動，我這就叫人來。」

「妳、妳可快點呀。」陸明容聲音帶著哭腔。

「好的。」陸鹿憋著笑，悠哉的晃到門口。

「姑娘，瞧好了？」春草迎上前關切問。

「嗯。」

「咦？二姑娘呢？」

「還在裡頭。」

夏紋伸長脖子探看，疑問道：「要不要等二姑娘一起回去？」

「不用了，她們這會兒嚇得跨不動腳步，等她們多麻煩呀。」

春草吃驚。「發生什麼事了？」

「哦，正賞著花呢，草叢裡爬出兩條蛇，她們就嚇傻了。」陸鹿語氣輕飄飄的。

春草和夏紋倒吸口氣，嚇得臉色發白。「姑娘，妳沒事吧？」

「當然沒事。不然還能站這裡？」陸鹿袖起雙手，目光一斜，冷笑道：「這叫害人終害己，搬起石頭砸自己的腳。」

春草聽懂了，更是驚異。「姑娘是說，這事，其實是二姑娘所為？她故意引姑娘賞花，然後……」

「哎呀，春草越來越靈泛了。」陸鹿誇。

夏紋攢眉恍然。「哦，難怪二姑娘走到半路就嚷腳扭了，其實是設了個套讓姑娘鑽。」

「夏紋也不錯，領悟力超強。」陸鹿不吝讚美，讓兩個丫頭都很得意，總算是跟上自家姑娘的思維了！

「那，現在怎麼辦？」

陸鹿無所謂道：「等。她們設局，一會兒自有人來幸災樂禍，咱們躲到一邊就曉得陸明容到底跟誰勾結算計我。」

春草很快了然。若是在陸府，那不用想，陸明容這麼做自有人撐腰，獨力完成不是問題；可這裡是程家的菊園，她即使想算計陸鹿，也沒幫手呀！憑她帶進園裡的兩個丫頭，估計有心也不敢捉蛇吧？如果陸明容負責把陸鹿引來，那放蛇到草叢的同謀又是誰？

很快就找處離月亮門沒多遠的地方悄悄藏好，春草和夏紋大氣不敢出的圓睜雙目盯著，陸鹿卻東張西望，她總感覺暗處有人在盯哨。背後黃雀是誰？是看好戲還是別有用心呢？

「姑娘快看。」春草的低喚打斷陸鹿的沈思。

月門外，兩個衣著整潔的小廝在一個嬤嬤的帶領下鬼鬼祟祟的竄進門內。

不到半盞茶的工夫，兩個小廝手裡就多了一只麻袋，仍然是小心謹慎的沿著牆根朝不起眼的側門去了。陸明容是由丫頭揹出來的，看樣子是腿軟得走不動了，那個嬤嬤則是一臉「怒其不爭氣」的模樣，嘴裡好像還在埋怨什麼。

「姑娘，要不要跟上看是誰家的嬤嬤？」春草小聲問。

陸鹿臉上已罩一片寒霜，咬牙。「不用跟，這是顧家的嬤嬤。」

「啊？顧家？」春草嚇了一小跳。

園子裡大多數小姐只帶著貼身丫鬟服侍，唯獨段家卻是成群的丫鬟、僕婦圍著。這個嬤嬤偏陸鹿認識，正是顧瑤的奶娘，最忠心護主，也是個狗仗人勢的老東西。

「姑娘……」春草和夏紋都茫然無措的看著她。

顧家好像是西寧侯段家的親戚呢，攀上了這棵大樹，難怪陸明容放心在菊園就算計她！

「沒事，我自有分寸。」陸鹿拍拍兩個丫頭的肩，以示鼓勵地打氣。

「那現在怎麼辦？二姑娘會不會有事？」

「不用擔心她。肯定沒咬到，咬到也沒事，是無毒蛇，專門用來嚇人的。」畢竟這地方都是些女子們，她們也沒想鬧出人命吧。看看天色，陸鹿估算著該擺午膳了。沿著來路，陸鹿不急不慢，邊走邊低頭沈吟。

「姑、姑娘……」春草趕前一步，扯扯她的衣角，聲音帶著絲驚疑。

「什麼事？」陸鹿略略偏頭，眼角餘光就掃到前方廊下拐角站著三個人。她緩緩轉頭抬眸，映入眼簾的赫然是段勉和他的兩個跟班鄧葉與王平。

段勉不用多看，臉色很臭，目光陰沈；鄧葉和王平也沒多淡定，而是直愣愣的瞪著陸鹿，眼神透露出同一個意思：騙子！

前路被擋，陸鹿只頓了頓，便若無其事的掉頭回走，在段勉可以殺死人的目光之中下了臺階，繞到一邊再拐回原來路線。

「這丫頭什麼意思？」鄧葉看到陸鹿對他們視若無睹，繞路走了，好氣又好笑。

王平驚駭大於氣惱，不敢置信問：「公子，她、真的是陸家大小姐？」

段勉望著陸鹿漸遠的背影，陰沈著臉點頭。

「她好大膽子！」王平雙拳一擊，恨恨道：「明目張膽的騙了我們！公子，不用查了，佩刀肯定是她順手偷走的，不然，為什麼自導自演這齣騙局？」

鄧葉苦笑。「還騙了這麼久，我們都沒發現。」

誰能想到，鄉莊那個痲子臉、木呆呆的小姐，會是那個在河邊鎮定地編假名字的程竹呢？打死他們也不會把這兩者聯結起來！一個活潑跳脫、靈動俏皮，另一個雖只有一面之緣，卻呆拙傻笨。只能說這丫頭演技太好了，把這兩種個性演繹到位，以假亂真。

最氣惱的是段勉。王平跟鄧葉被矇騙了還情有可原，畢竟只遠遠隔著水榭見到養在鄉莊的陸大小姐，後來跟程竹也少打交道，沒認出來是正常的。

可段勉不一樣。從河邊被救起，他驚鴻一瞥留下印象不深還好說；青雲觀被撞見毀屍滅跡，在言語交鋒時早該想到，一般鄉莊小姐身邊的貼身丫頭怎麼可能四處瞎竄？

再後來負傷無意中被她救下，雖然她目的不純，好歹只謀財不害命，接連幾天大晚上的送東送西，還順利完成送信的任務，膽子大、嘴又損，鬼主意多。段勉不是沒起疑心，但他怎麼也不會把這個粗魯無禮、想錢想瘋了的野丫頭，跟陸府嫡大小姐聯想在一起啊。

嫡大小姐呀，就算是富商家的嫡大小姐，怎麼能野蠻愛財成這樣？行為舉止怪異得像個野小子，言語又粗鄙又刻薄陰損，最想不到的是她竟然會開機關鎖？哪一樣都不是嫡大小姐會做的事呀。

「公子，現在她身分不同，更不好索要了。」鄧葉顯得很沮喪。

段勉沒作聲。索要什麼？那把刀雖然對他有重大意義，可現在也不怎麼急切的想拿回來了。他現在最想做的事，是把那滿嘴謊言的丫頭吊起來揍一頓。

陸鹿行色匆匆，就像背後有鬼追趕似的，終於看到程府的丫頭尋了過來。總算擺脫掉後背那兩道灼人目光，她輕吐口氣。

這時午膳已快開始了，丫頭、婆子們四處請客人入席。不出意料，陸鹿踏入偏堂時，本來還笑語寒暄的小姐們都轉頭望過來。

陸鹿徑直去見了龐氏，龐氏和石氏一直陪著常夫人跟顧夫人說些家常閒話。

那顧夫人只慢慢喝茶，並不答言，臉上帶著不明笑意盯著陸鹿細細瞧，瞧得陸鹿心裡打鼓。她不會是主謀吧？是不是顧瑤打小報告，然後這位顧夫人出的餿主意？要不就是知情者？瞧她完好無損地站在面前，所以心裡犯嘀咕吧？

很快，分散四處的人差不多都到齊了。常夫人陪著顧夫人自然是坐堂上主客位的，這時候就顯出官與商的區別來。龐氏雖然是陸府太太，到底是商戶，被安排與其他商戶太太們一桌，陪顧夫人的自然是益城的大小官員太太們。

小姐們也分了桌。官小姐自然是一堆，商戶小姐們自然是另一堆，涇渭分明，井井有條，大家都覺得天經地義。

外間隔了厚重的屏風，是招待公子哥兒的。陸鹿眼一掃，就轉回視線。陸明容不在？旁邊陸明妍皺眉，顯然也想到陸明容，偏頭問陸明姝。「三姊，怎麼不見二姊姊？」

「妳們不是在一起嗎？」

「沒有。二姊姊說……」頓一下，又看一眼陸鹿，狐疑不定。「說去找大姊姊玩了，我便沒跟去。」

「那問問大姊？」陸明姝建議。陸明妍卻有點不想招惹陸鹿，沒搭腔。

正好這一桌還坐著兩個熟人，易建梅和楊明珠。其中易建梅斜瞄一眼陸鹿，笑著說：「陸大姊姊風寒好了嗎？怎麼還沒去學堂呢？」

「早好了。過幾天就去。」陸鹿淡淡回應。

楊明珠卻眼神閃躲，笑吟吟問陸明妍。「怎麼不見二姊姊？我還說賞完舞，便要拉她一起逛園子。」

「要問大姊姊嘍。」陸明妍抿嘴笑嘻嘻。

陸鹿不解其意。「幹麼問我？」

「方才二姊姊說要去找大姊姊逛園子，想必妳們在一塊兒吧？」

「妳猜錯了。我沒跟她逛園子，我一直在水榭的暖閣歇息呢。」陸鹿也報以笑咪咪。

陸明姝先慌了，神色著急。「這可怎麼好？二姊姊該不會……」她本想說出事了吧？又覺得不吉利，便改口道：「不會獨個兒逛園子迷路了吧？」

陸明妍到底年小，頓時就坐不住了。

「找個程家的人問問就好了。」陸鹿氣定神閒，卻不能不管，好歹是同父姊妹呢。

很快，就有程家僕婦去而復返，神色平靜道：「幾位陸姑娘放心，陸二姑娘並無差池，如今在水榭好生將養著，午膳自有專人送去。」

「將養什麼？我二姊怎麼啦？」陸明妍先質問。

程家僕婦閃過一絲歉意，低聲道：「陸二姑娘逛園子時，不小心扭了下腳，並無大礙，已請大夫進園瞧過，歇一歇就好了。」

「啊？」陸明妍親姊妹情深，就要起身去探望。

程宜走過來，禮貌笑道：「陸四姑娘放心，午膳後，我親自帶妳去瞧二姑娘可好？」

「二姊姊真的沒事？」

「我保證，並無大礙。」程宜態度不卑不亢，眼光清亮。

陸明妍只好暫時放下心。邊上陸明姝追問：「太太可知道？」

「已經向龐太太回過話了。」程宜忙道。「龐太太派了如意姑娘過去。」

有了這話，陸明妍算徹底放心。龐氏把大丫頭如意派過去招呼，必然會一切周到，不會委屈了陸明容。

這一桌也不知是巧妙安排，還是無心為之。午膳上桌，陸鹿一臉的淡然，可易建梅和楊明珠卻是食如嚼蠟。

見識領教過陸鹿的霸蠻狠戾，她們一點都不願意在公眾場合面對她。何況方才賞舞，她們又看到陸鹿作死的與京城來的顧小姐槓上了，更是能避則避，怕引禍上身。

食不語是最基本的禮儀。雖然各懷心事，大家都很安靜，席上一點聲響都沒有發出。最後上桌的餐後甜點，是菊花包，軟白如雞蛋形狀的包子上安放著一枚濃黃色的菊瓣，相映成趣，煞是好看。

陸鹿忍不住捏起一塊，聞了聞，還帶著菊香，不由暗自誇讚這程府心思獨到，處處皆菊。一抬眸，陸鹿瞄到對面有個眼熟的丫頭，神情略慌張地一晃而過。

陸鹿放下菊花包，全場掃視一遍。小姐們都在細細品嚐，服侍的丫頭也都專注照料自家主子，唯獨最靠夫人們那一桌的段府小姐旁邊，有兩個丫頭定定的盯著她。

難道菊花包有詐？陸鹿心念微動，隨即又否定了。

菊花包是用托盤送上來的，形狀完全一致，色澤也沒有任何兩樣。陸鹿伸手取是隨機的，誰也不能保證她到底拿哪塊，除非整桌菊花包都有詐，不然算計不到她。

可全桌的人都吃得津津有味，完全沒有被動手腳的可能。陸鹿便也咬了一口菊花包。

這時，茶盅送上來。楊明珠小聲跟易建梅笑說：「聽說這菊花茶一定要配著菊花包喝，更有滋味。」

「真的呀？那我嚐嚐。」易建梅趕緊抿一小口，而後驚喜睜大眼。「果然。」

楊明珠得意挑眉，也小抿一口。

陸鹿忽然心如明鏡似的。原來是這杯茶水有古怪啊！

茶水是一人一盅，由程府丫頭送上來，一個一個的送到各自丫頭身邊再送到客人手上，表面看沒什麼可挑剔的。

不過，陸鹿心眼多，留神看去，那程府丫頭端著盤子送上來時，可是特意挑了第一杯送到春草手裡，然後依次走到陸明妍的丫頭東香身邊時，卻沒照順序給第二杯，而是由東香從托盤任意端一杯，後頭發送亦是很隨意。

有名堂！陸鹿又抬眸看向貴小姐們那一桌。

這時，顧瑤面帶得色地望過來。陸鹿也綻開個笑容，當著她的臉將那杯菊花茶緩緩倒進碗中，嘴角噙著絲笑意，顧瑤臉色瞬間難看了。她們之間暗潮洶湧，其他人都沒看出來，只有程宜發現，看著這兩位的隔空較量，若有所思。

午膳後，主人又將這一眾夫人、小姐們迎進暖廳稍事休息。廳內，各位小姐們都承歡夫人、太太們膝下玩笑著，一時和樂融融，滿廳脂香薰人，軟語嬌笑不絕於耳。

陸鹿也依著龐氏身邊坐下，保持淑女姿勢笑不露齒，無論誰說點什麼，都報以淺笑。陸明妍見狀直撇嘴：還真會裝啊！

程宜得空，悄悄過來拉拉陸鹿衣袖，示意一眼。

陸鹿看一眼龐氏，她正跟石氏欠身說悄悄話，大概在比較哪家小姐合眼緣，要說給陸應或者陸序吧？

「程姊姊，有事嗎？」跟龐氏打聲招呼，陸鹿跟著程宜來到廳柱一側小聲問。

程宜面色不大好，猶豫半晌才遲疑問：「她們是不是已經開始算計妳了？」

「呃……妳為什麼這麼說？」陸鹿還不敢坦率直說。

程宜皺眉道：「令妹的腳並沒有傷，只不過是驚嚇過度，菊園可沒有安排什麼可怕的節目，為什麼會驚嚇過度？打聽後才知，她去了海棠居，可是海棠居除了一株海棠，也沒有什麼值得嚇成那樣的，所以我想，是不是還有別的隱情……」

「嗯，有隱情，難道妳沒一併打聽出來？」陸鹿含笑。

程宜搖頭，輕嘆。「菊園雖是我們程家產業，可今日借給常夫人使用，除了我們程家的人，四處也多了不少常府下人，是以要打聽內情，並不是那麼容易。」

「這樣呀，那我告訴妳好了。」陸鹿勾勾手指微笑。「過來，我說給程姊姊聽。」於是，陸鹿咬耳朵把先頭的事一五一十說給程宜聽，聽得後者面色發白，不可置信地瞪著她。

「千真萬確。身為當事人，我沒有添油加醋。」陸鹿袖起手笑。

「可是、可是陸二姑娘不是妳妹妹嗎？」

「庶妹，不是一個娘生的，怎麼可能是相親相愛一家人？」陸鹿不以為然地補充道：「何況，她攀上顧瑤，可比出賣嫡姊划算得多。」

「為什麼呀？就算攀上顧小姐，對她有什麼好處？益城與京城到底隔得遠呢。」

陸鹿眼珠一轉，忽然就笑了，幽幽說：「也許，是瞧上段府什麼東西了吧？想拉近關係呢。」

她這麼一假設，程宜就頓時明瞭。段勉！除了他還有誰？這在座的姑娘十個有八個都對他眼饞得緊。年少有為、身世顯赫、能力超群、一表人才，偏又氣質清冷生人勿近，簡直是心目中最理想的金龜婿首選。

「那方才在席桌上，妳跟顧瑤眉目之間在互相較勁，也是因為這件事？」程宜又低聲問。

陸鹿剛想張嘴解釋，突然想到很可能牽扯到程府丫頭、僕婦被收買，程宜到底是程家人，就算不袒護，也會儘量遮掩吧，還是不要實說為好。「嗯，她不服氣呀，明明安排得天衣無縫，被嚇慘的卻是倒楣的陸明容。」

程宜目露鄙夷，望向不遠處顧瑤依偎在顧夫人身邊巧笑倩兮的模樣，就嘆氣。「這位顧小姐還真是……」餘下的評價，她也不好說出口。

「知人知面不知心嘛。」陸鹿也順著她目光看一眼。

程宜感到抱歉，壓低聲音說：「對不起，陸姑娘。」

「不關妳的事，妳也說了，菊園不僅僅有程府的下人，也有常府的下人值守，難免有疏漏，讓這些心懷叵測的人鑽了空子。」

「多謝陸姑娘體諒。」

「沒事了，我會更小心的。」陸鹿拍拍她，很是親善和氣。

程宜馬上嚴肅保證。「陸姑娘放心，一定不會再有類似的事發生。」

「嗯，我信。」

雖然話是真心實意，但程宜的保證還是薄弱了點。夫人們都有午膳後歇息半個時辰的習慣，與姑娘們閒話消食後，便都由常夫人和程太太安排了歇息的去處。

夫人、太太們一散，小姐、姑娘們可就得了片刻的自由。當然，也有習慣歇午覺的，自然由程宜領著下榻。

常小姐邀著其他的小姐們往臨水的閣子閒坐喝茶，扯些家常閒話，陸鹿被陸明姝拉著也過去了。姑娘三三兩兩的都聚在臨水閣內打趣笑鬧，比在太太們跟前放肆大膽多了。

最文靜的反而是陸鹿。一來跟眾多小姐們不熟，也做不到自來熟；二來，她跟這些人也沒有共同語言。她們說的一些趣事，她完全聽不懂，而那些胭脂水粉之類的話題，她又不感興趣。一來二去，好心找她說話的小姐們也就不來攪她了。

陸鹿安安靜靜的守著點心，目不斜視的一塊接一塊吃著，不過，旁人的話還是隱隱約約傳進耳中。「好像是段世子耶？」

「在哪兒？」

「喏，湖上畫舫中。」

「好像還有常公子。」

「沒錯，那個穿白袍的就是知府常公子。」

「哎呀，真好看！」

「我覺得還是段世子更英俊。」

陸鹿實在忍不住了，抬眼一看。閣內多半數的小姐們都擠在窗前，伸著脖子張望湖上一艘小巧精緻的畫舫，憑欄處清晰可見段勉與常克文兩個對酌。

大冷天的，遊什麼湖？吃飽撐著呀？皺眉，陸鹿鄙視一番，繼續低頭專心吃東西。

陸明姝興奮得小臉都紅豔豔的，扯著陸鹿直嚷。「姊姊快看。」

「有什麼好看的？」陸鹿滿不在乎。

「很好看。」陸明姝捧著臉羞怯嬌笑。

陸鹿搖頭嘆。「真可憐！」

「大姊姊？」陸明姝可憐楚楚的歪歪頭，眼中帶著迷惑。

「哦，我不是說妳可憐，我是指他們。」陸鹿指指畫舫上兩位吃飽撐著的公子。

「為什麼呀？」陸明姝不懂了。若是這兩大公子都可憐，那世間沒剩多少幸福的人了。

陸鹿張嘴欲言，想了想還是不損了。被一群花癡女當眾意淫，比關在動物園的猴子還難堪吧？看猴戲還要收門票呢！

顧瑤很鬧心。幾位段小姐都去歇午覺了，餘她精力旺盛，想找機會跟段勉碰面，無奈一直沒適當時機，不得已只好跟這幫益城小官及商家千金們混在一起，她端著架子，只拉著常小姐說話。

看到段勉竟然還有閒情雅致與常克文遊湖，偏打眼前過，心裡忽然就動了別的心思。眼光一掃，只有陸鹿最淡定，看起來一點不想摻和花癡大軍中。

「陸姑娘，妳沒吃飽嗎？」顧瑤主動湊過來。

陸鹿有些意外，挑眉一笑。「吃飽了，不過菊園的點心太好吃了，忍不住。」說完又撚起一塊小巧點心丟進嘴裡。

「小心積食哦。」顧瑤掩帕笑得很天真。

「謝謝，我有分寸。」陸鹿皮笑肉不笑的。這顧瑤臉皮還真厚，耍盡手段都沒得逞，還好意思主動湊過來？這是要湊過來送臉給她打嗎？

「不如這樣吧，我陪妳外頭走走消消食，可好？」顧瑤很好心的為她著想。

陸鹿心內一驚，感到不對勁。「多謝，我暫時想留點體力等午後的賞菊會。」

顧瑤卻已經親熱的挽起她，天真可愛地笑道：「走吧，就當賞湖景了。」

一旁的陸明姝也好心勸。「大姊姊，去走走吧？我瞧妳已吃下五塊點心了，若真積食在胃，不好消化。」

常小姐自然也湊過來。「既然顧小姐邀請，陸姑娘就答應吧。」

「我們不走遠，我陪著陸姑娘在這水閣旁散散步就回。」顧瑤笑吟吟的說。她特意拽著陸鹿作陪，別人也不好死皮賴臉跟上吧？

擦擦嘴，陸鹿也是一臉真誠的微笑，說：「多謝顧小姐。走吧。」

看著她們兩人出閣，其他小姐都是又妒又羨。本來，她們其中也有幾個蠢蠢欲動想出閣到湖邊走一走，至少能引起段勉的注意，可她們到底羞澀面薄，做不出這等大膽行徑，只敢私下偷偷想。

卻沒想到，顧瑤行動派，拉著最安靜的陸鹿找個藉口就這麼堂而皇之的出去了，看路線，還真朝湖邊柳蔭道而去。顧瑤與陸鹿手挽手漫步湖道，果然引得畫舫的人注意。

「顧小姐，妳太涼薄了吧？我家明容妹妹可還在水榭受驚過度，妳就不去安撫安撫？」陸鹿主動開口。

顧瑤渾不在意，向畫舫丟去一個眼波，抿抿頭髮，小聲笑。「我還安撫她？辦事不力，活該！」

「喲，這話可太讓我家明容妹妹寒心了。」陸鹿掩齒笑。

顧瑤側頭剜她一眼。「妳別得意過頭！不過是一介商戶，我段府想整妳陸府，多的是手段。」

「切，什麼時候段府成妳的呢？」陸鹿不屑一顧。

顧瑤挑眉，眼眸帶著算計的壞笑。「很快。」

「那我拭目以待！」陸鹿也俏皮的朝畫舫方向丟一記秋波。

顧瑤看在眼裡，鼻出冷氣哼。「不自量力！」

「妳對自己的評價很到位嘛。」陸鹿還挑眉笑話她。

「妳、妳這個……」顧瑤指著她氣不打一處來。才半天，交手就沒贏過，實在可恨可氣，嘴還這麼損，太討厭了這個商戶女！

「怎樣？放馬過來！」陸鹿還抬抬下巴，態度很橫。

顧瑤抓著她的手，忽然身子向後倒，嘴裡還驚恐叫。「啊？妳推我幹麼？」說完，就「撲通」一聲栽進水裡。

# 第二十四章

丫鬟、婆子嚇呆了，誰也沒想到會出這樣的意外。

陸鹿卻蹙眉，電光石火般忽然明白顧瑤的奸計，一個箭步衝上前，以迅雷不及掩耳之勢死死拽住栽進湖水裡顧瑤的頭髮，大聲喊：「幫忙呀！」

春草和夏紋最先反應過來，也奔上來跪在邊上，伸手去搆水裡的顧瑤。

無奈秋天衣服穿得多，浸水後很沈重，而顧瑤還在亂抓亂晃，十分驚怕的樣子，一時，主僕仨都沒能將她拉上來。

陸鹿死活不撒手，不願讓顧瑤陷害她的奸計得逞，於是，索性整個人也跳下去，然後一手攀著湖岸一手托起顧瑤的腰，衝顧家下人大吼。「妳們都是死人啊，還不過來幫忙！」

這一喊眾人都回過神，不但顧家丫頭匆忙上前，就連閣裡的常小姐等人也急急趕來幫忙，眾人七手八腳的費老勁把顧瑤給托上水邊。

好在，顧瑤摔下去時讓陸鹿給及時揪住頭髮，沒有漂向湖中心，也沒有浸在水裡多久，上岸後渾身濕透的趴在地上吐了數口湖水，臉色冷得青紫，嘴唇直哆嗦講不出話來。

一堆人圍著顧瑤驚慌失措。「顧小姐，妳沒事吧？」

「小姐，妳怎麼樣？」

「快、快拿大衣來披著。」

「不對，快請大夫去，只怕要凍出病來。」

「是是，小菊，快去請大夫！」

「好好的，怎麼會掉湖裡去？」

「是呀。怎麼這麼不小心？」

岸上人七嘴八舌，沒有人管還泡在水裡也凍得嘴發紫、手腳僵硬的陸鹿，只有春草和夏紋哭著伸手嚷：「小姐，快點上來。」無奈這兩個丫頭力小，方才救顧瑤時用得差不多了，一時使不上勁。

「沒事，我、我沒事。」陸鹿冷得直喘氣。沒事才怪，她感到自己腳如灌鉛，一點一點往水裡滑，全身寒冰刺骨，這感覺非常不好。她會游泳，所以她敢跳下來托著顧瑤，可她忘了自己現在是十四歲的身軀，眼下是秋天的湖水……

「呀！」人群忽然騷動，傳出嬌呼。

陸鹿深吸口氣蓄力，準備最後再試一回，實在不行再大喊救命，看這幫勢利眼小姐們的注意力能不能轉移過來。明明這裡還有人泡在水裡，卻沒有往這邊看，真是夠冷血。

「讓開。」頭頂忽然傳來個冷峻的聲音。接著，一隻溫熱大手拽緊陸鹿的手腕，很快就有一股大力將她從水中提起。

「姑娘……」邊上是春草的驚訝聲。

陸鹿抬眸一看，正好對上一雙漂亮冷眸。

段勉面無表情地趕開春草和夏紋，眼明手快的握著陸鹿的手將她提起，然後不顧眾目睽睽，脫下他的名貴大氅包住瑟瑟發抖的陸鹿，自然的打橫抱起濕透的她，轉向旁邊訝異的常克文道：「帶路。」

動作一氣呵成，根本沒常克文表現的機會。

「這邊請。」常克文心底莫名一抖，倒吸口氣。

而披上厚厚大衣、被眾人簇擁的顧瑤卻呆若木雞，看著段勉毫不避嫌的抱著陸鹿，正眼也不瞧她地走過去。

「表哥！」她終於跺足氣極大叫。

段勉腳步一頓，很不給面子的側頭說：「自己想跳湖，就不要連累別人。」說完，抱著陸鹿大步而去。

「段勉，快放我下來！」陸鹿氣惱交加，低頭揪著他衣領咬牙切齒。「你這是要把我架火上烤呀。」

媽呀，大庭廣眾之下，讓段勉給抱了?!她的清白不要了，她的名聲毀了，她的臉面何存呀？這個死段勉，救人上來就算了，把她丟一旁就好了，為什麼還要抱著她走呀？他是不是存心故意給她難堪呀？她以後還怎麼在益城混呀？

「妳現在是要烤一烤。」段勉難得咧嘴笑了。

完了！這下完蛋了！陸鹿懊惱一拍額頭。

諸女神情複雜地目送段勉抱著濕答答的陸鹿，留下一地的水痕越走越遠。

顧瑤忽然捂臉，「嚶嚶嚶」哭開了。明明她跟段勉才是親戚，不抱她走就算了，還當眾揭穿她的把戲，情何以堪！她這一身凍白挨，倒便宜了那個商戶女，真是不甘心！

陸明姝雖然善良，卻不是濫好人，忍不住涼涼開口譏諷。「原來顧小姐是自己跳湖呀，真是可憐我家大姊姊了。」

顧瑤根本不搭理，由著婆子、丫頭簇擁著換衣服去了，只留下捣臉抽泣的背影。

易建梅卻是個實心眼的，不解問道：「為什麼段世子說顧小姐是自己想跳湖？這湖水可冰冷吧？這要不搶救及時，還不得鬧出人命？她傻不傻呀？」

楊明珠撇嘴嗤笑說：「她才不傻呢！妳沒看到湖上有畫舫嗎？舫上有段世子和常公子，怎麼會允許鬧出人命呢？頂多肌膚相親被人揩油而已。」

「可是……」易建梅腦子還沒拐過彎來。

陸明姝也想不明白。「她怎麼就這麼肯定撈她上來的會是段世子，而不是常公子呢？」

邊上另有個看起來精明的商家小姐聽了，輕蔑道：「到底是表哥，怎麼也要比不相關的人多份心力吧？何況聽說段世子泅水也極佳，怎麼也比常公子快一步吧？」

「哦，原來如此！」大家恍然大悟。

不過，其中有幾個豔羨的低聲。「當真機關算盡，卻便宜了陸大小姐。」

說到這個，陸明姝才想起來，怎麼也得跟過去安慰一下受凍的大姊姊吧，於是，急急忙忙也走了。

此事很快就滿園皆知，一時傳揚開去，幾家歡樂幾家愁！

陸鹿換上常府提供的乾淨衣服，打著噴嚏喝著滾熱的薑茶，垂眸聽著大夫跟段勉說話。

「暫時無妨，只是受風寒，我這裡開一劑藥吃過就好了。」

「多謝向大夫。」常公子很客氣。

陸鹿等大夫出去後，也起身說：「沒事了，那我可以走了吧。」

春草和夏紋連忙小心扶住她。

段勉走過來看著她，遞上藥方道：「我送妳回陸府。」

「為什麼呀？下午還有正式的賞菊會呢！」陸鹿皺起眉頭白他一眼。春草和夏紋驚愕地望著她，輕輕的抽氣。

「妳確定要參加賞菊會？」段勉定定看著她，嘴角挑絲不明意味的笑。

「嗯。」陸鹿垂眸。

「好，我送妳進去。」

「別，不麻煩段世子，我沒事，只是……哈啾！」陸鹿忍不住打個噴嚏，揉揉鼻子。

常克文送大夫離開後轉回，笑說：「陸姑娘請稍等，我讓小妹領妳進園子去。」

「不用，我認得路。」陸鹿很是奇怪，自己在這裡半天，怎麼女主人不出現呀？

段勉神色淡定地拉著她。「我送妳。」

「哎，放手！」陸鹿嚇得一個激靈，掙扎不已。

段勉卻不管不顧，也不放手，就這樣走出門。常克文在後頭，摸摸鼻子失笑。

「喂，顧瑤才是你表妹，你不去瞧瞧她，安撫她那顆脆弱的心靈，幹麼強拉著我呀？」

陸鹿發現這裡就是菊園的前庭，離得並不遠。

前庭和後堂是分開的，一般小姐、姑娘們不會輕易過來，只是，龐氏帶進來的婆子們怎麼也不來問候一聲呀？好歹她是陸府大小姐，又掉進湖裡，還被段勉抱到這前庭看大夫呢？真是冷血的家人！

冷血肯定是有的，但龐氏更多的是興奮。尤其是得知段勉不顧同樣落水的顧瑤，偏偏抱著自家的嫡女去請大夫，喜悅得嘴快咧到耳後根了。

自家老爺正愁不知怎麼攀上二皇子呢，正打算借這次賞菊會好好巴結上段家人，若是陸鹿攀上段勉這貴公子，怎麼也算捷徑吧？怎麼也算意外之喜吧？所以，她故意隨著眾人去探望顧瑤，根本不讓自己人去打擾陸鹿。就讓兩個人好好相處，勝算更大點。若是能一舉嫁入段府，就是做個妾，也是陸府賺到了！

段勉鬆開手，沈聲向著陸鹿問：「為什麼妳要跳下去？」

「哎，一言難盡。」

「洗耳恭聽。」段勉抱臂，一副不聽不甘休的架勢。

陸鹿抽抽鼻子，看看這周圍，只有常克文表情似笑非笑，還有他們的心腹小廝，再就是春草、夏紋，沒什麼多餘的閒雜人。

清清嗓子，陸鹿攏攏披風，微笑說：「第一，我會游泳，也懂一點救溺水者的小常識。第二，她在我眼前掉下去，臨跳之前還陷害了我一把，我不能不去救。哦，對了，她臨跳前把手放在我手裡，自己退了一步，嘴裡說『別推我』，很明顯的陷害。」陸鹿還當場演示了一把。

常克文的神色凝重，段勉臉色更冷了。

「第三。」陸鹿瞄向段勉笑說：「反正總得有人跳下去，與其讓兩位貴公子陷入兩難境地，不如我做個好事捨身一回。」

「呵。」常克文啞然失笑。還真是口無遮攔什麼話都敢往外說，是天真未泯呢還是世故圓滑？

「所以兩位公子，你們欠我一個大大的人情，記得還呀。」陸鹿挑眉，戲謔地笑。

常克文好笑，溫和問：「也包括在下嗎？」

「當然嘍。萬一，我是說萬一段世子冷血無情看著顧瑤在水裡撲騰，你這個做主人的不就得去撈她，一旦沾上，可不得負責？難道你樂意？」

常克文想了想，笑了。他確實不樂意終身大事被這麼決定，但顧家好歹是京城官家，與常府也算門當戶對，若真有這麼一天，他也得認了。

「好吧，這個人情我記下了。」常克文禮貌說道。

「算了，抵消吧。」陸鹿很大度擺手，擰眉說：「前些日子你送我回城，還沒好好謝過呢，咱們之間的人情債就此一筆勾銷好了。」

「哦，舉手之勞抵消如此大恩，是常某賺了。」

「沒事。以後還有煩勞常公子的，請不吝伸出援手就好。」陸鹿想得遠，兩家都是在益城，以後只怕還會有糾葛。

「好，一言為定。」常克文點頭。

陸鹿轉向段勉，期盼他自覺點。

「我不欠妳。」段勉掉頭就走。

「喂，別的我不敢保證，顧瑤搞這套把戲，可是衝你去的，你竟然不認帳？」

段勉猛回頭，直勾勾盯著她。「妳怎麼知道她不是單純的想陷害妳而已，畢竟，妳得罪她了。」

喲，女人之間的那點小算計，他竟然知道了？消息好快！可是看常克文的神色，好像並不知曉顧瑤跟陸明容聯手算計她的事呢！段勉是怎麼知道的？反正現在這個不是重點。

「切，顧瑤想嫁你快想瘋了。」陸鹿快人快語，說完就咬舌頭了。她身在益城，才從鄉莊回來，這輩子才第一次見顧瑤，是怎麼知道這件事的？

四周陷入安靜，只有秋風吹過。陸鹿臉色一窘，這古代真是麻煩，未出閣的女子就不能當眾談論嫁呀娶的這類話題，不然就會被人認為是不知羞恥、不知檢點、言語放肆粗鄙，淪為市井大腳婆娘們的層次。

段勉深深看她一眼。

「呃……我、我不是這個意思。」陸鹿還想找回點顏面，試圖解釋。

「妳騙我，我救妳，以德報怨，到底誰欠誰？」段勉忽然來這麼一句。

陸鹿無名火起，磨著牙反擊。「我欠你？你還賴帳呢！」

見她這般無禮，四周不斷有抽氣聲。常克文看看段勉又看看陸鹿，笑容更加意味深長。

「放心，這回我絕對不會賴帳。」段勉丟下這句後就大步前去。

「哎，什麼意思？」陸鹿忽然變笨了，完全聽不懂啊。

春草則腦瓜子一轉，模糊猜。不會是她猜想的那個意思吧？

陸鹿袖著雙手，滿臉迷茫，轉向笑得玩味的常克文。「常公子，這位段世子說話真是高深莫測，我怎麼聽不懂。」

「也許，一會兒妳就懂了。」常克文笑了笑。

「你懂？那現在給我注解一下。」

常克文搖頭。「外人注解就沒意思了。」

「什麼呀？」陸鹿眉眼皺起，到底啥意思？段勉說這回不賴帳，是不是說要把上次那個借據的金子一併結清了？要是這樣的話，就賺大了，路費湊齊可以計劃開溜了。

「咦？陸姑娘，妳手冷嗎？怎麼總是袖著手？」常克文也是個直率的人，看著她籠著袖就好奇問。

前頭的段勉捕捉到關鍵字，耳朵一豎，聚起聽力。

「嗯，每到寒天，我手指就容易受凍，得好好保護著，就全靠它……」靠它吃飯呢。陸鹿說到一半就閉口不言了。

「哦，這樣呀。」常克文雖然沒聽明白，卻點點頭。他家幾位妹妹也有手腳容易發冷的小毛病，大夫早年看過，說這是女人的通病，算不上什麼，成親後有些就會好轉。

賞菊會如期開始，顧瑤也沒有大礙，卻不願出席，讓人送回了福郡王府。顧夫人臉色很不好看，卻還是硬熬著想看看到底這段勉打什麼主意。

常府的婆子也隨著程夫人一起過來接陸鹿，一行人浩浩蕩蕩向菊園去。

陸鹿低眉順眼的跟在程夫人身邊，偷瞄一眼冷著臉色的段勉。這傢伙還不走？菊園可都是些嬌滴滴的女子，他不是最討厭跟女人待一塊兒嗎？這樣的女性盛會，他不是能躲早就躲了嗎？

午後菊園的冬秀苑裝點一新，各色奇異菊種競相開放，滿目皆菊，嗅鼻皆香。天氣相當不錯，微風略寒，陽光不烈偏暖。

顧夫人在常夫人等一眾官紳太太陪同下慢慢賞瞧，頻頻點頭，其他小姐姑娘們三三兩兩跟在身後，對身邊無處不在的菊花評頭論足，淺笑盈盈。

陸鹿進園來，很快就引起不小的騷動。她徑直向龐氏道安，又讓龐氏引著見過常夫人。

「陸姑娘沒事吧？」常夫人和氣笑問。

「回夫人，不礙事了。」

「雖不礙事，到底落水，為免風寒，姑娘還是歇歇去。」

陸鹿看她一眼，又看看龐氏，笑道：「多謝夫人體諒。那我恭敬不如從命。」

「等等。」顧夫人眼光掃過來，神色淡淡問：「妳且把當時發生經過說一遍我聽聽。」

陸鹿不信沒人報告她事發經過，現在再問是什麼意思？

「小女子與顧小姐相攜沿湖堤散步，誰知顧小姐一個不慎腳底打滑，跌落湖中。我見狀，不假思索跳下湖中托住她，避免她下滑溺水，只因這一念工夫爭取到時間，加上岸邊眾人幫忙，齊心協力將顧小姐救上來。」

顧夫人眼色一動，看她一眼。「如此說來，還得多謝陸姑娘捨身相救？」

「區區小事不足掛齒。顧夫人太客氣了！」陸鹿淡笑，禮貌回道。

石氏聽了，拉著她，擔憂地說：「鹿姐勇氣可嘉，但到底冒失了，妳若有個好歹可怎麼辦？」

「多謝嬸嬸擔心，吉人自有天相，我相信好人有好報。」陸鹿句句意有所指。

「哼！」邊上有官夫人鼻哼一聲，譏笑道：「能得段世子親手相救，也算不枉這一跳了。」

陸鹿笑得天真，直視某夫人說：「這位夫人若是羨慕我這一跳，不妨請令嬡有樣學樣，當著段世子也跳一跳好嘍。」

「妳！無禮！」某夫人恨恨啐一口。

「這位夫人，好酸！」陸鹿掩齒竊笑。

「妳、妳……」某夫人睜大眼倒抽口氣，沒想到她會當面奚落，一張臉就成了豬肝色。

顧夫人也很意外，盯著嬌憨模樣的陸鹿。小小年紀就敢在大庭廣眾反駁長輩，真是不知禮數、教養，眼角掃一眼臉脹得通紅的龐氏，淡淡笑道：「好一副伶牙俐齒。」

龐氏惱怒地斜一眼陸鹿，陪上訕笑道：「夫人莫怪。鹿姐她從小養在鄉莊，性子稍質樸木訥些。瞧在她年齡小，恕她無知吧。」

「行了，下去吧。」顧夫人自然也不可能當著這麼一眾夫人、太太面前跟一個富商女兒計較，有失身分。下巴一抬，手一揮就讓人將陸鹿帶下，取消她賞菊的資格。

至於她說自己不假思索地捨身相救顧瑤，顧夫人自然不會貿然相信。

「是，夫人。」陸鹿面上無悲無怒，下去就下去。陸鹿隨著程府僕婦出冬秀苑，遠遠常克文跟段勉都看到了。

他們這一眾公子哥兒也在賞菊，但並沒有跟那堆女人湊在一起，而是分開的。一左一右，一東一西，隔得稍遠，賞菊沒問題，若想打量清楚姑娘們五官長相，全憑視力。是以段勉一看見，抬腳就跟了出去。

陸鹿被送出園子，春草和夏紋很為她感到委屈。

「麻煩，送我去瞧瞧我家明容妹妹吧。」她向程府僕婦含笑說。

「陸大姑娘這邊請。」要求合情合理，沒必要拒絕。

陸明容沒病，就是嚇的。歇了這大半天，後怕猶在，不過，大抵稍安。她看到陸鹿進門，不由自主就白了臉。「妳、妳來幹麼？」

「看望妳呀。」陸鹿笑咪咪走到她面前，上下打量。「氣色不錯。沒嚇出毛病嘛。」

陸明容瞪著她，眼光如刀，刀刀射向她。

「明容妹妹呀，幹麼這麼看著我？不認識了。」

陸明容氣憤。「妳騙我！」

「妳還想害我呢。」陸鹿左右一掃，屋裡只有各自的貼身丫頭。

「我怎麼害妳了？拉妳去賞花還錯了？」陸明容理直氣壯地狡辯。

「沒錯呀，所以，我也好心回報妳，讓妳遇到蛇不要亂動嘛。對了，妳們是怎麼出月亮門的？」陸鹿笑咪咪坐下，好奇問。

陸明容語塞。是呀，若不是顧家嬤嬤過來察看效果，她們主僕仨只怕要嚇軟了。「自、自然是程家的人尋了過去，趕跑了嚇人的蛇。」

說到蛇字，陸明容心裡仍有陰影，眼珠子害怕的轉轉，陸鹿偏惡作劇的變出一截頭繩在她眼前一抖一晃，嘴上模仿蛇吐信子「嘶嘶」兩聲。

「啊——」陸明容發出震天的驚叫，把屋外值守的僕婦唬一跳，急忙跑進來察看動靜。

陸明容臉色發白，盯著眼前彎曲晃動的頭繩，發出尖叫後，渾身發抖，眼睛上翻，軟軟倒地。兩個丫頭手忙腳亂的扶起她，邊嚷道：「姑娘，醒醒呀！」

「我、我去找大夫。」

「不用了。掐掐人中就好了。」陸鹿得意的收起頭繩。

嗯，滿意！果然是一朝被蛇咬，十年怕井繩！以後陸明容敢再算計她，就拿繩子嚇唬她，實在不行，就捉條小蛇放她床上去。看她還敢作怪？還敢聯合外人害她？

下一個目標本來是顧瑤，可她卻難得羞愧的躲回福郡王府，算她識相。

陸鹿隨意尋了間屋子休息，手肘撐桌思索。路費夠了！仇恨結得多了，是不是該跑路了？

傷腦筋的是交通工具怎麼搞定？衛嬤嬤、春草、夏紋帶不帶呢？不帶，她們在陸府鐵定不會好過；帶上吧，實在是拖累，只怕她們未必肯跟。至於生母的遺物，呃？那個，等她看得懂血書再說；密盒嘛，她現在也解不開鎖，先放一放唄。
「姑娘，程二姑娘來看妳了。」夏紋挑簾報道。
程宜帶了些點心鮮果來看望她，大概是怕她心裡想不通吧？
「程姊姊來了？多謝多謝！」陸鹿抿嘴含笑。
「陸妹妹快歇著。」程宜覷眼仔細看她，氣色是真不錯，才放心了。「入秋水冷，我是真怕妳受涼感冒了，幸好無事。」
「沒事的，我也沒泡多久。」
「還得感謝段世子救援及時。」程宜掩齒，望著她笑。「妹妹倒是個有福氣的。」
陸鹿伸手拈塊點心，輕擰眉問：「福氣？是指我被段世子所救？」
「是呀，大庭廣眾，段世子抱妳去請大夫，可沒管自家顧表妹呢。」程宜說起來，眼裡帶絲羨慕之光。
陸鹿不以為然，說：「那是因為顧小姐有那麼多人在照顧，他插不上手。而我呢，孤零零泡在水裡都快被人忘記了，他同情而已。」
「同情憐惜也是好的呀。」程宜這一刻倒表現出天真少女之態來。
「有什麼好？」陸鹿暗翻白眼。
程宜四下悄悄張望，壓低聲音道：「如果我沒猜錯，段家一定會上門納親吧？」
「啊？不會吧？」陸鹿嚇一跳。
「會。」程宜睜大眼睛肯定點頭。

「不要啊！」陸鹿哀嚎一聲趴桌上慘叫。

這什麼反應？喜過頭了嗎？程宜一愣。「陸妹妹，妳怎麼啦？這其實是好事呀。」

「好個屁！」陸鹿忍不住爆粗口了，唬得程宜又是一怔。

陸鹿擼起袖子，惡狠狠道：「他敢上門納親，我打斷他的腿。」

呃？這什麼情況？饒是程宜見多識廣，還是沒摸準陸鹿的心思。

一介商戶女能被段家納進門，可是天大的喜事！不但陸府沾光，就是她陸小姐也該滿意才是。段勉可是很多少女懷春的首選對象呢。

陸鹿急了！看來，跑路行動要提前了！這年代，大白天被一個男人抱了，女人除了嫁就是死兩條路。她決定走出第三條路來：逃！

不過，在逃之前，她對那沒收到的債還有點不死心。於是，送走程宜後，陸鹿差春草去給段勉送個口信，春草哪裡敢，也根本見不到段勉本人，不過還是陰差陽錯的抓到鄧葉幫忙送口信了。

賞菊會還在繼續，前堂側廊拐角，陸鹿著令春草和夏紋放哨，偷偷摸摸的等在這個看起來隱秘的地方。

很快，段勉就大步而來。同樣，鄧葉和王平也守在周邊警戒。

「段勉，來，有重要事情問你。」陸鹿招手讓他走近點。

段勉淡淡看她一眼。「什麼事？」

「我問你，你不會因為抱了我一下，就真的上門提親吧？」陸鹿不廢話，直接進主題。

段勉無聲淺笑。

「先聲明，我可一點不想攀高枝。我是怕你受不了指指點點而作出錯誤的決定。」

「妳不想嫁？」段勉聽明白了，臉色一沈。

陸鹿嚴肅地點頭，很誠懇的回。「是。」

# 第二十五章

段勉沒作聲，只沈默看著她。

「我知道在這大齊國，要是當眾被個男子摟抱一下是件很麻煩的事，很可能把終身大事也搭上，但在我的觀念裡，沒有這回事，你可千萬別學啊！」

「哦。」段勉輕輕應一聲。

「還有呀，你是世代高門，我家是富商，就算你想負責頂多是納而不是娶對不？那問題來了，我呢，早就暗中發過誓，絕不做妾！所以，要是我們陸府想押你們段府負責的話，拜託你要頂住壓力絕不妥協啊！」陸鹿真誠建議。

段勉冷笑一聲。「妳想多了。」

「什麼意思？你指哪段是我想多的？」陸鹿滿懷希望。

「妳用不著以退為進要脅，段府跟陸府絕對不會有其他交集。」

「真的？」陸鹿眼珠一轉，神色一喜。

「放心吧。我抱妳是一時權宜之計，妳不要想太多，也希望陸府不要想太多了。」段勉面色冰冷，語氣更是嘲諷。

陸鹿拍拍心口，輕鬆吐氣。「有你這句話，那我就可以睡個安穩覺了。」

「妳?!」沒得到想要的反應，段勉眸光如刀瞪著她。

陸鹿眉開眼笑地叮囑：「記住哦，說話要算數！那再見，哦不，是再也不見。」說完就輕快的往回走。

「站住！」段勉就看不慣她這模樣。

「有事？」陸鹿疑惑地回頭。

段勉跨步上前，冷冷問：「打算就這麼走掉？」

「我說完了呀。」陸鹿不解。

「我還有話。」

「哦，那你請說。」陸鹿袖著手，好整以暇。

段勉醞釀了半晌，瞧她一臉雲淡風輕、置身事外就來氣。「妳還沒說，上回開鎖的事。」

陸鹿瞬間睜大眼。「你還記著？」

「是。會開這種鎖的人，天下有，但絕對不會是妳。」段勉直勾勾盯著她。

陸鹿垂眸想了想，反問：「那你認為我為什麼會開呢？」

「除了三皇子最親近的人，外人絕對不會如此輕易打開。」段勉一字一頓。「所以，妳到底是誰？」

「呵呵。」陸鹿好笑。他竟然懷疑她的身分？「你懷疑我？你看我這樣子像是三皇子最親近的人嗎？」

段勉挑眉看她一眼，忽然道：「我派人去鄉莊調查了。」

「噢，然後呢？」

段勉沒作聲，調查結果還沒送上來，他不好下結論。不過，這丫頭明明是陸府大小姐，卻三番兩次假冒丫頭程竹，還騙過他的眼睛，或許，她根本不是陸大小姐，而是另有其人?!

當然，段勉也只是猜測，尚未證實，只不過是想放出話來看陸鹿反應，卻沒有他意料之中的驚慌失措，而是淡定無比，這令他猶如陷入被動之境。

「妳到底是陸鹿還是程竹？」段勉正色低問。

陸鹿擠個假笑，衝他道：「陸鹿是我，程竹也是我。」

「或者，妳還有第三個名字？」段勉看著她猜道。

陸鹿嬉笑道：「有呀。等我嫁人了，冠上夫姓不就是某夫人嘍。」

「咳！」段勉嗆咳。臉皮太厚了！她是怎麼做到當著一個男子的面說嫁人的？

「沒什麼事的話，我先走了。」陸鹿乘機又想溜。

段勉把手一橫，擋在面前。

「死心吧你。我絕對不會透露半個字的。」陸鹿扠起腰比他先凶。

「不惜賠上陸府也不說？」段勉語速緩慢地威脅。

陸鹿一怔，隨即無所謂道：「隨你便。」

「真以為我不會動陸府？」段勉真的拿不準她的心思了。

「隨便你。」陸鹿翻他一個白眼，袖起手抬腳就走。

「妳！」如此明顯的威脅，她為什麼不跳腳？段勉看著她遠去的背影，劍眉擰起一個結，這個沒有家族榮譽感的頑固女人！

陸鹿才回屋沒多久，陸明妍板著臉進來了。

「大姊姊，有人託我帶封信給妳。」她不高興的遞上封看起來很精緻的信箋。

「誰呀？」陸鹿瞄一眼，小心接過。

陸明妍撇撇嘴。「段府的丫頭，我也不知道是哪位小姐的丫頭。」

「沒說其他的嗎？」

「沒有。只說把這封信親手轉交到妳手上就好。」

陸鹿哦了一聲。

「大姊姊，是不是顧小姐寫的感謝信？拆來看看嘛。」

陸明妍其實是很羨慕的。雖然不認得送信的丫頭，不過看穿戴明顯是段府的人。

陸鹿將信藏到身後，淺笑道：「私人信件，概不外閱。」

「切，看妳得意的！」陸明妍不服氣。

「我就得意。對了，妳怎麼過來了？不在園子裡賞菊？」

「賞完了。順路去瞧了一回二姊……」陸明妍還不知道陸明容受驚的真正過程，天真地歪頭道：「二姊姊的腳並無大礙，反而看起來像受驚過度，為什麼呢？」

「她沒說嗎？」陸鹿好奇，陸明容竟然沒跟陸明妍這個親妹妹說實話。

「沒有呀。嬸嬸問起來，二姊姊也說得很含糊。」陸明妍據實回。

「哦～～」陸鹿恍然，原來在場的還有石氏呀，難怪陸明容不肯說實話。

陸明妍坐了坐，就有往日相熟的小姐請她一起去玩。

陸鹿得了空，才小心翼翼的拆開信。字跡比她不知強多少倍，很是娟秀工整，內容的確是顧瑤的口氣，先是多謝她危難時施以援手救她上岸，為表謝意，請她兩天後遊鳳凰山寶安寺。

「寶安寺？」陸鹿好生尋思了一回。前世，她好像沒機會出遊北郊鳳凰山。她十四歲被接回益城，一直膽小怯懦又上不得檯面，龐氏很不喜，重大場合一般不帶著她出席。她記得賞菊會後，就一直在家大門不出、二門不邁的。直到十五歲被選中，納給段勉為貴妾，益城都不算熟悉，更何況郊外。

寶安寺的名頭比青雲觀要大得多，主要是因為國師誇鳳凰山風水好，將出良才，寶安寺又是百年古寺，信眾多，香火也旺。是以城裡官紳富商們都愛去寶安寺祈願，青雲觀則是中下階級愛去求神拜佛的地方。

春草耳朵尖，聽到了，詫異問：「姑娘，顧小姐為什麼會邀遊寶安寺？要是表謝意，直接送財寶首飾不更好嗎？」

「俗！」陸鹿蘭花指虛空點點她，嗔怪道：「人家好歹是京城來的貴小姐，財寶首飾多俗氣呀！而且顧家自視清高，家裡還沒咱們陸府有錢呢，拿這些阿堵物當謝禮，多掉價?!」

「哦，原來是沒咱們家富有呀？奴婢瞧顧小姐穿戴也不是很破落嘛。」

陸鹿好笑，擰春草的嘴。「妳呀，才回益城沒幾天，也學得勢利眼了？」

「嘿嘿，姑娘。奴婢除了會瞧穿戴，別的也不會呀。」春草倒是實話實說。

「行了。收拾一下，等著回去吧。」陸鹿收好信，想了想。兩天後，這麼說段家小姐們還要在益城停留至少兩天，那段勉呢？段勉會不會兩天後也去寶安寺？如果他也去，顧瑤是不是又要作死？如果他不去，顧瑤把她引去，是想算計吧？

反正陸鹿心思陰暗，根本沒感受到顧瑤的好意，直覺這又是個陷阱。

但就是陷阱，她也要去！難得出門一回，總憋在竹園多悶。

很快，龐氏的丫頭就找過來了。天色雖然還早，但顧夫人要告辭回福郡王府了，一眾夫人、太太、小姐們都列隊送她出門。段府的馬車確實是最出挑最精緻最好的，就是護衛的家丁個個都看起來訓練有素。

陸鹿袖著手，看著顧夫人上了第一輛最大最舒適的馬車，段晚蘿、晚凝兩位嫡小姐上了第二輛馬車，其他幾個庶小姐上第三輛，丫頭、婆子們又是幾輛，七七八八的塞滿了整條巷子。

段勉勒著一匹高頭黑馬，端端正正目不斜視的等在馬車旁邊，引無數少女側目紅臉加眼冒心形。陸明姝激動得小臉白裡透緋紅，微微昂頭輕輕倒吸氣，一隻手不由自主的抓緊旁邊的陸鹿。

唉！悲哀，古代小姐們好悲哀！難得出門，沒見過帥哥。見著這麼一個順眼的，就把心都搭上了。陸鹿搖頭暗嘆，眼光巡掃，心裡還在納悶。其實常公子也不錯嘛！益城小姐們花癡他，不更近水樓臺，更有可能實現夢想？

常克文離得比較遠，遙遙望過來，透過人群一眼就鎖定百無聊賴的陸鹿，不由笑了。陸鹿正好也望過去，也咧嘴衝他笑笑。段勉眼光瞄到陸鹿向某個方向歡笑，順視線尋過去，看一眼常克文後，便臉色陰沈的扭頭不語。

西寧侯府一行人浩浩蕩蕩開走後，常夫人又與其他夫人、太太們閒聊了幾句。這一趟下來，大家心裡都有數了。陪著常夫人寒暄幾句，一直到申時三刻，常夫人也乏累了，這才識趣的三三兩兩告辭。

龐氏將要告辭時，常夫人倒是送了送，還低聲笑說：「明日顧夫人在福郡王府宴客，妳可一定要來。」

「恭敬不如從命，我一定去。」龐氏很驚喜。這種官太太的場合，按理，她這樣的富商太太是接不到邀請的。

常夫人看一眼陪下的陸鹿，眼神意味深長。「我還沒正式謝過陸大姑娘呢，若不是她機智救了顧小姐，我這賞菊會只怕就辦砸了。」

「她不過是一時之勇，擔不起夫人謝意。」龐氏謙虛應道。

「有勇有謀，理應嘉獎。」常夫人嘴裡噙著笑走向陸鹿。

陸鹿低眉順眼的等著龐氏和石氏，聽到了常夫人和龐氏的客套話，也不以為然。這幫官太太慣會裝腔作勢，說話也不嫌累？

「陸大姑娘，有空常來玩，別客氣。」常夫人笑咪咪地拉起陸鹿認真叮囑。

陸鹿受寵若驚，急忙福一禮，應道：「是，常夫人。」

常夫人又仔細打量她數眼，眼神頗為意味深長，和氣的略說了幾句便放開她。雖然才短短數語，可這落在其他人眼裡就是長臉面的事。常夫人可不是一般官太太，這益城就數她夫君官最大，平常小姑娘家能得她青睞，那是全家都沾光的好事。

尤其陸鹿還是商家小姐，比官小姐矮一層，一般入不得官太太法眼的，聯姻也不會想到求娶商人女。不過如今看常夫人如此對待陸鹿，其他人心裡多少會高看一眼。

回去的馬車上，陸明姝跟她同坐，就興奮的賀喜。「大姊姊，妳今天可出風頭了。」

「嗯，益城人又多了項談資，對吧？」陸鹿臉容平靜。

陸明姝仍是笑。「也好呀。談資也分好壞嘛。」

「殊途同歸，話題最後都會被帶歪，信不信？」陸鹿抿抿頭髮，忽擠眼笑道：「明姝，見到夢中情郎，感覺如何？」

「哎呀，大姊姊，妳這是什麼話嘛？」陸明姝搗臉嬌羞。

陸鹿卻自顧自道：「我看那個段世子也不怎麼樣嘛，還沒常公子長得好看。」

「胡說。」陸明姝放下手，抱不平道：「段世子怎麼會不及常公子？大姊姊，妳什麼眼神嘛！」

「一個冷著臉，像別人欠他幾百兩似的，一個笑臉常開，瞧著就順眼，高下立見。」

陸明姝輕瞪她一眼，不服氣說：「又不是彌勒佛，為什麼要笑臉常開？我就瞧段世子清俊逼人、貴氣天生、凜然正氣，真好看。」

陸鹿撇嘴。「好吧，蘿蔔青菜，各有所好。妳繼續作夢。」

「大姊姊，真羨慕妳。」陸明姝忽然嘆氣。

「我有什麼好羨慕的？」
「今天當著那麼多人的面，段世子就抱著妳去請大夫，正眼都不看顧小姐，還指責她連累妳，不知多少人暗中羨慕妳呢！」陸明姝真心地說道，也很認真的沮喪。
「別羨慕。這是陰謀詭計，妳不要被騙了。」
「什麼呀？」
陸鹿端正神色，為她講解。「段世子冷面冷心，傳言有厭女症是不？」
「是呀。」
「可是，卻當著這麼多小姐面前把我從水裡撈起來，對不？」
「對。還好他及時趕到，不然大姊姊妳就危險了。」
「嗯。這個情我先記下。不過，妳再想想，他撈就撈了，為什麼還要抱著我離開呢？」
陸明姝茫然表示不懂。
「因為他討厭我，才故意在大庭廣眾下抱我去請大夫，讓我被在場小姐們怨恨孤立。」
「啊？不是吧？」陸明姝可一點都沒聯結起這二者的關係。
陸鹿鄭重點頭。「就是這樣。妳看，除了妳是我堂妹，表達羨慕之情外，其他小姐們是不是又嫉又妒，背地裡酸水直冒，恨不得唾棄我兩口？」
陸明姝心裡虛虛的，她其實除了羨慕，也有點點不平衡好吧？憑什麼是這個鄉下來的大堂姊呢？她的姿容也不差呀。為什麼段世子就從來不看她一眼？
「明姝，怎麼不說話了？」

「大姊姊，妳說的可能也有道理。她們背後確實是……」是在吐酸水，嫉妒得不行，所以後頭進園子賞菊，就沒有一個人上前表達一下關切之情。

「看，我分析得沒錯吧？」

「可是，也不能說這是段世子的陰謀詭計吧？」陸明姝弱弱的辯解。「世子爺，他或許沒想到這層道理呢？」

「切，他會沒想到？妳都說他有凜然正氣，他會不知抱了一下就能惹得眾女嫉恨？這就是故意把我架火上烤。哼！居心叵測。」

陸明姝還是不相信，這麼一次親暱的摟抱會是段勉的陰謀。「可是，為什麼呀？世子爺為什麼要這麼做？」

陸鹿想也不想地回。「我跟他早就結下梁子。」

「啊？什麼時候？」

「呃，回益城的路上。」陸鹿眼珠一轉，覺得這樣說比較沒有漏洞。

陸明姝吃驚。「姊姊回益城路上曾遇見過段世子？」

「嗯，偶遇，很不愉快的一次偶遇。反正結仇了，他就記恨上了，非整死我不可。」陸鹿說得淡定。

陸明姝卻撲閃著大眼睛，更是豔羨。「姊姊跟世子爺還真是有緣啊！無處不相逢。」

「這個……」怎麼說呢？可以解讀成有緣，也可以理解為有冤，不是冤家不碰頭嘛。陸鹿可不同意她和段勉有緣。「有仇倒是真的。明姝，妳不要瞎比喻。」

陸明姝湊上前，盯著陸鹿認真看了看，看得她直皺眉頭。

「大姊姊，妳是不是真的討厭世子爺？」明姝小小聲問。

「怎麼啦？」陸鹿不解問。

陸明姝對著手指，臉色嬌紅說：「要是、要是大姊姊妳真的討厭世子爺，如果……」

「明姝，妳不要想多了。」陸鹿打斷她的嬌羞，直接下結論。「段勉這種人，妳遠觀花癡一下就好了，可千萬別存了嫁他的念頭，段家可不是什麼好人家！妳瞧瞧那一堆段府小姐就知道了，再看那個虎視眈眈的顧瑤，還有眾多其他潛在的花癡表姑娘們，真入了門，妳就等著天天以淚洗面吧。」

一席話成功嚇唬住陸明姝。「會、會這樣嗎？」

陸鹿對這個堂妹還是存有憐惜惻隱之心的。嬌美又可愛，雖然跟她沒有多親，但總比陸明容兩姊妹要強多了，個性中天真的一面未泯，人又善良，還是可以扯扯家常閒話的。

所以，她板起嚴肅臉鄭重道：「妳不信？那好，我從非正規途徑打聽到了一些段家的小道消息，妳要不要聽聽？」

「要。」陸明姝瞪大眼睛，義無反顧。

陸鹿挑簾看了看外面，離陸府還有段小小的距離，於是決定長話短說，務必令漂亮的堂妹死了這條花癡心。「西寧侯段家的庶小姐特別多，對吧？」

「對呀。聽說侯爺除了一個閨名晚蘿的嫡小姐，還有六個庶小姐呢！」陸明姝這點是知道的。

陸鹿補充道：「還有二老爺家，除了晚凝小姐為顧夫人所出，還有至少八個庶小姐，最小的如今才七歲。明姝，妳說這是為什麼？」

「據說，是因為兩位老爺嫡子太少，兩房各得一位嫡公子。」

「沒錯。段府好像是中了什麼魔咒，一直以來都是獨苗單傳，好不容易段老夫人生了兩個兒子，可段侯爺與段二老爺又各只得一位嫡子。於是，段家就不停的納妾開枝散葉，誰知，枝沒開成，散葉倒是不少。」

陸明姝點頭，這段八卦她隱約聽過。

陸鹿笑著分析。「妳看呀，侯爺夫人良氏是正宗名門出身，顧氏也是京城清貴人家的嫡小姐。兩位夫人又都各自有出嫡長子、嫡小姐，可縱然這樣的出身這樣的賢良，結果呢，還是不得不為段府納無數的妾室進門，就為使夫家男丁旺盛。」

「姊姊，妳想說什麼？」

「我想說，妳縱有花容月貌，可是身為富商千金，若是嫁入段府，如果不能生男，或者只得一男，就得不停為夫君納妾進門，妳受得了嗎？看著一堆花枝招展的妾在眼前爭寵，一堆庶女在眼前晃，妳有心理準備嗎？入得段府門，就要做好為他們家開枝散葉的準備，如果自己不能，還得讓出位置給別的女人。」

「啊？」陸明姝臉色劇變。

「不要驚訝。良氏與顧氏好歹是名門千金，有娘家撐腰，本身又有出嫡子，才能在這後院站穩腳跟，可明姝，妳有什麼？」

「我、我……」她有美貌溫柔，但這兩樣，並不是她的專利啊。比她美貌溫柔的多了去，何況她的出身……商家女，沒什麼地位。

「妳是不是還存著賭一把的心理，覺得說不定自個兒進了段家門，一舉得男，然後就能盛寵不衰？明姝，段府的後院可不是二叔家後院，這天下並沒幾個石嬸嬸那樣的好女人哦。」

陸明姝這點懂了。不要說別人，光看陸靖的後院就知道，龐氏對其他妾室可沒少用狠手段壓制，哪像石氏是真正的賢良淑德，陸翊的妻妾和睦，大半功勞都在石氏。

「姊姊，我沒有想那麼多。」

「遠遠圍觀一下段勉的皮相就好，這點我不反對；可妳要存了別的想法，最好趁早扔掉，免得自己吃苦。」

「嗯，我明白了。」

「妳真明白就好。這滿天下，除了皇宮和段府不能肖想外，其他的，妳多想想無所謂。」陸鹿哈哈笑打趣她。

陸明姝臉皮又一紅，好奇看著她，問：「姊姊，妳當真沒有其他想法？」

「別人嘛，多少有點，段勉？沒有。」陸鹿回答得很乾脆。已經在段府栽過一次跟頭，這一世，她一定一定要完美躲開。

「這個別人是誰？」陸明姝俏皮反問。

陸鹿翻個白眼，到底是才十幾歲的小姑娘，活潑是天性。「妳猜。」

「常公子？」陸明姝眉眼彎彎笑。

陸鹿故作嘆息。「為什麼猜他？」

「因為他，還算比較溫潤如玉嘛。」

陸鹿不置可否，心裡卻又翻個白眼。她才不要跟益城公子哥兒糾纏呢！她是要下江南尋找真愛的好不？她的歸宿在江南！

「明姝呀，妳到底聽進去沒有？千萬別再肖想姓段的哦！」

陸明姝苦著臉，長長嘆氣。「知道了，大姊姊。」一想到，如果真有一天夢想實現，嫁入段府，就得不停生兒子。不管生不生得出來，還得讓其他女人進門為段勉開枝散葉，她光想就心裡不舒服。

平安無事的回到陸府，龐氏、石氏都累了，簡單說幾句，便打發眾人回各園，先散了。

易姨娘早就聽到報信了，說陸明容在菊園迷路扭了腳，雖無大礙，當娘的還是心疼壞了。

「明容，到底怎麼回事？好好的怎麼扭了腳，還在菊園迷路了？」

陸明妍也並不知實情，好奇的等著聽。

「姨娘！」被關懷，陸明容立刻撲在易氏懷裡委屈得直哭。

「怎麼啦？這是誰給妳氣受了不成？」易姨娘嚇一大跳，急忙令人守著門口，軟語哄勸半天。

陸明容拿手帕揩揩眼角，癟嘴恨道：「該死的陸鹿，都是她害的。」

陸明妍也嚇一大跳。「哎，怎麼會呢？」

「四妹妳不知，她詭計多端，我、我差點就嚇死了……嗚嗚……」陸明容捂著帕子又抖抖身打個寒顫。

「我的兒呀，妳倒是快說呀！」易姨娘急了。

陸明容抹抹淚，抽泣道：「是這樣的，觀舞那會兒她不是出言不遜嘛……」

因為屋裡都是至親的親人，陸明容也沒什麼顧忌，把顧瑤拉攏她然後授意的事一五一十都說了出來。她記得，當時顧瑤身邊也都是她的心腹顧家人，下巴抬得高高地指使她。「其他妳別管，妳只要把陸鹿引到院子去就行了。」

「顧小姐，院子裡可有什麼機關嗎？」陸明容記得她當時還多問了一句。

顧瑤陰惻惻笑。「機關是來不及佈置了，不過，嚇她個半死是沒問題的。妳見機行事，找個藉口早點抽身離開，不然殃及到妳，可別說我沒事先告知哦。」

「哦，好、好的。」陸明容滿口答應。只是嚇個半死，又不危及生命，划算，誰叫陸鹿多事出頭，得罪京城來的顧小姐呢？誰叫她多事出風頭，掩蓋她陸明容的風采呢？整整她也是好的。

於是，她照計劃去邀請陸鹿，還成功了，不過，只成功一半，陸鹿太精明，她死活都沒法子半路抽身離開，最後搬起石頭砸了自己的腳。

易姨娘和陸明妍聽了齊齊抽了口氣，都是又驚又怒。

# 第二十六章

竹園，陸鹿被衛嬤嬤扯著問了一通遊園心得，含糊應付了幾句，便藉口累，休息去了。

春草和夏紋事先也得了封口令，有些事說不得，有些事可以放心大膽渲染一番。比如來賓之多，小姐們如何爭奇鬥豔，菊園如何盛景……

衛嬤嬤聽了，雙手合十感慨道：「老天保佑，姑娘這一次露臉不出差池就算過關了。」

春草聽得心虛，藉口服侍姑娘，轉身進到內間。陸鹿正沒形象的躺在榻上，望著屋頂深思，春草嚇一跳，忙忙幫她蓋好被子。「姑娘，快躺好，衛嬤嬤看見了，又該念叨了。」

「春草，妳去給小懷送個口信，讓他明早備好馬車，我有事。」

「姑娘明兒要出門？不是後天嗎？」

陸鹿沈吟道：「我不打無準備的仗。」

「哦。」春草其實沒聽懂這句話，但還是摸摸頭出門傳話去了。

寶安寺是一定要去的，反正有陷阱不跳就好，但怎麼躲過呢，那就有必要先探探路。陸鹿是不介意跟顧瑤再次交手的，這女人，前世欺負她，這世，換她還擊了。

夜幕降臨，後堂的燈陸續點亮。陸府的晚膳，除了陸靖因商號有事沒在之外，全家集齊。

依次跟龐氏施禮後，大家各按位置坐下，陸鹿從一進門就感受到了三道火辣辣的目光盯著她。眼角稍一瞄，除了陸明容外，易姨娘和陸明妍也都眼裡帶怒。

嗯，看來陸明容已經對她們吐過苦水了，很好。

菜一樣一樣的傳上來，開始動筷。幾位姨娘只能一旁幫著布菜服侍，廳堂一時只有筷碗碟聲。飯畢，撤桌，姨娘們奉上茶便退出去了。

龐氏慢慢端著茶盅，撇浮一下，看向陸鹿道：「明日上官府宴請，妳跟我去一趟。」

「母親，我還是不去了吧？」

龐氏意外，這麼好的機會，怎麼卻推託了？沒看到陸明容眼睛都紅了嗎？

陸鹿淡然笑說：「女兒已接到顧小姐後日遊寶安寺的帖子，想好好在家準備準備。明天宴請，明容妹妹陪母親去就好了。」

陸明容喜得臉上綻開笑容，忽又覺不對。陸鹿竟然這麼大方？

「哦？顧小姐邀妳後日遊寶安寺？」龐氏並不知情。

「是。」陸鹿大大方方。

其實兩者並不衝突，明日到上官府走一趟，與顧瑤見面，正好親近一下，後日遊寶安寺，可不就更熟悉了？龐氏慢慢喝著茶，垂眸不語。

陸明容有些心急，她歪頭向陸鹿親熱問道：「大姊姊，妳今日落水，雖然及時請了大夫，是不是身子還沒好索利？想要多歇一天準備後日的遊寺？」

陸鹿抬眼，似笑非笑，也甜甜回應。「妹妹真是善解人意好體貼。」這麼會幫她找藉口，真不愧是姨娘教出來的。

陸應和陸序也關切地看過來，可是陸鹿明明臉色紅潤，眼眸清亮，精神俱佳，並沒有常見的落水後遺症。

「也罷，明日就容姐隨我去上官府一趟。」

「是，母親。」陸明容嘴角不自覺地微翹。上官府可不就是福郡王府別邸，段勉一定也在吧？怎麼也能再見面吧？這回無論如何要想辦法引起他的注意。

像是看透陸明容那點心思，陸鹿只是幾不可聞的冷笑一下。有顧瑤看著，妳能接近段勉才怪！不過……陸鹿轉念一想，若陸明容只存了做妾的心思，一意逢迎顧瑤，伏小做低討好，說不準還真會得逞呢？

她這頭若有所思，龐氏的視線也掃過來，注視她半晌，又慢慢挪開視線。這個嫡女，舉止粗魯、言語粗鄙，卻是個有主見的，不好拿捏。

散場後，陸鹿跟陸明容兩姊妹同一小段路。丫頭、婆子提著燈籠，把路照得雪亮。

攏攏外套，陸鹿好心問：「明容妹妹，沒事吧？」

陸明容冷哼道：「好得很。」

「哦，以後少跟外人聯手算計自家姊妹，很讓人不齒的。」陸鹿繼續好心教導。

陸明妍一旁聽得暴起。「妳、妳什麼意思？」

「意思是想抽妳兩巴掌。」陸鹿此時端起長姊的架子，不客氣指道：「別以為妳最小，府裡都得讓著妳、慣著妳。我跟明容妹妹說話，妳插什麼嘴？養得無法無天的，難免以後丟我們陸府的臉。」

「妳……說什麼？」陸明妍快氣死了，握緊拳頭凶巴巴嚷。

陸鹿袖著手，得意擠眼笑。「我是長姊，這是在教妳怎麼做個和氣淡定、寵辱不驚的大家閨秀。妳看，一點點教導就炸毛，跟隻小刺蝟似的，難怪妳沒朋友。」

「妳？妳有臉說我？」陸明妍徹底炸毛了。

陸明容急忙按住暴起的陸明妍，吩咐她的丫頭、婆子將她架回園子去。

風中還送來陸明妍不服氣的尖叫唾棄，陸鹿懶懶地摳摳耳朵，富商人家也有這點好處，規矩並不如官家那麼變態嚴謹。

「大姊姊，妳這是何必呢？」

「何必什麼？長姊教妹還錯了？還是說，指出妳跟外人聯手的醜事，讓妳丟臉了？」陸鹿笑嘻嘻反問。

陸明容臉色一變，恨恨道：「妳胡說！」

「我有沒有胡說，妳心裡最清楚。聽過一句俗語嗎？」陸鹿忽然壞笑地湊近她。

陸明容警覺地後退一步，擰眉問：「什麼？」

「一朝被蛇咬，十年怕井繩。呶，繩來了。」陸鹿變戲法一般，從手心裡抖出一截頭繩展現在陸明容眼前，彎彎曲曲的，隨風扭動。

「啊！」陸明容果然再次花容變色，尖叫一聲渾身發抖。

陸鹿很滿意效果，鎮定的收起，笑。「別叫了，讓廚房給妳做碗定神湯吧？壓壓驚。」

「妳、妳好毒！」陸明容甩下一句話，扶著丫頭小雪、小沫的手，踉蹌而去。

「哈哈哈～～」陸鹿得意大笑。捉弄完兩個庶妹，陸鹿便回了竹園，原本神清氣爽的，不過在入眠後卻作起了惡夢。

長長的漆黑走廊，只有暗處幽幽光點，那是角落的監控攝影鏡頭。程竹一身黑色緊身衣，如壁虎似的貼著牆角小心前行，因為戴著夜視鏡，黑夜並沒有阻止她的腳步。

一扇厚重的大門前，有兩個威武的保鏢，腰間佩槍、目光如鷹，警戒四面八方。程竹掏出改造的小巧手槍，對準他們的脖子。沈悶的撲撲聲後，倒地。另一個驚慌拔槍，程竹動作比他更快，飛快扣動扳機，又是一聲倒地。

她踩著貓步上前，怕有詐，還對屍體補了兩槍。確定沒有威脅後，回看一眼鏡頭的位置，將屍體重新扶起固定好，用以迷惑監看的人，再拿出特製的鑰匙，很輕易的就開了門走進去。

這是一間小型的私人收藏室，擺滿了主人從世界各地收集而來的藝術品，且大多是真品。程竹目不斜視，直奔最內側的防彈防盜玻璃罩，裡頭那個精巧的盒子。外形方方正正，是檀木打底。盒蓋布滿紅、綠、藍寶石，就像北斗七星排列，寶石還泛著寶氣，這麼多年沒褪淨。

程竹早就探出機關所在，她按動了機關，玻璃罩開啟，沒有警報聲。她戴著手套伸向七星寶盒，可拿起才不到一秒，刺耳的警鈴便大作。

失算了！寶盒底座也裝有機關，她觸動了最隱秘的佈置。她已經聽見紛雜的腳步向這邊湧來，大門傳來開鎖聲。程竹早有準備，就在大門被推開，一大群荷槍實彈的保鏢殺進來時，她掏出隨身煙幕彈，輕飄飄一擲，瞬間滿室濃霧，接著許多人開始咳嗽。

有人在大聲嚷：「不能讓她跑了，捉活的。」

程竹隨身法寶充足，早就變換出一套跟保鏢一模一樣的裝扮，也混在其中，只不過，她是慢慢退向大門口。

大門口的守衛早就換了人，全都機警的持槍對準門內，移動到門口的程竹略一思索，在胳膊上劃道口子，臉上也噴了血污，捂著手衝出來叫：「我受傷了，快去增援。」

守衛不疑有他，側身讓她出來，還問：「夥計，裡面情形怎麼樣？」

「她太狡猾了，正躲在裡面用藏品對峙呢。」

「哦？」守衛忽然臉色一變。

程竹心頭滑過一絲不妙。果然，其中一個守衛忽然叫：「他不是我們的人！」

槍火不客氣的對著程竹方向掃射，她身子輕靈的閃避，幾個起落縱跳竄向安全門方向，身後，是更多更雜亂的追擊腳步聲。

程竹甩掉變換的保鏢服，仍以緊身夜行衣為主，在樓廊間藉著黑暗掩護向她早就看好的退路溜去。雖然失手了，但安全要緊，來日方長。窗戶是緊閉的，程竹停下來，稍稍喘氣，摸出鐵製的工具，很快就將這扇窗撬開，腰間綁上安全繩，繩鉤就掛在暗處。

她個子修長，柔若無骨，受過專門訓練，小小的窗口足夠她翻窗而下，而下面是一片幽靜的內河，河上有小船接應。萬事俱備，程竹縱身躍下，忽然她的第六感告訴她要抬頭。抬頭一看，視線多了道人影，正目光灼灼的看著她。

「啊？」程竹一愣。

人影舉起一把大剪刀，冷冷威脅。「要麼乖乖上來，要麼墜落。」

跳下去？下面雖是內河，可離自己還有好大一段距離，且河面船隻聚集，守衛們把她的最後退路也堵住了。程竹舉起一隻手笑。「OK，我上來。」

她慢慢爬上來，等爬到窗口時，看了一眼人影，對方戴著面罩，只露出犀利的雙眼，冷冷看著她伸手。

程竹微微一笑，卻掏出槍對著他。對方飛快閃開，就這閃避的一瞬，程竹足尖一撐，竄向樓上，十分熟練地向上爬。對方低罵一聲，手伸出窗戶也舉著槍，卻沒有開，而是收回手，退開。

程竹很快就爬上樓頂，這裡她也準備了一些工具。身為全球頂尖的獨行女盜，她每一次的行動都相當謹慎又充分，不但要能次次不空手，更要保證自己能全身而退。

她不打無準備之仗，是以，她從來沒失手，也從來沒被捉住過。她的名聲響亮，她的行蹤成謎，她的事蹟在業內成為傳奇，她是國際盜界不可逾越的標竿。

當她剛準備好再次逃脫，就看到樓頂忽然多了道筆直的人影。對方也是一身黑，只露出灼灼雙目。「呵，來晚了，姑奶奶不奉陪了。」程竹在樓頂邊緣俏皮的送出一個飛吻，笑嘻嘻的縱身一躍。

「不要跳，這是圈套。」

對方飛奔過來想拉住她，眼神急切。

程竹聽到了，卻來不及，耳畔的風聲令她艱難抬頭，看到對方扯著她的鈎繩，風送下來他的大聲呼喊。「快上來。危險！」

「啊！」程竹感到腰間一鬆，整個人筆直的朝下墜落。

她驚聲尖叫，心頭更是震駭。這人誰呀？有危險不早說！友軍？她一向獨來獨來，沒有朋友，只有無數敵人的呀！啊啊～～這回死定了！

媽的，枉費她準備充分，沒想到還是失算了一次，只一次就足夠要了她的小命！好吧，老天保佑，下輩子她不當小偷盜賊了，她一定會洗心革面重新做人，走正道，做好人。嗚嗚，不要死得太難看啊！

她不是十惡不赦的壞人，她只是偷盜一些古畫、珠寶、古跡呀這些高檔貨賣給有錢人而已，可從來沒對窮人下過手。她是盜亦有道的典範呀，她罪不致死啊！為什麼呀？憑什麼呀？她，還不想死呀！

尖叫伴著最後一聲慘叫，接著她聽見自己摔在水泥地上的聲音……

陸鹿低叫一聲，大汗淋漓的醒來。她坐起身，從床頭取水喝，水已涼了，正好澆熄她緊張驚怕的情緒。

程竹是墜樓而死，死相很難看，摔得面目全非，她看到了，因為靈魂飄在空中。她不甘心的圍著程竹的肉身打轉，她其實想看看那個向她示警的人到底是誰？他會不會過來？

來了！對方取下面罩，讓程竹氣得咬牙切齒——她認出來了，這人是一直追捕她不放的國際刑警，分明是亞裔面孔，瞳孔顏色卻是混血藍。臭條子，不早提醒！

拍拍心口，把這段不堪回首的記憶收起來，陸鹿看看自己才十四歲的手掌，咧嘴笑笑喃喃自語。「雖然是陸鹿的身，好歹還是程竹的性子，兩個靈魂算是合一了，這一生一定要活得比程竹和陸鹿還要精彩，不要白白重活一回。」

最主要是程竹臨死之前的禱告——下輩子要走正道、做好人呢！

好啦，下輩子這麼快來臨，程竹覺得老天爺在耍她，故意安排給她一具十四歲怯懦小姑娘的身體在考驗她的誠信，好吧，她不做盜賊這個老本行還不行嗎？老天爺，祢就瞧好吧！

次日。車夫鄭坨駕著馬車，旁邊坐著小懷，馬車內坐著陸鹿還有春草和夏紋兩個丫頭。

「姑娘，這是去哪裡？」

「北郊鳳凰山寶安寺。」陸鹿雙腿抬高靠在墊子上望頂發呆。

春草驚訝。「為什麼呀？進香的話不跟太太一塊兒嗎？」

「我先探探路。」

「姑娘，奴婢聽不懂。」

陸鹿不耐煩回道：「聽不懂就不要多問，看著就行了。」

「哦。」春草和夏紋交換個眼神，閉嘴了。

馬車出街口直奔北城去，此時從街角閃出一名半大小子，看一眼馬車，掉頭疾走。

髒亂破舊的貧民屋，四個半大小子齊集在一起圍著爐子烤地瓜。

「大哥，打量清楚了，是陸府大小姐的馬車，向著北城去。」說話的是個十三歲左右的小子，破爛髒衣，眼神凶狠道：「那個扳斷四兒手指的臭丫頭，就是陸大小姐從鄉間帶回來的丫頭。」

「對、對。」接話的是個十四左右的小子，表情也堅決道：「我從常府打聽，那臭丫頭向常公子報的名字叫程竹，陸府並沒有這麼一個人，只可能是陸大小姐從鄉間帶回來的丫頭，所以才這麼大膽猖狂不知厲害。」

一直沈默的老大也不過十五歲的模樣，他冷靜的翻動地瓜，問：「臭丫頭真的在那輛馬車上？」

「呃？」負責打聽的小子遲疑了下，道：「看馬車大小，不是陸老爺平常乘坐的，而陸太太馬車今早去了上官別邸。這輛馬車十之八九……」

「也可能是陸府某位姨娘出門呢？」老大說出另一個可能。

「這……」好像也有可能。陸府姨娘們多，隨便哪個出府串門是有的。

「那怎麼辦？大哥。」最小的小四兒急了，他的手指是接回來了，可是彎曲伸不直，算是廢了。

大哥手裡拿著滾燙的地瓜，眼神陰沈道：「跟上。不管是陸府小姐還是陸府姨娘出行，這也是一次極好的機會。只要能接近陸府的女人，揪出程竹這臭丫頭就不成問題。」

「對，光是在府外盯哨，那這仇何年何月才報得成？必須府裡有人，裡應外合才行，對吧，大哥？」

「沒錯，就是這個意思。」

其他人臉色也開朗起來，歡呼。「出發！」

秋高氣爽，適宜出遊。馬車很快到鳳凰山腳下，陸鹿挑簾看到不少進香的善男信女們向著半山腰的寶安寺步行。

寶安寺建在鳳凰山半腰，首先得經過百來尺筆直的寬道，寬道再延伸就是一層一層的青石臺階，直通寶安寺的山門。這是考驗善男信女們的腳力呀！馬車什麼的，不能直達。

當然，轎子是可以的，可是一般人家也租不起上臺階的轎費呀。陸府馬車剛停在寬道旁，就有轎夫們上前兜攬生意。陸鹿抬頭看一眼望不到頭的臺階，嘆氣。

小懷很能幹，已經過去打聽轎費了。回來報告。「大小姐，一頂轎費一兩銀子。不算下山費用。」

「貴。」陸鹿環視一眼道：「我們這麼多人起碼得包四頂轎子吧。」

小懷忙笑道：「三頂就夠了，小姐與兩位姊姊各一頂。」

春草和夏紋也忙表態。「一頂就好。奴婢護著姑娘上山就好了。」

「這樣的話，大家一起步行吧，我也正好練練腳力。」陸鹿說的是真心話，天天關在陸府，晚間運動有限，她要跑路，腳力是一定要合格的。

「姑娘，還是租一頂轎子吧。這山路可不比平地。」春草勸。

陸鹿擺手，興致勃勃道：「好久沒爬山了，我倒想試試。走啦。」

留下鄭坨看守著馬車，主僕一行四人開始向著半山腰的寶安寺出發。

爬山是需要體力的。尤其是拾級而上，那腳力沒練過不要逞強。

陸鹿身為陸府嫡小姐，沒有最先趴下，而是氣喘吁吁扶著旁邊的護欄彎腰大喘氣；後邊，春草和夏紋直接不顧形象坐臺階上了；小懷強一點，但也扶著旁邊欄杆不停的吐舌頭。

「姑娘，走不動了。要不，還是租轎子吧？」

說話的工夫，有三、四輛轎子抬著從她們眼前走。轎夫都結實，一步一腳印，速度雖不快，卻平平穩穩的。風吹過，轎簾偶爾吹起，可以看到裡面坐著的大多是為上香而來的太太、姑娘們。

「快到了，再堅持一下。」陸鹿打氣。

春草和夏紋兩個動不了，哭喪著臉。「實在沒力氣了。」

「得，妳們慢慢歇著，我先上去了。」陸鹿擺擺手，又囑咐。「妳們別亂跑，到山門若是沒見到我，就進寺裡在殿上等我。」

「姑娘，等等我。」春草想爬起，腳一軟又跌坐下。

「記住沒有？不許亂跑，也不要聽信他人的胡說八道，只管照我說的做。」

「是，姑娘。妳可千萬小心，奴婢歇好了就來跟妳會合。」

陸鹿看一眼小懷，抬抬下巴。「小懷，你看著她們倆。」

「嗯。」小懷鄭重點頭。姑娘真是信任他呀！不但沒叮囑，還把她兩位貼身大丫鬟的安危交給他看管，果然沒跟錯主子。

看一眼前方，陸鹿提起一口氣，拖著灌鉛一樣的腿一鼓作氣爬上平臺，看到了高大巍峨的寶安寺山門，山門上是四個字：寶安禪寺。

陸鹿抹把汗，順著三三兩兩的人流進了寶安寺。不得不說，寶安寺聲名在外是有原因的，從大雄寶殿到後禪院，處處整潔而大氣端嚴，香客不少，可並不大喧譁，好像進了這裡大家都自覺地把說話聲音放低，怕吵著神明似的。

來往的僧人也神情肅然，僧袍乾淨，舉止莊重，眉目和善。

嗯，有點意思！有點名刹寶寺的味道。陸鹿邊看邊點頭。

這麼看來，顧瑤想在寺裡做點什麼手腳，也有一定的難度，最起碼，這裡的僧人住持不是可以買通當幫凶的樣子。一般僧人能被買通的多半是香火不旺的小寺，畢竟經濟來源匱乏，為了餬口不惜幹點缺德事也是有的。寶安寺這麼大一個名聲在外、香火又旺的禪寺，就算是西寧侯本人，為了禪寺的尊嚴，也多少會愛惜羽毛吧？

大致看了一遍後，陸鹿心裡有了底。顧瑤，妳有多少詭計就使出來吧！兵來將擋，水來，我給妳淹回去！

咦？柱子後鬼鬼祟祟、臉有菜色的髒小子怎麼有點眼熟？

陸鹿反其道而行之，迎難而上。她偏頭想看清楚對方到底是誰，她一步一步上前，對方一步一步後退，眼看快追上了，破爛小子驚慌失措，縮頭扭身一溜煙的跑走。

「站住！」陸鹿認出來了。是北城門那夥賊盜之一，怪不得有點面熟呢！

不喊還好，一喊，對方跑得更快，跟兔子似的，很快就繞出大殿，竄到山門拐彎朝後山一條林蔭小道去了。陸鹿追出山門，張望了下，春草、夏紋和小懷還沒到，她今天特意換穿靴子，方便裡面藏短劍，自保的意識還是有的。

又看一眼寶安寺山門通向後山的小路，陸鹿遲疑片刻，還是選擇慢慢跟上。她心裡掂量了下，有風險！極可能是個誘她深入的圈套。但，人嘛，多少會有好奇心，而當好奇心大過膽量時，就會不顧危險也想一探究竟。

林蔭小道開始還是有三三兩兩遊人與她擦肩而過，越往山頂走，人越少。深林三岔路口，陸鹿選擇困難了。

「哎，臭丫頭，這邊。」左邊樹後閃出那個髒小子，挑釁的衝陸鹿抬下巴。

陸鹿冷笑一聲，反稽。「蠢小子，有何貴幹？」

「妳、妳這臭丫頭……」那半大小子惱恨的跳上前，捋起袖子想揍她。

陸鹿巍然不動，冷眼看他跳到面前，忽然出其不意滑步繞過他的拳頭，快速閃到他身後，手起掌落敲在他的脖頸後。

「嘶——妳……」髒小子齜牙，摸著脖子回頭。

陸鹿抬腳毫不猶豫的踹向他心口，力道不能跟後世比，但位置拿捏到位，是正宗的戳心窩腳。髒小子瞪大眼，仰面直挺挺倒下。

陸鹿跨前一步，以手壓著他的頸動脈，皮笑肉不笑道：「服不服？」

「妳、妳到底……咳咳，是誰？」髒小子喘不過氣，有窒息之感，加上心口疼，說話結巴。

陸鹿沒說話，掃一眼他全身，又打量四周，確定沒人，她伸手摸向髒小子的褲腰帶，聽他驚叫。「妳、妳想幹麼？」

陸鹿將他的褲腰帶抽出，然後命令。「站起來！」

髒小子不肯，死也不肯。陸鹿拿他褲腰帶在脖子上比劃，威脅。「不從，就勒死你！」

迫於淫威，髒小子只得含羞帶怒的站起來，雙手自然只能提起褲頭不讓掉下，並忿忿的怒瞪她。

「走吧，前頭帶路，我還真想看你們搞什麼鬼。」

「啊？」髒小子呆了呆。

「走呀。愣著幹麼？等著讓人看你丟臉出糗嗎？」

# 第二十七章

髒小子低頭，一手提著褲頭一邊轉眼珠。這時候跑，好像不方便，跑不快，若想跑快，雙手得擺動起來，可他的褲帶還在這個不要臉的女人手上呢！還是臉面比較重要。

不情不願的拐上左邊更加隱密的一條草徑，陸鹿感官都警醒起來。眼睛掃描地上、樹後，耳朵豎起聽動靜，而鼻子也聳了聳，避免聞到什麼不該有的氣味。

還好，深林裡是秋的味道，秋樹秋葉秋花特有的蕭瑟凋零氣味。

帶路的髒小子眼珠子一轉，微微抬起腿，繞開地面殘枝。

陸鹿微微一笑，抬腳一掃。「唰」一個粗糙的索套彈起，飛快的擋在眼前。

陸鹿一把將髒小子的頸動脈掐緊，好笑道：「就這下三濫把戲，過時了！」

「妳、妳怎麼會知道？」髒小子更加心驚。

陸鹿冷哼一聲，這幫半大小子能有什麼智商在這麼短時間想出整人的招數？還不是地下埋圈繩這老把戲。「出來！鬼鬼祟祟，要躲到幾時？」陸鹿突然厲聲大喝。

「吱嘎吱嘎」踩枯樹枝的聲音響起。很快，從幾株大樹後閃出三個半大小子，個頭從高到矮，模樣青稚，面容髒兮兮的，衣著破舊補丁疊補丁。

陸鹿將髒小子抵在跟前，目光迅速瀏覽一遍。最先認出那個最小最矮的，就是當日在北城直接向她下手的小毛賊，也正虎視眈眈含恨剜著她。

陸鹿譏諷一笑，鎖定最高的那個小子，身量細瘦，目光陰鬱，手裡拿著一截短木。

「喲，看來你是他們的老大嘍？報上名來。」陸鹿先發聲問。

對方一愣，很快就浮現陰惻惻的笑容。「妳很快就會知道的。」

「我現在就想知道，畢竟，我手裡可是有人質的。」陸鹿淡然，手上略使勁，提褲腰的小子就發出慘叫聲。

「住手！」老大怒了，手裡掂著短木步步逼近。

陸鹿冷笑，手上也使出力道。人質小子一聲一聲發出哀叫，表情痛苦。

原本包圍陸鹿的三人聽不下去，頓住腳，忿忿瞪著她。

「快把我三哥放了！」最小那個尖細嗓子嚷。

「哦，這個是老三，那你是小四嘍，難怪這麼矮？」

這什麼意思？對方完全不知該怎麼接腔。

老大將短木揮了揮，陸鹿仍然不為所動，手上的勁道卻一下一下加緊。

「我姓孟，沒名，排行老大，大家都叫我孟大郎。」他屈服了，咬著牙回。

陸鹿轉向其他兩個，稍矮那個恨恨道：「我叫李虎，小名虎子。」

陸鹿咧嘴笑。「小名可以不用報了。」

李虎白她一眼，最小那個則不肯說話。

「你也不用報了，就叫毛小四吧？毛手毛腳的，在你們這團夥中排行第四，很應景。」

陸鹿取笑他。

「我呸！」小四氣鼓鼓唾棄她一大口，恨聲道：「臭丫頭，老子行不改名，坐不改姓，米昭。」外號就算了，連姓都改了，難怪小四要跳腳大怒了。

「喲，看不出來呀，一個偷兒取這麼個文謅謅的名字？我還以為小名叫狗剩之類的呢。」陸鹿繼續挖苦他。

話一說完，三人安靜下來，神色古怪。陸鹿眼珠轉轉，眉尖擰起，就聽到手上人質委屈巴巴，小聲說：「我、我小名叫狗剩。」

陸鹿無語，雙方靜默片刻，緩和下難堪的氣氛。

陸鹿只好又問：「你們是怎麼找到這裡的？」

毛小四，不對，米昭尖著嗓子得意道：「哼哼，我們一直在妳家……」

「小四，閉嘴。」孟大郎急忙喝止。

陸鹿就笑了，說：「原來，你們不甘心輸在我手上，一直想報復回來，當然，依你們偷偷摸摸的能耐想查清我住址還是不費事的，想必是向常府下人打聽到，然後就一直在我家附近遊蕩。偏巧今日瞎貓碰上死耗子，讓你們誤打誤撞的跟蹤對了馬車，是不是？」

「妳都看見了？」米昭大驚失色。說得頭頭是道，跟她親眼所見似的，不由人不驚訝。

陸鹿撇嘴。「我要是連這點推斷力都沒有，怎麼敢跟著狗剩三過來呢？」

「哎哎，妳別亂起外號。」狗剩不幹了，開始掙動。陸鹿眸中利光一閃，手起掌落，這回狠狠的劈在狗剩脖子要害處，狗剩一聲不吭的軟在地上。

「啊？妳對我三哥做什麼了？」

「放心，暫時死不了。」陸鹿從靴子抽出短劍，向著孟大郎道：「是單挑呢還是一起上？本小姐就讓你們輸得心服口服。」

孟大郎跟李虎對視一眼，驚疑不定。莫非這臭丫頭還是個隱藏不露的練家子？

陸鹿拿劍的姿勢很隨意，看不出師承門派來，孟老大和李虎兩個互使個眼色，左右包抄著過來。米昭拾起一根枯木躍躍欲試，他最恨陸鹿，他的小指還彎著呢，當下顧不得許多，仗著人多優勢，尖細著聲一喊，舉著枯木就揮劈而去。

「小四，小心。」

陸鹿也正想拿他鎮一下場子，看到他率先衝過來，笑了笑。不退反進，舉著短劍迎向那截枯木，寒光一閃「咯嚓」斬斷後，滑步側閃，以俐落動作來到米昭身側，將劍架到他脖子上，奸笑。「又是你打頭陣呀。」

米昭一愣，才感受到脖子上冰冷的氣息。

「放開他！」

陸鹿拿劍柄重擊米昭動脈，令他也軟倒後，悠哉地轉向團夥老大、老二。

「就你們這烏合之眾還想為難我？欠揍！」說罷，陸鹿飛步向前，劍光一凜，來到李虎面前。

李虎沒想到這女人打架不講規則，剛還好好說著話，怎麼突然就開打呢？

陸鹿不費吹灰之力就將劍抵在李虎心口，笑咪咪道：「就你們這遲鈍身手，好意思當毛賊？趁早轉正道老老實實尋個手藝混飯吃吧。」

「妳、妳到底是誰？陸府丫頭不可能會武功！」

「虧你以老大自居，見識短淺！這不叫武功，這叫打狗劍法。」陸鹿鄙夷。

孟大郎臉色青一陣紅一陣的，咬牙怒瞪她。

「別光瞪著呀，把你們今天偷來的錢財通通上交。」陸鹿抬下巴命令。

「什麼？」

陸鹿冷笑。「怎麼著？四人圍攻我一個，手下敗將，不獻點好處求放過，那我也只好報官嘍。」

「誰稀罕妳放過？」李虎怒吼，抓著她的劍道：「男兒可殺不可辱。」

「切，要點不義之財就是辱？那你們每天在城裡偷雞摸狗的，難道光明磊落？」

孟大郎看她良久，洩氣道：「好，我們技不如人，敗給妳，隨意處置。錢財，沒有。」

「沒有？你們不是團夥作案，分工明確嗎？」陸鹿不信。

甦醒過來的米昭忿恨嚷：「我們天天盯著陸府的哨，哪有多餘工夫去作案？呸呸，才不是作案。」

「哦，這樣呀，這麼說，還是我耽誤你們的生意嘍？」

孟大郎淡淡反問：「妳到底想怎樣？」

「我才問你們想怎樣？」

孟大郎盯著她。「我們認栽，但梁子結下了。只要我們兄弟有口氣，就不會放過妳。」

「這樣呀……」陸鹿冷笑說：「所以說，今天我放過你們，你們不但不會感激，還會繼續找我我麻煩嘍？既然這樣，那我也只好把惡人做到底唄。」

「妳想幹麼？」米昭騰身而起。

陸鹿扣著李虎，冷聲發令。「毛小四，拿褲腰帶把你們老大捆起來。」

「妳說什麼？」米昭氣白了臉。

「哦，米昭這個名字太文秀了，不適合你這樣的毛賊，毛小四這名適合你，不要急，當作外號聽就好了。」陸鹿解釋。

毛小四氣得要命，他才不是問這個！便弓起身向陸鹿撞來。

陸鹿也不急，抓著李虎，舉起短劍就在他手臂上一劃，頓時出現一道血口。

「嘶！」李虎吃痛抽氣，毛小四也看到她動作了，呆了呆。

「你再冒冒失失過來，我就先殺了他。」陸鹿威脅。

「妳敢？」

陸鹿笑了，說：「上一回我敢扳斷你作惡的手指，這一回就敢殺他自衛！毛小四，快去把你們老大捆起來。」

「我不！」毛小四快氣哭了。

孟大郎見李虎手臂的血直流，人也疼得臉變了形，急了。「捆就捆，小四，過來。」

「姓孟的，別耍花招呀。」陸鹿亮亮劍齜牙笑。

毛小四看一眼流血的李虎，又瞪一眼笑得開心的陸鹿，委委屈屈的上前，慢騰騰的捆著自個老大。其間兩人交換無數眼色，心知肚明，陸鹿也看在眼裡，並不點破，只拿著李虎做幌子。

「然後呢，去把狗剩也綁上。」陸鹿繼續指揮毛小四。

毛小四，大名米昭。看一眼大哥，不情不願的將狗剩扶起，弄醒了他，然後也一併捆上了。

「快放了三哥，他血快流完了。」毛小四尖叫。

「哦，輪到你了。過來。」陸鹿不緊不慢。

毛小四豎起眼睛。「喂，妳要幹麼？」

「過來呀。」陸鹿招手。

毛小四走過來，伸手去扶李虎，關切問：「二哥，你還好嗎？」

「沒事，我挺得住。」

陸鹿笑咪咪對毛小四叮囑。「放心，不捆你。現在，你可以放聲大叫了。」

「什麼呀？」毛小四莫名其妙。

「小四，別聽她的。」李虎和老大同時開口。

毛小四也聽出來這女人沒安好心，他固執道：「我不叫。」

陸鹿看一眼孟老大，又看看狗剩，手裡的李虎就是不放，噙著笑，說：「毛小四呀，你在捆人時做了手腳對不對？根本沒捆緊對不對？不要緊，我也不會過去察看，反正，自等官府巡差過來拿人就是。」

毛小四噎了下，眼珠亂轉。

陸鹿擒著李虎，看一眼他手臂上的血，笑說：「你說我要是把你手指斬一根下來，他們是不是會老實許多？」

「不、不要！」孟老大這才怕了，驚慌道：「妳、妳手下留情……我們會老實，會聽話的。」

「是嗎？」陸鹿指毛小四，冷下臉。「叫呀，叫非禮、叫救命！」

毛小四聽得又呆了。

狗剩卻呸一口，怒道：「臭娘們，妳這是要把我們逼死呀！」

「廢話！你們不打算饒過我，我憑什麼要放過你們？先下手為強的道理，難道你不懂？笨蛋！」陸鹿唾一口。

孟大郎默然，忽然抬眼，放軟語氣道：「程姑娘，我們也是混口飯吃，何必逼上絕路呢。這樣吧，我們不計較妳斷小四指的事，那妳也放我們一馬吧？」

「大哥！」聽他服軟，其他三人有點不敢相信地悲憤大叫。

「放一馬？現在說這，是不是有點遲了？」陸鹿皮笑肉不笑地反問。

孟大郎怔怔看著她，忽然又笑了，道：「妳威脅小四叫非禮叫救命，真把官差引來，就算我們被帶走了，妳也落不得什麼好，名聲也完了。我們被制伏又怎樣？老百姓才不愛聽這種女人單獨制伏男人的故事，他們就愛聽風月緋聞。一傳十、十傳百，只會越傳越離譜，妳清譽毀了不說，在陸府也會被掃地出門，損失更大。」

「嗯，好像有點道理哦。」陸鹿似笑非笑。

毛小四也壯起膽來，得意笑。「怕了吧？還不快快放了我二哥。」

「我好怕怕哦！」陸鹿不以為意地搖頭晃腦笑。

這招也嚇不到她？孟大郎又是一愣。

「名聲是什麼，可以吃嗎？清譽一斤值多少錢？」陸鹿有恃無恐。「不妨試試呀，看誰損失更大？看誰更倒楣？」

「妳不怕？」孟大郎意外地問。

「切，你這招過時了，對付別的女人當然很有效，可惜，嚇唬不了我。」陸鹿笑咪咪道：「因為你看走了眼。」

「難道妳不是女人？」孟大郎腦洞大開了一下。

陸鹿翻他一個白眼，板起臉嚴肅。「是，又不是。女漢子。不懂不怪你。好了，小四，開始叫吧！就你聲音最尖細難聽，處在變聲期的小男生嗓子最是刺耳。」

「妳說什麼？妳這個死人妖！」毛小四很快就找到反擊詞。

陸鹿皺下眉，奇怪問：「你還懂人妖？看來你人小鬼大哦。」

毛小四一張扁平臉都氣綠了。

「快點呀～～小虎子這傷口可不行了。」陸鹿涼涼道。

毛小四哭喪著臉轉向孟大郎。「大哥……」聽誰的呀？他好為難。

實在這丫頭太不按牌理出牌了，孟大郎一時也有點著急。送官，絕對不行！「程姑娘，求妳放過我們吧！我們再也不會找妳麻煩了，我們之間的帳一筆勾銷好不好？」

陸鹿充耳不聞，劍還在李虎脖子上比劃。

「我、我給妳跪下了。」孟大郎迫於無奈，咬牙就要跪。

「別，男兒膝下有黃金，你跪我算怎麼回事？我也當不起你這一跪。」陸鹿制止了。

孟大郎慌神了，急切問：「程姑娘，妳到底怎樣才肯饒過我們？」

「這個嘛……」陸鹿眼珠子四下轉動。這裡安不安全呀？世上沒有不透風的牆，這深林裡，如此空曠，透風得很呢。

「妳說，只要妳說得出，我們一定辦到。」

陸鹿身為後世獨行女盜，幾次死裡逃生也少不了其過人的直覺。

「我先考考你們的誠信。」陸鹿定定心神，將李虎一推，放過他，笑道：「明天，寶安寺，你們過來一趟。」

「二哥。」毛小四急忙扶住李虎。

孟大郎見李虎無事，也順勢甩掉綁了活結的腰帶，凝眸向陸鹿問：「妳……」

陸鹿微笑。「看，我先表達誠意，放過李虎，那你們，是不是也該兌現承諾？」

「當、當然。行走江湖，最講究的就是一個義字。」

「好。但你們人多，我又是女流之輩，所以，先考驗一次，等你們贏得我的信任，我再來跟你兌現你的承諾。」

只要放過他們，她說什麼，就一定能辦到！孟大朗神色複雜地看一眼陸鹿。

狗剩也掙開活套，悄悄道：「大哥，現在她手裡沒人質，我們一起上！」

陸鹿聽到了，撇嘴冷笑。「這就是你們的義呀？」

被譏諷的孟大郎瞪一眼狗剩，咬牙下定決心。「行，就這麼定了。」

「走吧。」陸鹿揮手。

毛小四回頭還很不服氣的瞪了瞪。

「等等。」陸鹿眉頭皺了皺。

「妳又起什麼么蛾子？」狗剩皺起眉頭，拳頭也握了起來。這個女人雖然沒把他們怎樣，可羞辱得也夠徹底。

「吶，一點散碎銀子，拿去看大夫，買點好吃的。」陸鹿笑吟吟隔空拋來一條舊手帕。

孟大郎伸手接過，臉色一變，睜大眼望向她，結巴道：「妳、妳什麼時候……」

「啊？這不是大哥保管的帕子嗎？」毛小四咋呼。

狗剩和李虎也同時一驚。這方舊手帕裡的散碎銀子，可是他們這幾天偷盜的成果，一向都是保管在老大身上的，什麼時候到這臭丫頭手上的？

「是呀，孟老大，物歸原主哦，好好保管呀。」陸鹿還是笑著說。

孟大郎卻後背升起一陣冷氣。「程、程姑娘，多謝。」多謝手下留情！

這一刻他才感到後怕。這丫頭一直笑咪咪的，難怪有恃無恐，原來真有兩把刷子呀？原來，她是真不在乎什麼名聲清譽的問題，她是有十足自信可以擺平任何對她不利的傳聞吧？

他們四人團夥圍攻，她都不放在眼裡，還怕什麼離譜的傳聞？她如此底氣十足，到底是為什麼？她不可能僅僅只是一個陸府丫頭！

「不謝，可以走了。」陸鹿揮手趕人。

「是是，馬上走。」孟大郎拱拱手，神色惶恐，向另一條小路退去。

陸鹿吐口氣，收起劍，拍拍手，總算搞定一樁麻煩事。這夥毛賊別看年紀小，真要搞起破壞來，也是不可小看的。為防止後患，還是掐死在萌芽狀態最好。

樹梢嘩啦啦被風吹響，有隱約的喊聲傳來，似乎是小懷的呼喊聲。

陸鹿挑挑眉，低笑。也是，耽誤這麼久，春草不慌才怪。

陸鹿朝來路回，走幾步又停下，四處張望。有飛鳥掠過，林中光線偏暗，陸鹿愣是覺得有東西盯著她，這是女人的第六感。

搔搔頭，陸鹿一步一回頭的走回寶安寺。

「姑娘！妳真的在後山？」小懷驚喜的跑上前迎著她。

陸鹿笑了笑。「你們等久了吧？」

「可不是？小的跟兩位姊姊在山門等半晌，不見姑娘影子。後來小的跟春草姊姊入寺尋姑娘，夏紋姊姊仍守在山門，可等我們找一圈也不見姑娘人影，都急了……」

「沒事，我就隨便逛逛。」陸鹿邊走邊安慰他。「我遇到熟人了，就多聊了幾句。」

「熟人？是哪位小姐嗎？」小懷也只能這麼猜。

「呃，不是，原來鄉莊的……嗯，他們結伴組團上寶安寺上香拜神來的。」陸鹿扯起謊來毫無壓力。

小懷輕「哦」一聲，也沒多問。春草和夏紋紅著眼睛撲上來，癟著嘴嚷：「姑娘，可叫奴婢好找！嗚嗚……」

「別哭了別哭了，我這不沒事嗎？走吧，咱打道回府。」

真應了「不是冤家不聚頭」的老話。剛走到山門前，正要下臺階，迎頭看到拾級而上的一隊剽悍護衛，當中步伐平穩、氣息悠長，一點沒有氣喘腿軟的可不正是段勉！

陸鹿稍愣，目光居高臨下與抬眸的段勉對上，又很快錯開，接著若無其事扭開頭，走到一側石欄前，望向遠山近樹，興致高盎的指點。「沒想到有楓葉看。春草、夏紋，快看那邊。」

春草和夏紋兩個也算認識段勉了，隔著距離微一福身後，便緊跟在陸鹿身後，打起精神附和。「是呀是呀，姑娘，瞧著真好看。」

「像不像火燒？」陸鹿胡亂比喻著，眼角餘光偷瞄到段勉已經帶著他的跟班護衛們走上臺階，然後停下步子。

春草苦著臉湊趣。「像，真像。」

「姑娘，要不要過去賞景？」夏紋討好問。

陸鹿招手問小懷。「有捷徑嗎？」

小懷表示。「小的不知，小的這就去打聽。」

「算了。」陸鹿嘴裡說著話，忽然感到身邊多道修長人影。

然後，是段勉清冷淡漠的語氣。「妳怎麼在這裡？」

陸鹿還想裝不認識，左顧右盼的。春草扯扯她的袖子，低聲道：「姑娘，段世子來了。」

真是主僕不同心，好心辦錯事。陸鹿嘴角扯一下，不得不轉過頭，迎向段勉沈靜淡然的眼光，沒好氣道：「我為什麼不能在這裡？」

段勉眼眸輕閃，似乎對她的無禮反問不以為意，看看四周，又問：「妳就這麼出城？」

「不然怎樣出城？」陸鹿好奇。「鑼鼓喧天，鞭炮齊鳴，官差開道？」

春草和夏紋拚命低頭，而王平和鄧葉卻忍不住「噗哧」笑出聲。

段勉沒笑，眸光盯著她，走近一步，沈沈開口。「不怕賊偷，就怕賊惦記著。」

陸鹿詫異抬眼。什麼意思？他在隱晦提醒她注意毛賊？注意安全？還是他知道有毛賊偷過她，然後被她反擊，毛賊很可能不甘心一直惦記報復她？他當時不在場呀？怎麼知道的？或者，不是她猜的意思，是別的其他意思？

「呃？什麼意思，沒聽懂？」陸鹿露出個天真笑容。

段勉深深看她一眼，明明聽懂了，眼珠子轉得比兔子還快，還裝傻？

「段世子，你忙吧，我先告辭。」陸鹿不想跟他多打交道，急急施一禮便邁步下臺階。

段勉沒作聲，也沒讓開。

陸鹿只好繞過他，忽然想到，咦？他怎麼也在這裡？這時候不該是在福郡王府別院嗎？他不在上官府別院，那陸明容今天不就見不到人嘍？她豈不白費心機了？哈哈哈，爽！

看著陸鹿悠閒地擦肩而過，段勉張張嘴，卻不知說什麼好，下一秒，她的步子輕盈歡快起來，蹦跳著下了臺階，十足小女生才有的天真嬌憨，不由莞爾。

「你們兩個，跟上。」段勉從護衛中指了兩個，吩咐。「把她安全送回陸府。」

「是，世子爺。」

王平和鄧葉兩個再次瞪圓了眼。什麼情況？這、這待遇，可從來沒出現在別的小姐身上，哪怕是顧瑤或者其他表小姐，世子爺從來就沒這麼上心過。

莫非……兩個心腹跟班用餘光瞄段勉，心驚肉跳的發現，世子爺嘴角微翹。如果不是眼花，那他們是不是可以認定，冷面冰山世子爺這是微笑？完了，冰山公子留意上了商家惡女，他們的苦日子只怕要開始了。

段勉目送著陸鹿的背影漸漸在視野中消失了，才踏進寶安寺，寶安寺的住持大師圓慧親自出面迎段世子入禪房招待。

「明日顧夫人、郡王妃會親臨寶安寺？」圓慧很是驚訝，不過喜大於驚。

「是，大師，能不能閉寺一天，屏退閒雜人等？」段勉問道。

圓慧想了想，西寧侯是天子第一近臣，福郡王是當今皇親，能破格降尊屈就益城寶安寺，是天大的面子。「老衲恭敬不如從命。」

段勉在住持陪同下，四處轉悠，忽然想到陸鹿。

今天上官府宴客，龐氏帶著陸明容出席，她堂堂嫡女怎麼不來？是不是她在陸府的日子不好過？那明天呢？明天，龐氏會帶她作陪顧夫人拜寺嗎？

陸鹿腳步輕鬆的下山，遙遙就看到鄭坨蹲坐在馬車旁抽旱煙袋，像個小老頭。

而引起陸鹿注意的卻是另外五人，五個身量比一般人矮的男人。穿著打扮雖是大齊國服飾，腰間佩的卻是彎刀，這種彎刀陸鹿並不陌生，是上一世和國軍隊用來砍殺人的隨身佩刀。

目光再次聚焦到面容上，膚色偏黑，五官扁平，鼻子塌，單眼皮小眼睛，嘴卻偏大，眼光透著陰森戾氣……陸鹿視線模糊，前世逼死她的和國混蛋狂妄的臉，漸漸與眼前這幾人五官重疊，都是那麼討厭、那麼令人作嘔！

# 第二十八章

「姑娘，妳怎麼啦？」春草發現陸鹿身子微抖，眼眶有淚光閃動。

陸鹿吸吸鼻子，掉頭看一眼關切的春草，這個前世一直對她不離不棄的丫頭，一臉的忠厚擔憂。她強壓下突如其來的悲憤傷心，掉頭。「回去。」

再次拾級而上，困難重重，畢竟她們才爬了一圈下來，沒走幾步，春草和夏紋就開始抬不起腿了。

而這回，陸鹿沒有把她們扔下，靜靜站在高一級的臺階回望。那五個和國人在跟轎夫討價還價，其中有一個陰狠的視線掠過她，露出個猥瑣的笑。

陸鹿淡淡收回目光，轉頭望向階頂，很快就眼尖的發現有兩個身量結實的男子狀似悠閒的左顧右盼，把陸鹿看笑了。這身打扮可不就是方才段勉的護衛，以為她認不出來？

「喂，你們兩個，過來。」她招手。

段勉的護衛一怔，沒想到這麼快就露餡了。明明他們長相路人，又混雜在一堆護衛中，這位姑娘是怎麼認出來的？

「陸姑娘，何事吩咐？」到底是主人交代保護的女人，兩人還是走了過去。

陸鹿指春草、夏紋說：「保護她們兩個，我上去找段世子有急事。」

「這恐怕不行。」護衛甲為難。「世子爺只交代小的護著姑娘安全回府，可沒說……」

「我現在極度安全了。」陸鹿打斷他們，指。「因為她們兩個扯我後腿，你們得把她們的安全護衛周到，我才能安全。」

很繞口，意思也七拐八彎的，護衛乙愣了下，眨眼糾結。「陸姑娘……」

「小心護著她們，我上去了。她們要有個三長兩短，我跟你們沒完，我鐵定要找段世子打小報告。」陸鹿放狠話了。

兩護衛這才不情不願點頭。「好吧，陸姑娘。」

春草和夏紋對於自己拖累姑娘感到很羞愧，張嘴就要推辭。「姑娘，妳不用管我們了。兩位大哥是段世子派來保護妳的，姑娘妳就……」

「少囉嗦！現在不是講這些虛禮客套的時候。」陸鹿乾脆揮手，二話不說提裙，一鼓作氣爬上臺階。不容易呀，好歹也是陸府大小姐，吃好喝好這些天，陸鹿又只在晚上練練身手，是以體力跟不上，氣喘吁吁的在山門歇了歇。

正累得不行，吐舌頭彎腰大喘氣時，山門內湧出一群人。陸鹿慘白著臉抬眼，正好對上段勉冷淡的臉，立刻大喜喚。「段、段世子。」

段勉一見到她快步上前，聲音有一絲不易覺察的淺喜。「妳怎麼又回來了？」

「事態緊急，不得不回。」陸鹿抬頭看了看。到底是段勉，身分不同，竟是由住持大師帶著一眾高僧送了出來。

「能單獨跟你說嗎？真的是急事。」陸鹿轉回臉，神態確實著急得不得了。

段勉回頭看一眼圓慧，淡淡道：「大師請回。」

「阿彌陀佛，段施主，好走。」圓慧眼觀鼻、鼻觀心的雙手合十施一禮便轉回。

陸鹿回頭看山門外臺階，生怕和國人上來了。

「到底什麼事？」段勉側轉頭，看出她的驚慌之態。

陸鹿不答，先跑到臺階邊上看了一眼，顧不得男女有別，拉著段勉走到一邊，壓低聲音道：「有和國奸細！」

段勉猛然間被她拉扯，稍稍掙了下也就聽之任之了，只是臉色悄悄染上一抹淡紅。忽然聽到「和國」兩字，頭腦頓時清醒，將信將疑地問：「和國人？在這裡？」

陸鹿認真點頭，神色格外鄭重。「沒錯，五個，穿著大齊國服裝，但我可以肯定的告訴你，他們是和國人，而且不是平民，是軍人。」

「在哪裡？」

「山腳下講轎價呢，相信很快就會上山。段勉，你不要放過他們！」陸鹿嚴肅道。

段勉心念微動，抬眸靜靜看她一眼，沈聲。「好！」

陸鹿放心的吐口氣。

「程、不，陸姑娘，妳如何辨認出和國奸細？」段勉還是把心裡疑問提出來了。

「不用辨認，他們是披著人皮的畜生，我隔老遠就聞到人渣畜生味。」陸鹿咬牙切齒。

段勉微愣，這比喻還真是簡單粗暴又貼切呢，他喜歡！段勉嘴角輕扯，露出一抹笑意。

「說得好。」

陸鹿沒看到，而是回頭望一眼他的護衛，皺起眉頭。「他們生性狡猾殘忍，只怕大庭廣眾抓捕會有後患。」

「當然不會。」段勉看著她著急的側顏，莫名有些想笑。這等軍情大事，自然由他來操心，她能通風報信就已經很了不起了，餘下的，自然交給男人處理。

「千萬不要手軟！」

「好。」

「千萬不要交給官府。」

「明白。」

「千萬不要大意！」

「嗯。」

陸鹿囉嗦了幾句，想了想，回頭就看到有轎子抬上來，大驚失色。「他們來了。你、你們要不要躲在暗處伺機而動？」

段勉衝護衛打個手勢，這幫心腹很識眼色的各自散開。唯有王平和鄧葉兩個擠眉弄眼的互使眼色，腹誹：哇哦，世子爺終於近女色了！終於有女人成功近身而沒招來他的厭惡嘍！

轎子抬上來，不多不少，五頂。陸鹿麻利的拽著段勉閃到一側，裝作看山寺外風景，眼角餘光卻一直瞄著，果然，就是那五個和國男人。他們下轎後，先是打量寶安寺山門，繼而掃一眼四周來往香客。

此時，天色近午，香客漸增，多數是益城百姓。大多是自己爬上山腰的窮人，也有一些為表誠心，也是一步一步爬上來的，個個累得在山門前喘氣歇息。

「看出來沒有?」陸鹿壓低聲音問身邊的段勉。

兩人閃到一棵寺前槐樹後，惹得其他香客紛紛側目，但陸鹿顧不得這麼多了。段勉背負雙手跟她站得很近，手臂挨著手臂，也不躲不閃。

「嗯。」身為曾經在第一線跟和國人面對面拚殺過的小將，段勉第一眼就認出這五人的確是和國人的五官輪廓，還有周身散發的戾氣，一切，都似曾相識。

「看到彎刀沒有?和國士兵標配。」陸鹿還喋喋不休地指點，並道：「看他們的扁平五官、標誌性的細小眼睛，對了，還有嗜血的眼神……」咦?沒掌聲也該有附和聲呀?陸鹿說到一半，扭頭看向段勉。

段勉靜靜看著她，神情仍是淡漠的，眼眸卻有亮亮的光閃爍。

「怎麼啦?我說錯了嗎?」

「沒有。」段勉若無其事轉開視線。

陸鹿不以為意，再次看向山門，卻發現和國人大搖大擺地進了寶安寺，喜得猛擊掌。

「好呀，甕中捉鱉。」

段勉不急不緩看向她。「陸姑娘，剩下的交給我，妳回去吧?」

陸鹿認真歪頭想了想，好像她留下也幫不上什麼忙，最後問一句。「今天能解決嗎?」

「能。」

「好，別讓我失望。」陸鹿踮腳，很有上司風範的拍拍段勉的肩，溫暖笑。「沒想到因為有共同的敵人，咱們還能有這麼平心靜氣交流的時候。」

段勉給拍得臉色一僵，耳根又慢慢染上紅色，眸光晦暗不明的盯著她。

「走啦，祝你順利！」陸鹿大咧咧揮揮手，又扭身握緊拳頭打氣。「加油！」

呃，什麼意思？加油？加什麼油？菜油還是豬油？留下一頭霧水的段勉兀自出了會神。

陸鹿剛回來，換上家常服後，就有龐氏那邊的婆子過來請。衛嬤嬤等一干人很憂心，私自出門這事是瞞不住的，龐氏這是要責罰降罪的意思吧？

陸鹿自個兒不急不忙，施禮請安後，靜靜的抬眸看著龐氏。

「好玩嗎？」龐氏低眸把玩著手上的一串檀珠。

「回母親，不好玩。」陸鹿嘻嘻一笑。

龐氏抬眼看去，亭亭玉立的模樣，臉上毫無驚慌感，反而嘻皮笑臉的，嚴肅道：「鹿姐，益城不比鄉下，尤其是身為陸府嫡長女，隨便出府是不允許的。」

「哦，我下次不敢了。」陸鹿識相的認錯。

龐氏皺起眉頭，看看左右，都是心腹自己人，便招手讓她上前，嚴肅問道：「妳把昨日落水的事細細說來聽聽。」

陸鹿納悶，怎麼忽然關心起她來？眼珠一轉，莫非今日去上官別邸作客，受了閒氣？

「是，母親。」陸鹿也不扭捏，大大方方的上前一步，低聲道：「事情是這樣的……」

她也不隱瞞，把落水前後細節一五一十的說給龐氏聽。

龐氏臉上的神情倒是沒什麼起伏變化，眼底卻有不明的光亮閃爍。「依妳說，是顧小姐算計妳？」

「是，女兒不敢欺瞞母親。段世子也看了出來，臨走還丟下一句話似是指責她，這個，當時在場的諸位小姐們都可以作證。」

龐氏相信了幾分。顧夫人聽信一面之詞偏袒娘家姪女，倒打一耙是有的。加上段勉抱的是陸鹿，才讓顧夫人更加惱火吧？

「段世子倒是好心。」龐氏看著陸鹿問。「你們以前認識？」

陸鹿稍加沈吟，又笑說：「母親可是貴人多忘事。女兒從鄉莊回來時說過，避雨青雲觀時偶遇段世子，不過一句多話沒有。」

「哦，是了。」龐氏撫額自嘲一笑。「老了，記性不好嘍。」

「母親正當壯年，哪裡老了？明明是家裡上上下下百多口人的家務事累煩了母親，女兒的這些小事哪值得母親記掛。」

聽她嘴甜，龐氏抿嘴笑了下，正欲開口說話，見屏風外轉進多順。「什麼事？」

「回太太，學堂裡鄧夫子派人來問，大姑娘病體可是大好了？再不去學堂，落下的功課已是越來越多了。」

龐氏看一眼陸鹿。

「呃？母親，我、一會兒就去學堂報到。」陸鹿汗顏，真的好久沒去學堂了，她早忘記有這麼回事了。

「嗯，去吧。」龐氏擺擺手，也沒再說什麼。陸鹿施一禮，安靜退出。

王嬤嬤看龐氏手撐著方桌，臉有憂色，便上前添茶送到她面前，小聲問：「太太可是愁西寧侯怎麼向咱們府裡交代的事？」

「唉！原本以為這事十拿九穩。大庭廣眾之下救上來就罷了，還抱了，妳說段府不給個交代說得過去嗎？」

「說不過去。」王嬤嬤義憤道：「按理來說，今日就該派人上門來商討才是！」

龐氏也煩這件事。倒不是她對陸鹿的親事多操心，而是這門親事結成了，對陸府有莫大的好處。

「顧夫人是指望不上了，她心心念念把自己的姪女給送進段府，不會對這事上心。」龐氏慢慢喝著茶，分析道：「福郡王妃呢，只怕也作不了主，到底是嫁出去的女兒。」

「那太太，就這麼算了不成？可不能這樣，不然，這以後大姑娘在益城可沒法議親了。」王嬤嬤就事論事說。

龐氏想了想，上官府只是段府的親戚，而顧夫人肯定是巴不得這事黃了。

「這事，容我跟老爺商量商量。」龐氏又嘆氣道：「先備下進京的禮物，遲早是要走一遭西寧侯府的。」

「沒錯，這等親事，還是京城裡的侯爺、夫人才能定下來。」

龐氏問底下的如意。「老爺可回來了？」

如意低眉報。「老爺兩刻鐘前回來，不知何故，讓易姨娘先請去了。」

聞言，龐氏將手裡茶盅重重放在桌上，臉色落了下來，嘴裡罵道：「這賤婢，敲打得還是不夠！」

另一個大丫頭吉祥上前悄聲道：「太太，奴婢聽說，易姨娘今兒還去了竹園，撲個空後，臉色極其不好。」

「哼，她還好意思尋大姑娘的茬去？也不看看她養在身邊的兩個丫頭給養成什麼樣了？」龐氏按按嘴角，起身道：「也罷，讓她作！我倒要瞧瞧她還能翻出什麼花浪？」

陸度正陷入煩惱中。他在學堂附近的小小水榭臺發呆。書童也是貼身小廝的侍墨歪頭看了半晌，確信少爺只是發呆，而不是坐著睡著了後，又自己盯著腳尖看。

「侍墨，去跟夫子請假，就說我突感風寒。」陸度起身，將桌上的一冊書收起來就走。

「少爺，你要去哪裡？」

「隨便走走。」陸度嘴裡說著隨便走走，卻是去了外書房。

陸翊正好回來，在外書房擺上午膳，才吃完漱口，就看到他過來，便關切一問：「今日沒去學堂？」

「爹，孩兒有點不舒服，請了半天的假。」

陸翊關切道：「請大夫沒有？」

「小恙，無妨。」

「去歇著吧。」確認陸度沒事，陸翊點了點頭，揮手讓他離開。陸翊還有事，這多事之秋，陸靖忙，他也忙。

陸度猶豫，想說什麼最終只好黯然點頭離開。他也沒有回院裡去，而是真的四處瞎走，心裡鬱悶無處發洩。也不知逛到哪裡，反正秋風蕭蕭，頗有寒意。

忽聽牆角那邊傳來一道驚呼。「什麼？那潑女會來學堂？我以為她從此後不來了。」

「自然是要來的。別的倒罷了，那舉止禮儀是少不了的。」

「為什麼呀？」

「嘖嘖，昨兒菊園的事，妳沒聽說呀？」

「嗯，聽說了一些，不大清楚。」

「那潑女跟著顧小姐一起落水，段世子偏把她救起還抱著她去請了大夫……」

「啊？真是便宜她了！」

「可不是。都在說，這下賴上段世子了，保不定會納進段府去呢？」

「切，就她那鄉下村姑……」

「就因為是鄉下來的惡女，所以，她必定會重回學堂的。怎麼也要把那粗魯的舉止糾正過來吧？不然進了段府，可是丟陸府的臉哦。」

「哼，想想就不服，她憑什麼呀？」

「誰叫她命好，跟著顧小姐一起落水，世子爺偏救她抱她呢。」

「呸！一定是故意耍的心計……」

「噓，小聲點，別讓她的人聽了去。那惡女的手段妳也不是不知道。」

「哼，不怕。這回咱們好好治治她。」

「啊，妳有好辦法出這口悶氣？」

「附耳過來。」

餘下來的話，陸度就沒聽清了。不過，他算是聽懂了，這兩個女人嘴裡的惡女原來就是陸鹿。既然提及了學堂，那這兩個嚼舌根的必定不是丫頭、僕婦，而是學堂裡的女學員。聽聲音，一個好像是表妹楊明珠，那另一個會是誰呢？

陸度瞅瞅附近，有古樹掩映小徑。他並沒有高深的武功，只會點自保的拳腳而已，等他繞過這堵牆，只怕人早就走遠了。那麼，提前送個警示的口信給陸鹿也是好的。

竹園，陸鹿還歪在榻上呼呼大睡。接到由小懷傳遞過來的口信，她還不高興。

「不就是楊明珠、一剪沒還有黃宛秋會搞鬼嗎？有什麼大不了的。」

春草卻擔心。「姑娘，暗箭難防呀。要不請假算了？」

「不算。我倒要看看她們的鬼點子長進沒有？」打個哈欠，陸鹿又歪在榻上。

衛嬤嬤卻老眼發亮，盯緊她盤問。「姑娘，妳怎麼跟這三家結怨的？」

「呃？就是在學堂裡小打小鬧嘛。衛嬤嬤，妳也知道，女人嘛心眼小，愛記仇。」陸鹿打哈哈。

衛嬤嬤卻不放心。「這楊姑娘可是那邊府裡楊姨娘的姪女？」

「是。」

「黃姑娘可是府裡周大總管的姨姪女？」

陸鹿打哈欠幫她說完。「一剪沒是易姨娘的姪女，蛇鼠一窩，全湊齊了。」

「哎喲，我的姑娘呀。妳這是怎麼搞的呀？這三家的怨也是那麼好結的？」衛嬤嬤替她慌神了。別看兩家是姨娘的娘家姪女，一家是總管的親戚，可都不能輕易得罪的呀！

「反正結上了，來不及了。」陸鹿滿不在乎。

「姑娘，妳可是府裡嫡大小姐，何苦跟這些人計較？」

「是她們先挑釁我的，我只是反擊。好啦，衛嬤嬤，我會沒事的，妳安心等好消息。」

衛嬤嬤倒吸口氣。「等好消息？姑娘莫非要跟她們槓上？」

「不然呢？要我退縮？」陸鹿反問。

衛嬤嬤嘆氣，苦口婆心勸道：「姑娘，妳身分尊貴，這等人家的姑娘不值得妳跟她們鬥，直接報給太太便是。」

陸鹿也沒嗤之以鼻，而是認真思考後點頭說了一句。「嗯，我會保留向太太告狀的權利。」贏了就算了，假設萬一輸了，她是一定會向龐氏告狀的，不告白不告。

下午，陸鹿重新回到學堂，得到同學們一致驚訝的注目禮。見過鄧夫子和曾夫子後，陸鹿回到座位上。陸明容沒來，請假了，陸明妍不情不願的跟她打了招呼，便轉頭跟易建梅、楊明珠幾個嘀咕去了。

只有陸明姝笑笑地湊過來悄聲問：「大姊姊，我送過去的那些功課，妳可預習了？」

「哦，那個呀？我、我看了。」陸鹿早就忘得一乾二淨了。

陸明姝安慰她。「這麼多天沒來，很緊張吧？不要緊，一會兒是茶藝課，先緩緩神。」

「茶藝？」陸鹿嘴角抽了抽。喝個茶還搞這麼多名堂？附庸風雅！啐！

教棋藝和茶藝的是個老態龍鍾的老傢伙，面容皺成老樹皮，唯雙目有神，拄著枴杖進課堂時，陸鹿著實嚇一跳。這走路都顫巍巍的老傢伙不安享晚年，還出來賺棺材錢，不容易呀。

老傢伙姓許，是附近很有名的一位棋藝高手，家裡確實不寬裕，但也過得去。要不是看在陸靖豐厚財禮上，他是不肯輕易出門的。每五天兩堂棋藝加茶藝課，輕鬆悠閒，為時一個時辰，他每次都很準時過來。

茶藝的話就得有特製的茶具，學生們每人都有一副。只不過，許老先生趁著廊下燒水，先從茶經講起，並且還要求學生們也先熟習茶經。

陸鹿聽得想打瞌睡。聽他嘮叨了半個時辰後，開始練習斟茶之禮。陸鹿表現溫順乖巧，許老先生一點沒多留意她，只看到課堂諸女學生專心認真聽講就老懷甚慰。

坐後排的楊明珠和黃宛秋互使個眼色，表明：時機來了！

往陸鹿身上倒滾水是不現實的，也太容易穿幫，不過，往她茶具裡倒點藥末什麼的，總歸是容易吧？外頭燒水、洗茶具的丫頭可都是她們的人。

一套不流暢的茶藝動作下來，陸鹿眼花手瘦。

「動作要輕柔，茶水不可灑出來，要做到雅，這才是茶之藝……」許老先生一邊做示範一邊嘴裡唸。然後，他端起一小盅茶水，放唇邊輕啜一口，道：「不可牛飲，以淺嚐為最佳。茶是用來品的，而不是解渴之用……」

藝。

「是。」女學生們也有樣學樣地端起面前的小茶盅，送至唇邊淺淺一嚐，品味自己的手

陸鹿把小梅花形的茶盅端至嘴邊時，旁邊射來一道目光。轉頭一看，是陸明妍，眸光是幸災樂禍的，與她視線對上後，很快若無其事地移開。

茶水有詐？陸鹿回頭看一眼楊明珠和黃宛秋，這兩人倒沈得住氣，不動聲色。不過，易建梅卻驚慌的看她一眼，仰頭一口把茶水乾了，換來許老先生不開心的眼刀。

水肯定沒什麼問題，都是出自一個大壺，那就是茶具有問題。陸鹿先是斯文的聞了聞，氣味嘛，好像甘中帶苦，不過，茶水本來就是這種味道。

「大姊姊，妳怎麼還不嚐嚐？」陸明妍看她磨磨蹭蹭的忍不住開口催一把。

登時，好幾道目光都投過來，包括許老先生的。陸鹿笑笑道：「飲水思源。這第一杯茶，照例是要先敬祖先的。」說完，她自顧自的灑在桌前。

敬祖先，那就沒什麼人有異議，雖然她舉動怪怪的。

「那這第二杯茶呢？」陸明妍嘟囔著問。

「謝父母養育之恩。」陸鹿舉起茶盅，這個不好倒，畢竟還在世呢，然後眼珠一轉道：「也敬謝先母。」

敬先母，這個倒也沒什麼可指責的。大家都把注意力放在她的第三杯上。陸鹿笑嘻嘻道：「天地君親師，這第三杯當仁不讓，多謝許夫子栽培之恩。」

許老先生格外納悶。啥意思？他又不是第一天開課，用得著這麼隆重謝過？也不是什麼

重大節日，這是要幹麼？
陸鹿面帶微笑、雙手端著茶盅，上前一步向許老先生敬謝。
「不要！」易建梅脫口阻攔。
楊明珠也開口勸阻。「陸大姊姊，這於禮不合吧？」
「怎麼不合啦？我是第一天第一次上許老夫子的茶藝課，在他親手教導下斟出的第一盅茶，難道不應該敬獻先生嗎？」陸鹿眯起眼睛反問。
黃宛秋看楊明珠啞口無言，按按嘴角笑笑道：「話雖如此說，可大姊姊這一番動作下來，置我們於何地？我們可是遵照許老先生的吩咐淺嚐了，妳卻說要敬謝先生，豈不是……」豈不是故意討巧，讓她們這一眾女學生臉面何存？
「哎喲，是我考慮不周，我認錯，我賠禮。」陸鹿正愁沒有人出面接手爛攤子呢。
黃宛秋心頭滑過一絲不妙，這丫頭轉變太快了吧？
「黃家姊姊教導的是，我錯了。這杯茶，就當是我的賠禮吧？謝姊姊教導！」陸鹿不容分說，把手裡茶盅塞到黃宛秋手中。
「妳、妳幹麼？」
「黃家姊姊若是不喝這盅茶，就是還在埋怨我。」陸鹿心底暗笑，面上卻委屈道：「是我不懂事，我改。」
知情者都個個變色，不知情者也有點懵。就是許老先生也有點轉不過彎來：不是要來敬他的嗎？怎麼眨眼就遞到別人手裡了？好吧，瞧在她是陸府嫡大小姐面上，不計較算了。

「呃？我？這個……」黃宛秋面皮有點抽，眼珠看向楊明珠，尋求支援。

楊明珠果然站出來，笑吟吟說：「陸大姊姊，算了，黃姊姊並非埋怨，只是……」

「我哪裡有怪黃家姊姊，這不多謝她教導嗎？」陸鹿盯著黃宛秋，挑挑眉頭。「怎麼，黃家姊姊不肯喝我這盅茶，是看不起我嗎？」

# 第二十九章

「沒、沒有。」黃宛秋欲哭無淚。

「請！」陸鹿專注盯著她。

忽然，陸明妍捂著肚子攪場。「哎喲，肚子疼……」

楊明珠聞言，馬上道：「不要緊吧？四姑娘。」

「這水，只怕沒燒開吧？今日誰當值？」易建梅也呼喝起來。

黃宛秋聞言，順勢苦笑道：「陸大姊姊，妳看，這茶水只怕小丫頭沒燒開，妳的心意，我改天再領吧。」

「好吧。」

陸鹿答應太快，黃宛秋有種不真實感，不過總算逃過一劫，多少心安了些。自然，陸明妍的肚子痛也一下就好了，這下，連最不管事的陸明姝都看出不對勁來，她憂慮的看看陸鹿，欲言又止。陸鹿倒沒什麼反應，仍然鎮定自若，溫和笑著聽課。

下一節是棋藝。自然，陸鹿跟陸明姝一隊練習。

「大姊姊，她們是不是……」陸明姝手裡執著白子，咬咬下唇輕問。

「不是。別想多了，下棋不語，別讓許先生逮到。」陸鹿看看拄著楞，手裡拿著根細長板子的許先生。

棋藝課最講究安靜沈思，一點點舉止不當，許先生的板子就敲下來，毫不含糊。當然，有什麼不懂的可以舉手問，就是不能交頭接耳竊竊私語。陸明姝只好將白子放上棋盤，陸鹿則對著手中的入門棋譜，專心的研究著。

一時，屋裡氣氛空前和諧清靜。

沒多久，安靜的學堂傳出不和諧的「咕嘟咕嘟」異響。大夥兒都抬頭想看是誰在製造噪音。沒想到，「咕嘟咕嘟」的聲音此起彼伏，還伴著小聲嬌呼「哎喲」。

陸明姝驚訝四看，陸明妍等人都表情痛苦的捂著肚子趴在棋盤上，齜牙咧嘴的。

「許、許先生，我、我請假。」楊明珠率先彎腰摀肚舉手。

許老夫子不滿地反問：「何事請假？」

楊明珠臉色通紅，忍得苦，實在肚子咕嘟叫，只得忍住羞恥小聲道：「出、出恭。」

人有三急，出恭是大急，許夫子擺手。「去吧。」

「多謝夫子。」楊明珠腳步飛快的竄出門。

黃宛秋和陸明妍也面色糾結地舉手要請假，理由也是出恭，許夫子臉色就落下來了。一個、兩個都請假，是嫌棋藝課悶吧？故意的吧？這幫女學員，還學會集體蹺課了？

「先生，我也請假。」易建梅弱弱舉手。

許夫子臉色鐵青，擺手。「去吧、去吧，都散了，不要來上課了。」

「啊？」易建梅症狀是最輕的，她忍到最後，沒想到許夫子發火了，有點不敢出門了。

陸鹿笑嘻嘻催。「一剪沒，妳還不去會合，小心她們不帶著妳玩哦。」

「妳、妳胡說。」易建梅忍了忍，最終抵不過生理的需求，低頭匆匆跑出課堂。

偌大的學堂只有孤零零三兩個女學生，許夫子氣得吹鬍子瞪眼，枴杖頓地道：「不教了，不教了！散了吧，以後也甭學了。」然後，氣得顫巍巍的走出去。

陸明姝大吃一驚，起身想去挽留，讓陸鹿扯下道：「妳安分坐著吧。」

「可是，許老先生他……」

「放心啦，他會回來的，輪不到妳去留人。」陸鹿繼續執棋子研究。

「大姊姊，妳這麼肯定？」

「呵呵，妳等著。馬上鄧先生就會殺過來興師問罪。」

陸明姝歪頭想了想。也對，好好一堂課，夫子甩手走了，學堂負責人鄧夫子一定會過來查清原委吧？

果然，沒多久，鄧夫子臉色陰沈的進來。她先掃一眼稀稀落落的幾個學員，怒氣就上來了。「其他人呢？」

「出恭去了。」

「一起？」

「是呀，她們關係好，有什麼事都互相邀著。」陸鹿代答。

鄧夫子冷哼一聲，道：「妳們繼續上課。」便轉身出門。

陸鹿放下棋譜，溜到門邊，扒著門縫張望。

楊明珠、陸明妍、黃宛秋、易建梅四人臉色蒼白，雙手絞在衣前垂頭站在廊下，鄧夫子手裡拿著一根戒尺舉起，一個一個的重重打下去。

「爽！」陸鹿很滿意。也不打聽打聽她是什麼出身，就敢在她面前玩小把戲？貼身掉包，是她最擅長的手段，想陷害她，就要做好被反陷害的覺悟。

原本，陸鹿不曉得她們在玩什麼名堂，這下知道了，是瀉藥！極強勁那種，瀉如水似的，根本沒時間跑廁所。如今是四人中招，如果只她一個中招，後果不堪設想，丟臉出糗是必然的，說不定晚上就會傳遍整個益城富家圈子了。

太陰狠了，殺人不見血啊！

陸明妍最小，覺得委屈，先哭起來。楊明珠卻又彎著腰搗著肚子要跑廁所了。

「她們是吃壞了肚子吧？」陸明姝好奇湊過來問。

「嗯。她們四個人形影不離的，有好東西一起分享，這下一起拉肚子，所謂有難同當嘛。」陸鹿還注解著。其他幾個外頭來上學的姑娘們聽到她這麼一說，面容微變。

這說明她們四個關係最緊密，別人都是不相干的人。於是，原本跟楊明珠等人關係還算不錯的其他幾個人，再看外頭罰站打手板的人，就帶著幾分幸災樂禍。

外廊下罰站不大順利，因為這四人時不時就要去上廁所。到最後鄧夫子也看出來確實是拉肚子，這才作罷。不過許老先生已經氣哼哼的回家，並且揚言再也不會來了。

這個鄧夫子就為難了。她去請，沒請動；陸靖去請，也沒請動，直到楊明珠和易建梅作代表上門賠禮認錯，恭恭敬敬請罪後，許老先生才勉勉強強答應不計較——此是後話。

鄧夫子最後詢問原委，得不到確實答案，不過，還是好心的允許她們四個提早散學了。

清靜了！陸鹿懶懶散散的趴在桌上。終於熬到散學，陸明姝說要一同去看望陸明妍，兩人同路。走到通向內院的岔路，意外看到陸度的小廝侍墨。

「大姑娘、三姑娘好。」侍墨也頗機靈，上前請安。

「你在這裡做什麼？大哥哥呢？」陸鹿環顧四周沒看到陸度。

侍墨笑吟吟道：「大少爺在外書房，吩咐小的守在這裡，見著大姑娘散學便回去稟報一聲。」

「奇怪了，我怎麼聽不懂呢？」陸鹿看向陸明姝，問：「妹妹聽明白沒？」

「也沒有。」陸明姝也聽糊塗了。

侍墨又施禮笑道：「小的既然見著了，便去回覆大少爺的吩咐了。」

「且慢。」陸鹿看一眼陸明姝，領著侍墨走開幾步，低聲問：「大哥哥沒其他話吩咐？」

侍墨悄悄偷瞥一眼陸明姝，後者雖好奇打量他們，卻安靜的等著沒走過來，便也小聲回道：「大少爺還說，若是見著大姑娘無恙便罷，若有差池，立即回報。」

「大哥哥為什麼這麼吩咐？可有內情？」

侍墨搖頭。「其餘的，小的實在不知。」

陸鹿想了想，又問：「晚膳後，大哥哥可有空閒來一趟竹園？」

「小的不敢作主。」

「去吧，把我的話帶到。」

「是，大姑娘。」侍墨一溜煙的跑遠。

陸明姝這才笑笑走上前，打趣道：「大哥哥偏心！堂妹妹比庶妹妹還疼。」

「是呀，妹妹回去揍他。」陸鹿也笑著打趣。

陸明姝訕訕問道：「大姊姊跟侍墨說什麼？」

「沒什麼，代問大哥哥安。」她不說，陸明姝是問不出來的。

進內院，陸鹿才不想去看望陸明妍，她一點表面功夫都不想做，直接去了龐氏的後堂，但龐氏帶著丫頭婆子去庫房了，沒見著。

陸鹿回到屋裡就開始著手準備，媽的，謠言滿天飛，好像被段勉抱一抱，不嫁給他這輩子就毀了似的？絕不重蹈前世的錯路。她要跑路！沒錯，溜之大吉，走為上策！

路費已經湊夠，現在最缺是跑路工具，好在今天探察寶安寺，有所收穫，就看明天的了。如果一切順利，那跑路成功不在話下。

「姑娘，妳這是幹麼？」衛嬤嬤看到她攤開大大的包袱就瞪眼。

「哦，我在清理舊衣裳，好打發給底下丫頭。」

衛嬤嬤不以為然道：「姑娘的舊衣哪能賞底下小丫頭們。賞給小青她們幾個就好了。」

小青聽了連連點頭。

陸鹿翻翻眼，示意春草。「找幾件舊衣賞給小青、小語幾個，這天越發涼了，她們的四季衣裳還沒趕做出來吧？可憐見的。」

「謝謝姑娘。」小青喜而磕頭。

「起來吧，扶嬤嬤去外屋歇著。」

「是。」小青上前扶衛嬤嬤。

衛嬤嬤唬一跳。「姑娘多慮了，老身還沒到要人扶的年紀。」

「小心點總沒錯。」陸鹿笑咪咪看著衛嬤嬤出門，才又手忙腳亂的開始打包秋冬寒衣。

夏紋瞧出苗頭，問。「姑娘是要出遠門？」

「嗯，妳們跟不跟？」

「姑娘去哪兒，我們就去哪兒。」

「好，妳們也打包好。別讓衛嬤嬤她們發現，等我眼色行事。」陸鹿對首飾什麼的都無所謂，輕裝上陣嘛，不過，生母那個密碼盒是一定要帶上的。血帕的字雖然歪扭認不出來，但她不急，總有認出來的一天。至於易姨娘什麼居心？懶得管她，敵動我不動，敵不動，我仍不動，以不變應萬變！

忙亂一天後，入夜，秋風蕭瑟。陸鹿在燈下算帳。

黃公子給的寶票還在，幸好沒去存銀莊錢號，不然去取又是麻煩事。還有一些雜七雜八的散銀，細細換算下來，夠她拖家帶口在江南白吃白喝混幾年。只要安全到達江南，那她就海闊憑魚躍了。易容換裝是肯定的，陸府私跑一個嫡小姐，陸靖絕對會爆怒，會不惜血本也要抓她回來吧？哼，山人自有張良計應付。

打個哈欠，看看屏風後的春草歪坐著快睡著了，陸鹿推醒她。「去床上睡吧，我這就歇了。」

「哦，奴婢這就服侍姑娘安歇。」

「不用了，妳歇妳的去。」陸鹿揮揮手，去淨室轉一圈回來，卻看到床鋪好了，春草端著燈小聲。「姑娘早點歇吧。」

「嗯，去吧。」陸鹿鑽進被窩，開始考慮明天的事。

明天，那四個小扒手會來吧？不來，要他們好看！

窗壁忽然傳來極輕微的叩響。陸鹿豎起耳朵聽了聽，不是風聲。她一骨碌爬起，悄無聲息的摸過去。叩響再起。她倒吸口氣，驚怕問道：「誰？」

「我。」

感到聲音有點耳熟，陸鹿皺眉。「你是……」

「呵。」低低輕笑，似是嘲弄。

這下聽出來了，陸鹿又倒吸口氣。「段勉？」

「嗯。」

這個混蛋，嫌外界傳言還不夠離譜嗎？他來幹什麼？採花賊？應該不是。他對花草不大感興趣。陸鹿看窗影，黑影隨風恍惚，還沒走？只好披件厚厚狐氅，躡手躡腳的開門轉到後窗，一眼看到廊柱下的修長人影，二話不說衝過去拖起他遠離正屋。

段勉沒作聲，任她氣鼓鼓拖拽著走。來到牆根，藉著花叢掩護，陸鹿才劈頭蓋臉低怒罵道：「你有夜遊症呀？這麼晚跑來幹什麼？討罵？」

「想告訴妳一聲，和國奸細都擒住了。」段勉慢慢開口。

陸鹿瞬間就喜形於色，興奮問：「活捉了？」

「嗯。」

「招了沒有？」

「招了。」

「什麼原因？」陸鹿習慣追問。段勉卻沒說話，畢竟涉及朝堂機密。

「難道益城有重兵布防？不可能呀，離天子腳下這麼近，哪家天子也不會在隔壁布重兵呀？」陸鹿袖起雙手猜測。

「跟兵力無關。」

陸鹿斜他一眼，低聲問：「很機密？不能讓我知道？」

「是。」

「那我猜出來，不算你洩密吧？」

段勉淺淺一笑，點頭。「妳猜得出來？」

「要不咱們打個賭吧。如果我猜出來，我吩咐你做件事。」陸鹿狡黠笑。

段勉反問：「如果猜不出來呢？」

「那就當我笨好嘍，猜不出機密大事唄。」陸鹿狡猾又賴皮。

「呵～～」段勉輕輕一笑。

陸鹿臉面一熱。「要不要打賭？」

「好。妳猜，我答應便是。」

「嗯，孺子可教也！」陸鹿讚許地誇獎。

段勉怪異地瞅她。孺子？明明比他小四歲好不？幹麼一副大人的語氣？

陸鹿沒管，也看不清他變化的神色，搖頭晃腦虛張聲勢一番，悄聲湊近笑。「我猜到了，是不是跟國師天靈子誇獎的話有關？他說鳳凰山風水極佳，將出治世良將，所以呢，不但引起齊國上下關注，就是和國人也聽信了，想半道來截胡這治世良將為己用，對不對？」

段勉的表情可以用震撼來形容。能猜到大概就很了不起了，還猜得這麼準？陸鹿的猜測跟和國奸細拷問出的供詞一模一樣。段勉半天沒說話，怔怔注視著得意洋洋的陸鹿。陸鹿的形象在段勉心目中原本就有點神秘莫測、古裡古怪，這下更是撲朔迷離了。

「妳、妳為什麼這麼猜？」段勉的嗓子有點澀。

陸鹿俏皮的轉眼珠，低聲笑。「這麼說，我猜得很準嘍？」

「嗯。」

「因為我聰明過人嘛，會分析判斷嘛。」陸鹿給他一個理由澄清他的困惑。

段勉唇角一勾，無語。聰明人太多，可沒幾人能猜中和國奸細的來意。

「你不會想耍賴吧？」陸鹿袖起雙手仰頭問。

「不會。妳說。」

陸鹿放心了，四下看看。四周安靜，只有秋風吹動樹梢沙沙作響，間或有狗叫聲遠遠傳來。天邊冷月如鈎，她緊緊厚厚披風，壓低聲音道：「我的要求很簡單，封殺外界不利於我的謠言。」

認真聽講的段勉又是一愣，反問：「妳聽到什麼謠言了？」

說起來就一肚子苦水，陸鹿愁眉苦臉。「還不是菊園落水，承你抱了一抱，各種酸水就冒出來了，我呸呸，早知這樣，我當時就該自己死撐一口氣爬上來。」

段勉的臉色瞬間就變難看了。

「你看，我們私下講好了，陸府跟段府不會有交集，我不要你負責，你也不想我纏上你，對吧？那，外界流言這麼傳，對彼此都不大好，有能力封殺的就是段世子你啦。為了你的清白，為了你們段府的聲譽，痲煩快點出手吧。」

段勉把臉扭開，淡漠道：「嗯，我會著手處理。」

「三克油。那沒事了，晚安。」煩心事解決了，陸鹿攏攏衣領，沒有猶豫，掉頭就走。

「喂？」段勉忽然開口。

陸鹿腳步一凝，扭頭問：「叫我？」

「嗯。」

「我有名字，陸小姐或者程姑娘，都可以。」

段勉眸光閃動，臉在淡月下顯出濃濃的陰影。「妳，明天會去寶安寺嗎？」

「會呀。你表妹顧瑤特地發了帖子請我，當然要去湊熱鬧嘍。」陸鹿大大方方坦承。

段勉心頭莫名一輕，不過一時又冷場了，陸鹿見狀，扭頭又想回屋裡熱被窩去。

「妳原來在鄉莊，見過和國人嗎？」段勉也不知為什麼，急匆之下隨便找了個話題。

「沒有。」陸鹿想了想，走近幾步，好奇問：「那五個和國人，死沒死？」

「暫時沒有。」
「哦？你心腸這麼軟？」
段勉嘴角一扯，道：「要送往京城交天衛營細審。」
「那是什麼機構？」陸鹿頭一回聽說。
段勉遲疑了下，低聲道：「不該知道的別打聽。」
「比武騎衛如何？」
「權力更大。」
「哦？我似乎懂了點。」陸鹿恍然。
段勉疑惑。「妳真懂？」
「武騎衛只是皇上的暗衛，負責保護皇上的安全，而這天衛營想必除了有調動武騎衛的權力，更加隱秘外，還負責處理過濾、辨別國外情報資訊的吧？」
段勉直勾勾盯著她。陸鹿搓搓手，哈著氣琢磨。「有天必有地，難道還有個地衛營？專門針對齊國各大權貴高官勢力的？好像錦衣衛哦。」
段勉半天沒出聲。
「段勉，你從邊境回來，不單單是摻和皇子之爭吧？」陸鹿用手肘捅捅他，挑眉笑問。
「時候不早了，妳早點歇著吧。」段勉打算結束今天的夜訪。
陸鹿卻被挑起興趣，耍賴道：「我不睏。段勉，透露一點嘛，真的好好奇呢。」
「好奇害死貓！不該妳打聽的別問。」段勉語氣又冷又無情。

「切，小氣鬼！」陸鹿跺跺腳。

「我若真小氣，妳還會站在這裡？」段勉莫名其妙來一句。

陸鹿憤不過，伸手指戳他，質問。「怎麼著？想讓我感恩戴德呀？你還欠我錢呢！欠帳不還，讓朋友幫你還，好意思？」

段勉讓她戳得臉皮一熱，不由後退一步，後背抵著花叢。

「我的刀和劍可遠遠超過一千金的價值。」

陸鹿一下啞口無言了。袖劍確實好用，無論外觀還是實用性都堪稱寶劍；刀嘛，估計也很有收藏價值，但是……「這是兩碼事，不要混為一談。錢歸錢，物歸物。」死鴨子嘴硬。

「好，我給妳錢。」段勉輕吐口氣。

「真的？」陸鹿喜極，抓著他緊張問：「真的給？什麼時候？明天，行不行？」

「這麼急？妳要這麼多錢幹麼？」看著她發亮的雙眼，段勉起疑。

「呃，天下沒有人會嫌錢多吧？你只管說什麼時候給吧？」

段勉沈默一下，道：「明天再給妳準信。」

「好呀。」陸鹿沒想到這筆欠帳還能討回來，喜得齜牙咧嘴的。

「程竹？」

「嗯。」陸鹿抬眼，驚覺自己還揪著他衣襟，忙縮回來，不好意思道：「手誤手誤。時候不早了，歇了吧。」

段勉低聲問：「妳為什麼要騙我？」

「買尬的。」陸鹿仰頭望天，嘆氣。「你竟然在糾結這個問題？」

「是。」段勉承認，他想不通。

陸鹿忿忿低問：「要是一開始就承認我是陸府嫡小姐，難道你就會格外高看我一眼？」

「不會。」

「那不就結了嗎？我為什麼不能騙你？我好玩、我淘氣、我任性，行不行？我想用丫頭身分做這些事，行不行？我想撈一筆而不留痕跡行不行？」

段勉定定瞅著她。月色雖昏暗朦朧，但他視力極佳。陸鹿表情盡收眼底，就連她臉上的根根汗毛豎著都瞧得清清楚楚的。因為忿忿，她的眼神格外明亮，比天邊的星光更亮眼，神色生動，眉尖微擰，唇色凍得烏紫，頰邊紅撲撲的，煞是好看。

「聽明白沒有？」陸鹿氣沖沖質問。

段勉隨手解下自己的披風將她罩下，低聲道：「快點回屋。」

「啊？」陸鹿抬眼，這什麼意思？

段勉將披風帽子替她捂上，順勢摸摸她的臉，果然是冰冷的，難怪汗毛根根豎起。「回去吧。」

「哦。」陸鹿邁步，想想不對，果斷把他的披風取下甩給他。「不要動手動腳的，小心我真纏上你哦。」

「呵。」段勉接過披風，低低淺笑。

陸鹿小聲甩落一句。「莫名其妙。」說罷，頭也不回地跑回前院。

段勉看著她身影消失在視線中，心頭驀然一暖。

感覺不錯。

他連夜拷問和國探子，得到審問結果後就想分享給陸鹿聽。他不知道為什麼會有這種想法，但他馬不停蹄趁夜來了。見到人後，心頭是輕鬆的，甚至是帶點喜悅的。

不知不覺就想多聊一點，再多說點別的也是好的。而看著她眉飛色舞的俏皮生動模樣，段勉滿心都是快樂！是呀，她市儈、愛財、計較、小氣、賴皮、狡猾，小聰明不斷，還對他呼來喝去的，可他不但不厭惡，不反感，竟然會破天荒覺得可愛、歡喜、著迷？

這種感覺他掌控不了，但很不錯。這就夠了。段勉在寒夜秋風中駐足良久。

第二天，秋光暖人，請早安時，陸靖也在。

本來一切都很順利，偏陳氏多嘴問了句。「明妍好點沒有？」

陸明容癟嘴。「爹爹，你可要為四妹妹作主呀。」

「大夫不是說不礙事嗎？」龐氏接腔問。

易姨娘陪笑回。「太太說的是，她肚子是不疼了，囑咐多歇兩天，可今早……」

「今早，鄧夫子就派人傳話說要四妹妹去給許先生賠禮道歉。爹爹，四妹妹年小又病著，這不是為難人嗎？何況昨兒四妹妹這病也古怪，聽說，除了四妹妹，還有楊家姊姊、易家表姊和黃家妹妹都同時拉肚子……」

朱氏詫異掩齒。「原來還有這麼段公案呢？」

陸明容半跪在榻前，拉著陸靖哀哀道：「爹爹，這、這一定是別有居心的人為難四妹妹，你可要為四妹妹作主呀。」

旁邊陸慶天真問：「咦？發生在學堂裡的事，那大姊姊怎麼沒事呢？」

陸鹿輕巧一笑。「我吉人天相，好人有好報吧。」

這話惹得陸明容忿忿不滿。「大姊姊，妳這話什麼意思？難道四妹妹就是惡人嗎？」

「明容妹妹不愧多讀了幾年書，簡單一句話就解讀出另外的意思。」陸鹿淡淡笑說。

「這點小事，何必麻煩爹爹呢。」

陸靖看過來，問：「鹿姐，妳覺得是小事？」

「是呀，爹爹。女學堂雖然人少，可三個女人一臺戲，平常小吵小鬧不是很正常嗎？明容妹妹卻覺得四妹妹昨兒拉肚子是天大的事，還麻煩上爹爹了，就太不懂事了吧？」

「大姊姊，妳這是站著說話不腰疼，四妹妹她……」陸明容不樂意了。

「明容妹妹聽我把話說完嘛。」陸鹿淺淺笑說。「妳們姊妹情深，值得鼓勵。不過，四妹妹拉肚子這事，真的不必麻煩爹爹出面，交給應弟或者序弟一查便可。」

陸應和陸序俱是一怔，對視一眼。

陸明容哼一聲。「這可是妳說的。」

「若妳還不放心，不如把二叔家度大哥請來嘛，相信度大哥更加無私公正，對不？」

「鹿姐，住口！」陸靖瞪起雙眼。

# 第三十章

「爹，你還沒聽明白嗎？明容妹妹這是項莊舞劍，意在拖我下水呢。昨兒四妹妹突然拉肚子，我卻沒事，她看不過吧？明容妹妹認為所有不好的事都該發生在我身上才算正常，發生在其他妹妹身上，一定有陰謀，哭鬧著要請爹爹出面排解呢。」

陸鹿是真的無所謂，反正她就要跑路了，才不管表象假象呢，索性把話說直白點，大家都沒臉最好。果然，此話一出，屋裡大大小小的人都變了臉色。

易姨娘拿手帕捂住嘴，慌張地看向陸靖。「老爺……」

陸靖臉色頓時鐵青。

「妳胡說，我沒有！」陸明容大怔之後大嚷。

朱氏忙打圓場。「鹿姐這話怎麼說的，一家人怎麼反說兩家話？還不快快請罪！」

龐氏譏誚的揚起嘴角，看一眼易姨娘，眼角瞄一眼陸靖。但身為嫡母，還是有教導之責的，便規勸一句。「鹿姐，不得胡言亂語。」

陸靖盯著陸鹿，手掌一拍桌，怒道：「看來跪祠堂罰禁足，還是沒磨去妳的野性，那就餓妳三天，讓妳好好反省自己的所作所為。」

陸鹿倒吸口氣，不可置信地瞪著陸靖，其他人也不約而同倒吸口冷氣。

龐氏忙道：「老爺，這、三天會不會太過？」她並沒有求情，只是擔心會不會餓死人。

其他妾室們卻上前求情道：「老爺，大姑娘還小呢，口沒遮攔了點，卻不是什麼大錯，還請老爺暫饒她這一次吧。」

「是呀，這餓三天，小姑娘家家的如何受得住？」

易姨娘也裝模作樣地上前求情。「老爺，雖然大姑娘曲解了二姑娘的本意，但瞧在她年小，又長在鄉莊缺少教導的面上……」

「誰也不許替她求情！」陸靖看著陸鹿，恨聲截話。

陸鹿從最開始的錯愕到一臉滿不在乎，眼珠翻向頂，默然無聲地心忖：餓三天？這破主意是怎麼想出來的？虧得還是益城第一富商呢！

陸應兩兄弟同情地看向陸鹿。

「是，爹，女兒遵命，保證三天不吃不喝。」陸鹿還應下了。

「妳還強上了？」陸靖冷下臉。

陸鹿眨巴眼，乖巧表示。「不敢。」

陸明容得勝似的「哼」一聲，心裡舒服多了。

「應哥。」陸靖呼大兒子。

「爹，你有什麼吩咐？」陸應上前一步。

陸靖聲音平淡。「去學堂查查，若真有人搗亂，嚴懲不貸。」

「是，爹。」

郁氏一旁急切地勸著陸鹿。「大姑娘，還不快向老爺、太太賠罪？」

「賠什麼罪？」

「大少爺這一去查問……」郁氏看似為她著想，實則話裡有話。

陸鹿不甩她，向陸應展顏道：「應弟去查，好事呀！祝應弟馬到成功，水落石出。」

易姨娘一聽，仔細看她一眼，發現她態度還比方才真誠。

「大姊姊，妳今日還去學堂不？」陸慶憨憨問。

陸鹿看向陸靖和龐氏。「爹爹，這罰餓三天，從明天開始行不？今日我還答應了顧小姐的邀約呢！」

「哪個顧小姐？」

「西寧侯府顧夫人的娘家姪女，她邀我遊寶安寺。」陸鹿不緊不慢回。

陸靖冷笑，心忖：這麼沈得住氣，原來有恃無恐呀？

「推了吧，好好在家閉門反省要緊。」

陸鹿挑挑眉，也不反駁，淡淡「哦」一聲。不去就不去，大不了，讓小懷去府外找到毛賊四人組再從長計議。反正寶安寺她昨日去過了，今天再去，也不是為了顧瑤。

龐氏眼神古怪地看她一眼。擺早膳，自然沒有陸鹿的一份，她很自覺的施禮告退回竹園待著去了。衛嬤嬤正喜孜孜的幫著挑選出門的行頭，看她悶悶不樂地回來，後頭還跟著龐氏的丫頭，就更加不解了。

龐氏的丫頭是來下達命令的。於是，衛嬤嬤傻眼，竹園下人都愣了。這次老爺罰得有點過火呀！餓三天，誰受得了？

陸鹿手肘撐桌，尋思著怎麼吩咐小懷出府辦事，餓三天？開玩笑，她怎麼可能乖乖餓著自個兒？明著不行，就不能暗裡偷吃嗎？

辰時兩刻不到，龐氏的一等丫頭如意就來請。「大姑娘，太太有吩咐。」

「請講。」

如意笑說：「太太吩咐姑娘穿戴起來，一會兒隨同出門。」

「去哪兒？」陸鹿隱約猜到了。

如意笑說：「自然是寶安寺。」

「可是，老爺的責罰……」

「太太向老爺求情，說是今日特許。」

陸鹿直撇嘴，只是特許呀？這陸靖真是小氣巴拉的。不就是撕破陸府嫡庶姊妹之間的溫情假象嗎，至於惱怒成這樣？他難道以為陸明容跟她關係很好？

陸靖在陸府是一人獨大，誰也不敢唱反調，在益城商界也是說一不二，跺跺腳就能影響益城物價的硬角。唯獨在官面上，他小心謹慎，夾起尾巴做人。福郡王上官府來人請龐氏，還指名要陸鹿隨行，他不得不放行。

套車啟程後，直奔城北。這下，兩個陸小姐又同坐一輛馬車了。

貼身丫頭都不在，陸明容就先從屜格拿出一塊點心遞上。「還餓著吧？給，趁著沒人先墊墊肚子。」

「妳遞的不敢吃，怕下毒。」陸鹿撥開她的手，徑直去取一塊丟嘴裡。

「喲，妳也有怕的時候呀？」陸明容冷哼。

陸鹿手腕一抖，又是一截繩子在她眼前晃，笑。「嘶嘶，蛇來嘍！」

陸明容聽不得一個「蛇」字，嚇得手裡點心扔到腳邊，縮到角落嚷：「妳無恥！」

「妳愚蠢。」陸鹿又丟一塊點心入口，抹抹嘴笑咪咪道：「敗了這麼多次還不死心，陸明容，妳一定會蠢死去。」

「陸鹿，妳別以為自己很聰明，妳也不過是任人宰割的命。」

陸鹿感興趣地反問：「任誰？」

陸明容嘴角一挑，得意道：「蠢！到現在也不曉得得罪誰嗎？我看妳才一定會蠢死！」

「嘖嘖，就妳那井底之蛙的眼界，把顧瑤這種倒貼貨女人奉為強大後盾，妳呀，蠢就一個字，我只說最後一次。」

陸明容氣得花容失色，指著她半晌，怒道：「妳、妳才井底之蛙、鄉巴佬，妳村姑，妳眼皮子才淺得可憐……」

陸鹿摳摳鼻，若無其事地笑。「偏偏我這鄉下來的就引起段世子注意了，妳不服呀，咬他去呀？」

「我呸！妳真當段世子看上妳了？妳也不過是做妾的命。」

「瞧妳酸的，妳想做他的妾還不夠資格呢！哦，不對，妳想透過顧瑤倒貼他，做個通房丫頭也很樂意吧？陸明容呀，妳這麼幫著外人算計我，是不是顧瑤暗自許妳什麼好處了？是不是妳若助她倒貼纏上段世子，她便想辦法替段世子收了妳呀？」

「陸鹿，妳不要臉，我還要呢！這話虧妳說得出來！」陸明容氣急敗壞。

陸鹿掏掏耳朵，閒閒道：「妳做得出來，還怕我說出來？」

「妳心思齷齪，以為別人也像妳似的？」

「哦？難道妳不想倒貼段世子？早說呀，我還打算等我成功入駐段府後，把妳也提進去好做個伴呢！」陸鹿身為撒謊高手，謊話隨口就來。

陸明容明顯一怔，眨巴眼。這條件很誘人呀，也比較合乎實情。假設陸鹿真的因為被段勉抱了，然後納進段府，那她一個富商女要想快速站穩腳跟，除了討好段府老太太、太太們之外，最要緊的就是為段府開枝散葉吧？

當然，她一個人肯定是有心無力，一定會把陪嫁丫頭進獻給段勉固寵，如果陸鹿真的為著今後生計著想，把自家庶妹拉攏進去，也是合乎人情的。齊國還真有姊姊出嫁，把年輕美貌的庶妹也送到丈夫床上的先例。反正肥水不流外人田，姊妹齊心防賤人，比不相干的丫頭什麼的要強吧？

「妳胡說什麼？」陸明容的怒氣明顯降下來許多。

陸鹿卻只點到為止，但笑不語。

「妳別以為穩操勝券了。別說一個顧小姐妳不是對手，還有個上官小姐呢！」

上官玨？她也來了？陸鹿眉梢一挑。

「段世子只不過救人心急，抱妳一抱，妳真以為他定會納妳？」陸明容還在自說自話。

陸鹿懶得再跟這個蠢人說話，專心吃點心。

「別以為老爺、太太會為妳上京城逼婚，西寧侯可是天子第一近臣，根本不會跟我們商人聯姻，就算納妾，只怕人家也沒放在眼裡。」

陸靖跟龐氏肯定不會放過這樣的機會，肯定會上京。陸鹿心裡想著，不過，她同樣也不看好，陸鹿暗自祈禱，段勉可一定要說話算數，千萬不要跟陸府有交集！千萬不要頭腦發熱因為狗屁名聲而打她的主意啊！

陸明容自說自話半天，沒等到陸鹿接腔，對方臉色也平靜得很，自覺無趣只好閉嘴。

一路平靜到了寶安寺，臺階之下，擁擠著馬車還有轎子。這次的轎夫都換上上官府和官府特意調過來的自己人；抬轎的一律改為轎娘，個個膀大腰圓，孔武有力，確保能完成把夫人、小姐們抬上臺階的任務。

今天寶安寺內殿已清場，寺外不得入內的香客們頗有怨言的擠在山門觀望大戶人家夫人、小姐們浩蕩的進香行為。

陸鹿微微挑起轎簾張望。臺階兩側，官差三步一崗，五步一哨。

山門前下轎時，她又特意張望不得入內的香客，果然看到毛小四，他個子小，卻能擠到最前排，傻愣愣的看著這些衣冠楚楚、花枝招展的太太、小姐們。

陸鹿不由笑了。香客們這下荷包要空了，毛賊四人組不會放過這麼擁擠的場面吧？目光無意掃視一遍，咦？好像混入了什麼奇怪的人？怎麼人群中，赫然出現幾張和國特徵的面孔呢？不是被抓起來了嗎？難道，不止五人？

陸鹿又多瞧了幾眼，那些和國面孔縮頭退後，很快就不見人影了。

陸鹿懷揣著疑問隨著龐氏等人進寺。對於福郡王府和西寧侯內眷光臨寶安寺，住持圓慧莊重的臉笑得太明顯了。有這群貴婦們捧場，寶安寺的香火一定會更加興旺。

為歡迎她們遠道而來，住持先讓進後殿禪房歇歇腳，隨後再鄭重拜佛敬神。

由福郡王妃段敏為首，顧夫人和知府夫人作陪，加上龐氏，一行人在禪房坐定喝茶，小姐、姑娘們則安排在後院偏殿。

陸鹿被叫過去向郡王妃見禮。段敏還是如前世記憶一樣，端莊美貌善保養，態度也還好，第一次見陸家姊妹，並沒有嫌棄商女，還贈送了見面禮。陸鹿和陸明容都規矩的謝過，退到一邊。不過，段敏又招手把陸鹿喚到跟前，特意多問了好些話，然後在一眾驚訝目光中笑笑放她出門。

「呼！」陸鹿出了門，長吐口氣。真是受罪！段敏那是什麼眼神？從上到下的審視，像挑選商品似的。

「妳就是陸府大小姐？」廊下除了侍候的人外，還站著兩個打扮格外出色的女人。

陸鹿認得，一個是顧瑤，另一個就是上官珏。上官珏也有十四歲了，個子高䠷，秀美的臉神似其母段敏，目光清澈。手裡把玩著一支烏黑的鞭子。前世時，陸鹿就知道上官珏酷愛騎馬射箭，個性也較野，並不同於一般的閨秀。不過，同樣喜歡段勉，也同樣纏得緊。

「我就是陸鹿，見過兩位小姐。」陸鹿斂襟施禮。

顧瑤冷哼一聲。「不敢當，陸大姑娘，我還沒好好謝妳跳湖救我呢。」

「舉手之勞，無足掛齒。」

「施恩圖報，理所當然。」顧瑤看一眼上官玨，嘴角抿笑。「走吧，我有禮物送妳。」
陸鹿惶恐道：「顧小姐客氣了，我愧不敢受。」
「妳別跟我客氣呀，這是我精心為妳挑選的，一定要接受哦。」顧瑤走過來，伸手攬她。
陸鹿虛躲了下，然後向旁邊看熱鬧的陸明容邀請。「明容妹妹也一起去吧？」
「我……」陸明容看這架勢，就知道顧瑤沒安好心，她可不想被連累，急得想找藉口。
上官玨忽然淡淡說：「這位是陸府二姑娘吧？快去偏殿吧，晚蘿表妹正沒人陪著看佛壁故事呢。」
「是是，上官小姐、顧小姐，告退。」陸明容求之不得，急急去尋段晚蘿一行人。
陸鹿一看，炮灰陸明容躲了，咧嘴笑。「我也想看佛壁呢！」
顧瑤緊緊攬著她，笑得不懷好意。「走吧，先看我給妳的禮物，再回頭看佛壁故事。」
「哦，好吧。」陸鹿摸摸鼻頭，順從跟去了。
顧瑤暗自心喜，而上官玨卻審視似的打量平靜的陸鹿，怎麼看都不像是顧瑤描述的「沒教養又心計深的鄉下村姑」嘛。
通往寶安寺後院的長廊，連接著一道寬大的方門。進方門便是寶安寺供貴客休息的院落。寶安寺名氣大，有些遠道而來的香客有時會借住一宿，這裡就專門騰出來招待女客，長廊盡頭是一條光潔石道，兩邊各有岔路。
「表哥！」上官玨忽然驚喜喚。她眼尖的發現，左邊岔路走來的便是身著淺紫色罩袍的段勉及兩個小廝。

段勉遠遠頓住腳步，目光卻投向跟顧瑤親密互挽的陸鹿身上。

「表哥！」顧瑤放開陸鹿，喜得又像花蝴蝶似的飛奔過去。

「啐！」上官玨不屑地啐了口。

陸鹿閒閒的觀望。不負眾望，顧瑤連段勉的衣角邊都沒沾上，嘟著嘴還賴著嬌聲嗲語。「表哥，你怎麼來了？」

段勉眼角都懶得掃她一眼，反而大步繞過她走向陸鹿。

「不會吧？」陸鹿臉色一變，她想躲。

段勉筆直走近，問：「去哪裡？」

嘸嘸口水，顧不得旁邊幾道殺人的眼光投射，陸鹿大大方方展顏回。「段世子好。」

段勉看著她，似在說她答非所問。

「呃……顧小姐請我看禮物。」

「禮物？」

「是呀，她說感謝我跳水救她，所以非要贈送我精心挑選的禮物不可。」陸鹿漫不經心地笑回。

顧瑤趕緊竄過來，身子又向段勉倒去，嬌聲笑。「是呀，表哥，要不是陸大小姐相救，恐怕……」

段勉不動聲色躲開。

上官玨嗤笑一聲。「顧瑤，妳說話就說話吧，幹麼跟沒骨頭似的貼向表哥？」

「上官表姊，妳、妳在說什麼呀？我哪有？」顧瑤跺腳嬌嗔。

上官玨冷笑一聲，向段勉問：「表哥，我現在能拉兩石大弓了，你一定要教教我怎麼射準靶心哦。」

「我忙，沒時間。」段勉還是板起臉色不客氣地拒絕。

「那現在有時間了吧？」

「沒有。」

「那你為什麼會在這裡出現？」

段勉看一眼若無其事的陸鹿，道：「在這裡等我一下。」

「啊？我呀？」陸鹿不明所以地指指自己，無辜笑。「我還要去看顧小姐為我準備的禮物呢。」

「不準去！」段勉霸道說。

此話一出，在場人都驚著了，陸鹿也吃一驚，茫然地看著段勉。

「鄧葉。」

「在，世子爺。」鄧葉硬著頭皮上前。

段勉面無表情吩咐。「把陸大姑娘帶到前殿去。」

「是。」鄧葉也面色平靜地轉向陸鹿。「陸姑娘，請。」

陸鹿還沒炸毛，顧瑤先跳腳怒。「為什麼呀表哥？她憑什麼？」

段勉一直懶得看她，這次破例賞了她一記冷眼，冷淡說：「妳又憑什麼質問我？」
顧瑤當場吃癟，憋得俏臉通紅。當然，她怒氣不敢對段勉撒，而是忿忿轉向一頭霧水的陸鹿。「妳，少得意！」
「我沒有得意呀，我奇怪著呢。」陸鹿攤手很無辜。
「哼！」顧瑤跺腳掩面。
「哎，顧小姐，還要不要看禮物呀？」陸鹿追著催問。
「笨蛋！」段勉甩下這句話就大步向禪院去。
留下上官玨風中凌亂！這，什麼情況？
厭女症表哥竟然用這種語氣跟陸鹿說話？表面上是罵她，潛臺詞是怒其不爭氣吧？他，是不是知道顧瑤不安好心，所以半途攔截？他是在維護陸鹿嗎？難道前日菊園發生的落水事故，表哥真的要對這個商女負責？
上官玨面色陰晴不定，手裡的鞭子一下一下敲著地。
陸鹿沒辦法，這一大家子表哥、表妹真是你方唱罷我登臺，好不熱鬧，還把她拉去串戲。一不小心成主角了。「上官小姐，那我先告退了。」
上官玨擺手露出個大方笑容。「我跟妳一起去。」
「啊？」
上官玨笑咪咪地向為難的鄧葉道：「怎麼，我跟陸大姑娘一見如故，陪同她去前殿，不為過吧？表哥也沒說不准有人陪呀？」

鄧葉苦著臉只好答應。「上官小姐，小的不敢，請。」

「這還差不多。」

寶安寺閒雜香客們都沒有放進來，只有她們這一行人，所以路上顯得空蕩蕩的。前殿只有一些護衛在警戒，偶有僧人匆匆而過。

陸鹿來到前殿，百無聊賴的袖著手張望天色。毛賊四人組按約定來了，那怎麼出寺跟他們碰頭呢？這四人收服好了，可有大作用的。

「陸大姑娘，聽說，妳原來一直養在鄉莊？」上官玨先找話題。

「嗯，沒錯。」

「妳原來，跟表哥見過面？」上官玨好奇問。

陸鹿當然搖頭否認。「沒有。」

「可是，我怎麼覺得段家大表哥對妳不一樣呢？」

陸鹿嘿嘿一笑。「哪裡不一樣？我沒看出來呀！」

「你們好像……很熟悉似的？」上官玨歪頭斟酌問句。

「有嗎？妳的錯覺。」

上官玨嘴角一扯，不可思議看她一眼。「大表哥他一向不近女色的。」

陸鹿瞄她一眼，忽笑咪咪接腔。「看得出來。家裡放著妳跟顧小姐這麼兩位美貌表妹卻毫不動心，果然是不近女色的正人君子。」

上官玨又呆了呆，她想說的意思不是這樣的。

陸鹿好心的拍拍她，誠懇打氣。「加油！繼續努力，精誠所至，金石為開。我看好妳，妳比顧小姐知書達禮，更有機會了。」

上官珏再大方，此刻也難掩羞窘。「陸姑娘，妳這是什麼話嘛。」

「真心話！上官小姐，我是站妳這邊的。」陸鹿繼續鼓勵。

「妳？哼……不跟妳說了。」上官珏到底小女兒，嬌羞的一跺腳一扭腰，紅著臉出門。殿前正好跟段勉打個照面，上官珏更是羞色滿面，摀著臉飛快朝後殿去了。

段勉沒在意，倒是跟在身後的王平感到詫異。上官表小姐還有這麼嬌羞的一面？她不是一向很大大方方的嘛。

「哎，段勉，來得好快。」陸鹿抬眸看到段勉進來，笑嘻嘻迎上前。「不用說，肯定是還錢來的吧？」

段勉看著她滿面喜色，不知為何，原先的鬱悶一掃而空，盯著她慢慢開口。「妳知不知道，我又救了妳一回？」

陸鹿真的不知，靜等他下文。

「顧瑤的禮物不安好心，妳還真信？」段勉挑明。

「哦，不信，不過是想看她玩什麼花樣。」

段勉唇角一揚，向王平使個眼色。王平踏前一步，手裡抱著一只精美無比的小方盒，道：「陸姑娘，禮物在此。」

「哎呀，你們是偷來的還是直接要過來的？」陸鹿驚乍而笑。

段勉一陣無語，直接示意王平。「打開給她看。」

「是。」

小方盒一打開，滿目光彩閃耀。方盒裡又分為兩大格，一格擺一對纏枝葡萄金鐲，另一格擺著一串瑩潤的珍珠項鏈，目測都是上品。

「哇！」陸鹿湊上前，雙眸放亮。做工精良，雕刻繁複，不愧是京城世家大族的手筆。看得眼饞，她忍不住想伸手。「顧瑤眼光不錯，挑的這兩樣我都喜歡，尤其這串珍珠……」

段勉面容微動。「別動。」

陸鹿飛快縮回手，腦子的弦繃緊，悄聲問：「有問題？」

「金鐲和珍珠上面都做了手腳。妳一碰觸，後果自負。」

陸鹿看段勉不像是開玩笑，也相信顧瑤不會平白無故贈送這兩樣精美禮品，可是……她真的很喜歡珍珠呀！

「好吧，我多看兩眼總行吧？」陸鹿苦著臉，盯著珍珠猛瞧。興許她靠得太近，鼻尖果然聞到一股極淺極淡的味道，不是花香也不是檀香，更不是珍珠那種礦物的味道。

陸鹿縮回脖子，若有所思的自言自語。「這味道，我好像聞過？」

段勉抬眼讓王平收起，問：「妳聞過？」

「嗯，不過印象模糊，容我好生想想。」陸鹿搓著手哈口氣。

段勉使個眼色給王平。「去處理乾淨。」

「是，世子爺。」

陸鹿瞪大眼，不解。「怎麼處理？不會扔掉吧？很可惜啊。」

「妳喜歡？」段勉答非所問地看著她。

陸鹿沮喪嘆氣。「是呀，我好喜歡那串珍珠……可惜了！」

段勉眼裡有點點光亮掠過，嘴角帶出點笑意。等處理好，再給妳就是。

他還沒來得及說出口，陸鹿卻精神一振，伸手。「一手交錢一手交借據。」

段勉無語，看著她興致勃勃遞過來的那張借據。

「你不會還想耍賴吧？」陸鹿察言觀色，嘟囔著反問。

「給妳！」段勉將一張寶票交到她手裡。

陸鹿大喜，急忙展開一看。別的看不大懂，不過，那一排有關數目的字還是能看懂。見到只有一千兩，頓時不樂意了。「銀子？不是金子嗎？」

「暫且只有這麼多，餘下的，慢慢還可好？」段勉用商量語氣問。

陸鹿也不是不講道理的人，人家沒賴帳，都說了慢慢還，按理她該見好就收，可是她都打算跑路了，等不及他慢慢還清。

「那，借據，暫時還押我這裡吧？」陸鹿不情不願地嘟嘟嘴。

「嗯。行。」段勉一口答應，瞧她雖不情願卻沒炸毛，不住微勾嘴角。

陸鹿皺起眉頭沈吟：好歹也要回一千銀子，跑路費也夠了。餘下的，算了，反正他的刀呀劍的，還有玉冠上的玉，也差不多值尾數了。

# 第三十一章

小心的摺好銀票，陸鹿就開始正式琢磨跑路的問題了。

「伸手。」段勉眼裡帶著笑開口。

「呃？」陸鹿莫名其妙，卻還是把手伸過去。「還有？」

段勉臉上漾著一種暖心的笑容，令陸鹿更加詫異。她感受到手掌心一沈，多了某樣東西，一瞧，見是手中多了一個鎏金鏤空纏枝花紋球形銀質小物件。

「這是？」陸鹿瞪大眼，好奇地挪到眼前。「香爐？」

「是手爐。」段勉微笑。「送妳。」

「啊？你送我手爐？」陸鹿眼睛瞪得更圓了。今兒個太陽沒打西邊出來呀？

段勉臉色微紅，扭臉向側邊。

「設計好精巧呀！這是豪門世家專用吧？」陸鹿把玩著，大小正適合呢。

「嗯，喜歡嗎？」

「喜歡。不過……」陸鹿上下左右瞧夠後，很有自知之明的遞回去。「我不能要。」

段勉沒動，只平靜看著她。

「我不能平白無故要你的東西，無功不受祿，這個道理我還是知道的。不過，還是要謝謝你。」

「我送出去的東西從不收回。」段勉神色坦然。
陸鹿為難了，搔搔頭。「那，你不收回，我不要，怎麼辦？」
段勉帶點羞惱，賭氣說：「妳愛怎麼辦怎麼辦，砸也好，怎樣也好，都是妳的事。」
「砸，太可惜了，這可是好寶貝呀！冬日暖手最適合不過，我們陸府都沒有這麼精巧美觀的呢。」這等好東西，陸鹿當然捨不得砸，可拿人手短，段勉的東西豈可隨便收的？知道就好。整天袖著手像什麼樣子？段勉垂眸，微微勾唇。
「要不，這個，算抵銷餘帳吧？」陸鹿很想收，但總要借著個由頭才名正言順、心安理得呀。
「算謝禮，行不行？」段勉輕聲道。
陸鹿乍然一驚。「謝禮？你謝我什麼？」
段勉幽黑冷靜的眼眸看著她，沒回答。
「你不會是想謝我當日幫你的事吧？我可是有收錢的。」陸鹿的意思是，當初幫他掩護，安排在陸府潛藏，可不是她學雷鋒做好事白出力的，這不敲了一千金子嗎？再提謝禮，有點說不通。她可是君子算帳，筆筆不含糊。
段勉聽懂了，臉色又慍惱了。自己辛苦從京城段府特意命人帶一只精巧的手爐送她，容易嗎？推三阻四的，什麼意思？
「顧瑤的禮物妳都可以接受，我的為什麼不行？」他還賭上氣了。也是，破天荒頭一回有女人不要他的東西。她不是很愛財嗎？這麼婆婆媽媽的。

「不一樣好吧？」

段勉扭頭走到一邊，冷冷道：「妳愛要不要？」

真是彆扭的貴公子！他都這麼說了，陸鹿也只好悻悻收起，嘻嘻笑。「好吧，那，謝謝你哦。」抬腳正要離開，陸鹿腦海中閃過一些畫面，又不由自主停頓下來。

段勉轉頭看著她，沒作聲。

「段勉，你有沒有發現一些蹊蹺？」

「比如說呢？」段勉神色緩和。還好，她並沒有拿了東西就馬上離開，不然，他心裡又要極度不舒服了。

陸鹿歪頭稍加沈吟，慢吞吞道：「進寺之前，我在山門又看到和國長相的男子了。」

段勉微微一愣，這個他沒注意到。安全防護工作是官差、上官府家丁及他所帶的護衛們一起執行的，他總管一切，但細節上，就不能面面俱到了。「鄧葉，去看看。」

鄧葉領命而去。

「我也去。」陸鹿忙笑嘻嘻舉手。「我去認人。我有雙火眼金睛，能在人群中一眼就看出和國人與齊國人的區別。」

段勉沈默一小會兒，點頭。「好。」

耶！可以出寺跟毛賊四人組接頭嘍！陸鹿心中暗喜，樂顛顛的就要抬腳。

「姑娘，使不得。」一直被當透明人的春草萬不得已地開口了。

「沒事，我去去就回。」陸鹿向段勉囑咐。「要是有人問起，知道怎麼找藉口吧？」

段勉大步掠過，淡淡道：「我不找藉口。」

「什麼呀？你去哪兒？」

段勉已經揚長而去，陸鹿向春草遞個安心眼神，卻沒安撫到春草。姑娘這麼胡鬧就算了，怎麼段世子也這麼沒輕沒重的幫著一起胡鬧呢？這讓太太知道怎麼想？後殿那幫夫人知道了又要怎麼看姑娘？春草望天無語。

陸鹿卻顧不得了，反正，她的跑路計劃正式啟動。益城，她也不想待了，才不管這些八婆們怎麼想。

山門外，得知是西寧侯及福郡王妃進香，香客們漸漸散去，只有少數的忠實信徒還在寺外徘徊。衙差五步一哨的警戒著，暫時風平浪靜。

段勉親自帶著自己的護衛將山門周邊仔細搜查過，還特意交代上官府的家丁，絕不能放過任何面生的人，包括老弱婦孺。

陸鹿雙眼雷達似的掃描四周。毛小四呢？孟大郎呢？李虎、狗剩呢？人呢？這幫宵小，躲哪兒去了？不對，先捋捋思路。在此之前，毛賊四人組只曉得她是陸府的程竹，壓根兒沒想到她就是陸府嫡大小姐吧？

他們應約而來，然後山門相遇，雖然沒有言語，卻互相看到了，只要他們智商正常就該猜到她的真實身分了，畢竟從轎子裡鑽出來的她，一身打扮跟丫頭還是有所區別的。

當知道那個膽大包天、獨自滯留北城，還毫不客氣扳斷小四手指的女人是益城首富之女後，這幫宵小除了驚訝得掉下巴，自然就是一溜了之吧？他們來赴約了，見到人後知道真相，快閃是人之常情。

思路捋順，陸鹿也想通了。她想袖手，突然發現手中還握著那只精巧的手爐，捏了兩下，不由得垂眸淺笑。

「笑什麼？」段勉低沈的嗓音淡淡在耳邊響起。

陸鹿輕輕側頭，抿嘴笑。「沒想到，我收到的第一份真正有意義的禮物，是來自有冷血之稱的段世子你。」

「我冷血？」段勉不置可否。

「是呀，傳言你在邊境可是令和國人聞風喪膽哦。」

段勉唇角微微勾了勾。對敵人不冷血，就是對同胞的殘忍。

那些近距離廝殺，那些斷肢殘體，那些刺入肌膚的傷痛，那些血流成河，那些哭泣的邊民，還有那無邊的孤寂，都浮光掠影般浮上心頭。他也並不是一開始就雙手沾滿鮮血呀！他也想大家相安無事、安居樂業、和樂融融，可是……邊民的眼淚，無休止的騷擾，囂張的挑釁。是可忍，孰不可忍！

只有比敵人更狠辣，才能換取一方平安，這是段勉的感悟。妥協與退讓，換不來安寧，只會換來得寸進尺與輕視。也許是他周身氣息慢慢轉為冷肅狠戾，陸鹿感受到了，不由抬眼認真看了看。這個冰塊厭女男幽深漂亮的眼底，好像還隱隱有絲悲憤在流動。

「段勉？」陸鹿輕聲喚他。

陸鹿的低聲輕喚，彷彿春風化雨般澆熄了段勉冒出的冷戾之氣。

他周身氣息恢復成平常的冷靜漠然，眼神也淡定無比地轉向她。「嗯？」

「你剛才在想什麼？」

「沒什麼。」

「表情有點嚇人。」陸鹿歪頭又認真看他一眼。還好，這會兒又正常了。

段勉微愣。「嚇人？」

「是呀，有點像馬上要投入戰鬥，衝鋒陷陣殺敵一樣的狀態……哎，你不會是因為我提了句和國，就猛然想起邊關那些刀光劍影的日子吧？」陸鹿猜測。

段勉著實被驚到了。這丫頭，猜想能力也太強大了吧？他只不過靜默一下，她是怎麼推測出來的？難道，她跟他心有靈犀？

段勉眼中有星光波閃，看著陸鹿，嘴角上揚的弧度漸漸擴大。

對於他少言、不愛說廢話的個性，陸鹿早就明瞭，他不回話也不為怪，也不指望他正兒八經回答，便歪頭興趣缺缺的掃視四周，嘆。「可能是我想多了！走吧，回去。」

「不，妳沒想多。」段勉緩緩開口，認真瞅著她。「我……」

「哎，看到熟人了！段世子，你忙你的去。」陸鹿眼尖的看到毛小四站在通往後山的小徑，衝著她悄悄招手呢。

「妳去哪兒？」段勉關切問。

陸鹿擺擺手，笑嘻嘻。「後山逛逛去，段勉，你先回吧。」說完，提起裙子就走，春草和夏紋嚇白了臉色，寸步不離的跟上。

段勉只好原地不動，他怎麼可能跟在女人身後團團轉呢？不過，看到她只帶著兩個丫頭就這麼貿然朝後山去，終究不放心。「鄧葉，派人跟去。」

「是，世子爺。」

毛小四看到陸鹿還帶著兩個丫頭過來，兩個護衛模樣的人也緊跟而上，臉色白了白，掉頭就跑。

「站住！毛小四，你跑什麼呀？」陸鹿提起裙子就追。

「有官兵！」毛小四回頭應一句。

陸鹿忙回頭一看，段勉又派了兩個護衛跟上，指使夏紋。「去堵住他們，我跟毛小四說幾句就回來。」

「啊？姑娘，我去堵他們？」夏紋傻眼了。

「去吧，夏紋，我相信妳一定行。」陸鹿打氣。

夏紋苦著臉拉春草。「春草也一起去好不好？我一個人怕攔不住他們兩個。」

「不要，我要跟著姑娘。」春草堅決拒絕。

陸鹿想了下，只好又吩咐。「春草，去吧，攔住他們，別壞我的事。」

春草扁扁嘴，不情不願。「哦。」

陸鹿繼續放開步子追。「毛小四，給我站住！」

繞過一株粗壯古樹，毛小四站定，幽怨望著她。陸鹿喘了口氣，定睛一看，不但毛小四在，其他宵小三人也都在，個個拿複雜眼神看著她。

「哎呀，不錯，君子守信重義，沒想到你們這幫小毛賊也有君子的風範。」陸鹿開玩笑，先給他們戴一頂高帽子。

孟大郎臉色黑炭一般，雙手抱臂。「當然，若不是逼不得已，誰會當毛賊？程姑娘，不對，陸大小姐，妳卻不是君子呀，把我們騙得團團轉。」

「我也是逼不得已呀，我也有苦衷呀。」陸鹿聽出他話裡的不滿，攤手辯解道：「總共才見第三面，我就傻兮兮的供出身分，你說可能嗎？更何況，我的身分瞞不瞞的，對你也沒多大影響吧？難道你們知道我是陸府的小姐，就不打算替毛小四報仇嗎？該來的還是會來，對吧？」

孟大郎與其他二人一時無語，只有毛小四尖聲抗議。「我不叫毛小四，我叫米昭。」

「外號而已嘛，不用較真哈。」陸鹿安慰他。

李虎開口說話。「好吧，不提前事。我們來了，妳到底想讓我們幹麼？」

「夠痛快也夠義氣！」陸鹿大拇指一翹，表示讚許。

被稱讚了，孟大郎卻冷哼一聲，似笑非笑彎起唇角。

「我要你們現在回益城，在陸府附近住下，然後學會趕馬車，一應花銷，由我承包。」

陸鹿笑咪咪開口。

毛賊四人組都愣了。這是什麼意思？有點沒聽懂。

「就這樣？」李虎不信，反問。

「吶，銀子在這裡。」陸鹿將預先準備的銀袋拋過去，說：「先找個乾淨安靜的地方住下來，然後學會趕車，若能學得一招半式功夫那再好不過。唯一的要求是，你們不能再幹偷雞摸狗的勾當，不能被官差抓住。」

這條件，也太好了吧？可是不對呀，明明一切都她占上風，為什麼還要花銀子白養著他們？難道這陸小姐有特殊愛好？孟大郎狐疑地盯著她，她面色坦蕩蕩，何況他們四人個個營養不良、長相抱歉，就算有特殊愛好，也輪不到他們吧？

「然後呢？」孟大郎冷靜問。

「然後就等我進一步消息唄。能做到嗎？」陸鹿抿嘴淺淺笑。

這天上真有掉餡餅的好事？不會是掉陷阱吧？四人互相交換眼色，毛小四更是湊近孟大郎小聲。「大哥，小心有詐。」

「毛小四呀，你小小年紀，鬼主意還不少呀。」陸鹿聽到了，懶懶斜他一眼反問：「請問毛賊四人組，你們有什麼值得我陸大小姐設陷阱詐你們？」

「呸呸，什麼毛賊四人組？妳別亂起外號呀。」毛小四表示嚴重抗議。

狗剩向孟大郎與李虎道：「也對，我們身無分文，實在不值得陸小姐費心思，就算是整人，也認了，出這麼多銀子故意整著玩，也是下血本了。」

孟大郎掂掂銀袋，與李虎交換眼色。這筆買賣划算！能不當毛賊，不用提心弔膽被官差追捕，也不用住破屋子，何樂而不為？能過幾天好日子，幹麼拒絕呢？還堂堂正正過明路了。

「沒錯，」陸鹿笑咪咪調侃。「最壞最壞的結果，無非是我吃飽撐著，故意耍著你們玩，玩膩了大不了被打回原形嘛！到時照樣幹毛賊這份有前途的行當就是了，對不？」

「陸小姐，真的只是這樣？沒有別的要求？」李虎慎重確認。

陸鹿無奈點頭。「目前是這樣的。你們要是覺得虧了、怕了，可以拒絕，我另找別人去，你我之間的承諾也一筆勾銷，這樣行不？」

「不、不，我們答應了。」孟大郎忙拱手。「陸小姐怎麼說就怎麼做。」

「好，初步意向達成。那你們快回城去呀，記住，不要惹事。」

「一定。」孟大郎想了想又問。「陸小姐，這馬車……」

陸鹿想了想道：「你們先去租房子，留下日常花銷，等你們將車把式練熟了，我再送筆銀子，你們去買上一輛馬車等著我的後續指示。」

這是要幹麼呀？難道陸大小姐想染指出租馬車這個行當？嘖嘖，商家女就是不一樣，有生意頭腦。這是把他們當車夫培養吧？好讓他們轉正道，然後在益城把持租車這塊商機？

別人沒回過神，孟大郎卻眼眸一亮，好像領悟到什麼。「行，陸小姐，孟某聽妳的。」

陸鹿拍拍手，估摸著再不回去，春草和夏紋就要尋過來了，便揮手。「回吧，別耽擱了正事。」

「呃，那個，陸小姐……」李虎忽然吞吞吐吐，有話要說。

「還有什麼事？」

毛小四尖細嗓子道：「二哥，你不會是想說山腳下遇到的那幫傢伙吧？」

陸鹿來了精神，好奇問：「到底什麼事？山腳下是遇到什麼人了？」

李虎搔搔頭，不好意思道：「是這樣，我們不是從正門山腳上來，而是從後山一條小路爬上來，上山之前，碰到一隊人馬，看打扮不像是官差，也不像是貴人家護衛……」

「多少人？」陸鹿一下提高警覺心。

「嗯，沒看清，大概有幾十人吧。」

「他們騎馬還是……」

孟大郎回道：「沒全部騎馬，但有幾輛寬大的馬車……」

陸鹿心頭一跳，產生不好的聯想。

「陸小姐，我也只是隨口說說。」李虎看出她臉變色。

「嗯，你們快下山吧，這裡沒什麼事了。」陸鹿鎮定下來擺擺手。

「好。」毛賊四人組拿著銀袋子拱拱手，便要離開。

「別走小路，走正門石階。」陸鹿高聲提醒。

孟大郎眨巴著眼，看她神情嚴肅，下意識「哦」一聲。後山腳下，屯集一幫來歷不明的人，還是幾十人，這是個不容忽視的消息。

陸鹿掉頭急急往回趕。

春草和夏紋雙手扠腰虎視眈眈地攔著段勉的護衛，寸步不讓，兩個護衛很無奈。人家不讓跟，還派出丫頭當攔路虎，面對兩個嬌滴滴的女子，他們也沒法那麼認真的執行段世子的命令了。

「春草、夏紋，幹得漂亮。」陸鹿急匆匆誇讚一句。

「嘿嘿，謝謝姑娘。」

陸鹿招手。「快回寺裡去吧，別讓太太等急了。」剛走出後山小徑，段勉就面罩寒霜迎面走過來。

「段勉你來得正好。」陸鹿憂心忡忡的小跑過去。

「妳幹麼去了？怎麼這麼久還不回寺裡去？」段勉語氣責備，神色很不好看。

陸鹿怔了怔，收步。

「祈福齋會已經開始了。」

「關我什麼事？」陸鹿不客氣反問。

段勉眼神一厲。

「這本來就是你們段家為段老太爺舉辦的祈福許願會，我一個外人湊什麼熱鬧？難不成沒有我，就進行不下去了？」陸鹿索性吊兒郎當地說開了。

段勉氣結，他不是這個意思好吧？他帶著人巡邏一圈，到時辰該進香許願為老太爺祈福了。別人都到了，就少了她，他擔心有什麼意外，憂心她的安危，特意中途溜出來尋找，不感激就算了，還跟他嗆上了，這算怎麼回事？

就算不是為段府祈福，她一個富商女搭搭順風車沾沾佛祖的光，不行嗎？非要算這麼清楚？真不識好歹！

段勉氣得拂袖離開。

陸鹿也氣鼓鼓的吩咐。「春草，備轎，咱們回去。」

「啊，姑娘？這就回去？」春草看他們兩個吵架都還沒這麼驚訝。

「不然呢？等死呀！」陸鹿氣哼哼的。

夏紋弱弱道：「姑娘，還是回寺裡跟太太說一聲吧？」

「不回，來不及了。」陸鹿看一眼正對著山門的那道陡坡臺階。

臺階上三三兩兩都是下去的香客，偶有上來的，依陸鹿看來，並不像是真正的香客。再轉頭瞄後山，秋風勁虐，她好像聽到許多沙沙響，似是腳步潛近的動靜。

「姑娘，使不得。」夏紋快急哭了。攤上這麼一個不靠譜的主子，真是夭壽喲！

「那妳去吧，跟太太說我突然不舒服，不能陪侍身邊，必須立刻下山才能撿回一條命，恕不能當面告辭了。」陸鹿邊說邊走到石欄杆旁。

夏紋一聽，有理由就好，雖然爛了點，總好過無緣無故不打招呼就跑回家強點。她疾步入寺，春草卻空手回來。原來今天的轎夫都是官差及上官府的人，陸大小姐臨時要下山，別人壓根兒沒當回事。

看這天色，明明還早呢？急什麼？他們也想好好逛逛鳳凰山寶安寺呢。

陸鹿慌神了。怎麼辦？明明感應到一場無聲的廝殺就要來臨，卻抽不開身，估計還會陷進去，怎麼辦？步行下臺階，只怕也不行了，山腳下十之八九讓別有用心的人佔據著，她就帶著兩個丫頭，豈不是羊入虎口？

「姑娘，要不，還是進寺裡去吧？」春草弱弱勸道。她實在不明白自家姑娘又起什麼么蛾子，好好的突然說要離開，連進寺告辭的時間都抽不出來？

陸鹿嘆息，回頭張望一下。

段勉還在山門站著，只好放下成見，快步走過去，冷靜道：「我不想跟你吵架，我有新發現。」

「妳說。」她不進去，段勉還真的不放心，所以一直徘徊山門下，見她肯主動走過來，氣立刻消了大半。

「我懷疑今日這趟寶安寺進香，引起居心不良的人打歪算盤，可能是和國人勾結草莽想搞鬼，也可能是別的人想威脅你們西寧侯，總之，後山及山腳下有你們沒注意到的人聚集，估計快動手了。」

段勉稍稍一想，就聽懂了。他也不多話，走到欄杆處，從高處俯視。往日香客雲集的臺階此刻空蕩蕩的，只有四、五個看起來鄉農一般的男子慢慢上來，步伐穩健，神情掩在斗笠之下。

「後山警戒！」段勉向貼身護衛交代，護衛應了一聲便離去。

陸鹿看看邊上有官差安排的弓箭手，馬上道：「放箭，試探！」

段勉看她一眼，點頭。

弓箭手立刻準備，大喊。「站住！此處不通行，馬上離開，否則格殺無論！」

本來要上臺階的鄉農頓止腳步。

「放箭！」陸鹿冷聲。

「嗖——」一箭破空射去，鄉農靈巧地閃身避過。

段勉再無懷疑，大聲命令。「攔住他們！」

那鄉農一看敗露，也就一掀腰巾，抽出彎刀，一箭步衝上來。其中一個掏出管子，對天發射信號，頓時長長青煙騰起。

「信號？這是要動手的信號吧？」

陸鹿脫口叫嚷，又招得段勉看她一眼。這也知道？

官差們已經迎上前拚殺。而這時，寺院裡也傳來動靜，騰騰的黑煙冒起，摻雜著驚慌叫嚷。「走水了，走水了！」

「鄧葉，去救火。」

「是，世子。」鄧葉帶了幾個人趕回寺院。

陸鹿指後山道：「可能另有埋伏。」

「知道，妳快回寺裡去，這裡交給我。」段勉遞她一個安心眼神。

下山的路堵死了，陸鹿只好認命道：「好吧，小心點。」

「嗯。」段勉倒顯得胸有成竹似的，回她淺淺一笑。

「陸小姐。」

陸鹿停步，回頭不解。「嗯？」

「多謝。」段勉勾勾唇角。

陸鹿無精打采。「免了，保證我們的安全就行了。」

「放心吧。」段勉輕笑。

陸鹿挑挑眉，心忖：哦？看來早有預防？如此甚好！她倒白擔心一回了。

「等你好消息哦。」陸鹿笑咪咪點頭，握緊拳頭晃了晃，俏皮回答，隨即留下一串清脆笑聲，步伐輕快的轉回寺內。

段勉心頭讓那串輕鬆笑聲給撩撥得又癢又酥，難得的笑容悄然浮上峻毅的臉龐。

# 第三十二章

寶安寺內並不見特別慌亂，走水的是後院偏殿，僧人與家丁正奮力撲救中。段府與上官府的婆子、丫頭到底不一般，見過大風大浪，沒怎麼當回事，照樣服侍著上官夫人和顧夫人在正殿祈福許願。倒是常夫人與龐氏聽到動靜有些緊張。

上官玨、顧瑤與段家幾位小姐都安安心心的跟在長輩身邊。

而陸明容和常小姐芳文兩人對視一眼，悄悄出廊下抓著丫頭問：「外頭吵什麼？」

「走水了，不過已經沒事了。」

陸明容左右看看，又問：「可見著我家大姊姊了？」

邊上婆子回。「陸大姑娘與段世子出寺了。」

這還得了！陸明容頓時炸了。「啊？她與段世子在一起？她還要不要臉呀？」

常芳文忙扯扯她衣角，低聲。「陸二姑娘，小聲點。」

「她都有臉做得出來，我還說不得呢！」陸明容嫉妒得眼都紅了。

常芳文很無奈，一廊下的婆子、丫頭們臉上都帶著看好戲的神色，弄得她十分尷尬，連忙窘迫道：「我們進去吧。」

陸明容絞緊手帕，找到龐氏身邊的僕婦，厲聲道：「妳們還愣著幹什麼？還不快去把大姊姊找回來！」

「是，二姑娘。」陸府僕婦領命而去。

常芳文雖然心裡酸酸澀澀的，可不像她這麼失態，只淡淡道：「那我先進去了。」

「我要去告訴母親！」陸明容氣恨恨的，又沒有膽量直接衝出寺，也跟著甩帕進殿。

大殿香煙嫋嫋，僧人規律而有節奏的誦經敲木魚，神佛慈眉低目，寶相莊嚴。段敏與顧夫人最為用心，真的跪在蒲團之上合什閉目，默唸心經。

常夫人與龐氏也各懷心事地緊隨其後。

陸明容悄悄挨近龐氏，欠身小聲道：「母親，大姊姊她不在寺裡。」

龐氏斜眼看她，不置可否。

「她竟然厚著臉皮去纏段世子，還跟去寺外山門了。」陸明容補充道。

「哦？」龐氏這才低聲驚疑。

陸明容咬咬嘴唇，義憤道：「母親，大姊姊這麼做把咱們陸府置於何地？這兒是寶安寺，可不是府裡頭，任她胡作非為。」

龐氏淡淡說：「府裡頭可也不允許胡作非為。」

「是、是，母親說得極是。」陸明容急忙低眉。

龐氏眸光閃了閃，看一眼顧夫人，卻什麼都沒做。

陸明容急了，又欠身小聲道：「母親，我已經讓婆子去請大姊姊了。」

「嗯。」龐氏面無表情，心底倒是挺開心。她正愁和段家搭不上線呢！

「其實大姊姊才從鄉莊回府裡，不懂規矩，禮數不周也是有的，母親可千萬不要責罰她。」陸明容以退為進先勸起來。

龐氏無聲笑了，又看一眼陸明容，欣慰著感嘆。「看到妳們姊妹這麼友愛和氣，我也就放心了。」

啥意思？這是反諷吧？陸明容一時愣了，沒拿準龐氏這話是真心還是假意？

這時，廊外好像起了陣騷動，有急匆匆的腳步雜亂漸近。本來靜心禮佛的段敏忍了又忍，可那些噪音還是不斷侵入耳中，實在惱了，喚來一個隨身婆子。「去看看。」婆子福身去了，很快就轉回來，臉色驚慌，壓低聲音報。「郡王妃，好像寺外有亂黨鬧事。」

「什麼？」這下段敏坐不住了。正好，祈福經文唸完一卷，住持走過來請夫人們先歇息一刻，於是，段敏急急出殿。

正巧，陸鹿一邊把玩著手爐走回殿內，側頭聽著外面動靜，轉眼見到段敏連忙打聲招呼。「見過郡王妃。」

顧夫人一聲不響跟在段敏身後，看到陸鹿，撇了撇嘴角。

「出什麼事了？」段敏問一廊子的人。

這裡大多是婆子丫頭女人們，幾個家丁小子都遠遠的在廊角守著，沒有人知道狀況，都垂下頭不敢擅回。

段敏向自己丫頭說道：「去把世子爺叫來。」

「等等！」陸鹿一聽，這不添亂嗎？

「陸大姑娘有什麼話說？」

「郡王妃還是派個可靠人去打聽好了，段世子眼下正忙，分身乏術。」陸鹿輕笑。「外頭是有些變故，不過，想來無事。」

顧夫人好笑。「長輩說話幾時輪到妳插話？」

「我是不想插話，不過外面情勢有點亂，一個不慎，大夥兒今天就別想出寺回城了。為安全著想，還是別去添亂為好。」

「放肆！」顧瑤怒道：「妳敢罵郡王妃添亂？」

陸鹿無辜地抬眼。「民女不敢。王妃想問什麼，暫時由我來回答就好，我才從山門轉回，知道一點最新消息。」

「哦？妳才從山門轉回？」段敏原本冷冷淡淡的，此時卻有了點興趣。

「啊呀，陸鹿，妳這不要臉的女人，妳竟然……」顧瑤脫口就罵，忽然又閉嘴了。

陸鹿白她一眼。「我怎麼不要臉呢？妳說話怎麼這麼惡毒。」

「妳妳妳、妳去糾纏段表哥是不是？妳真是太無恥了！」顧瑤甩開旁邊有人扯衣角的手，嚷出來。

陸鹿無辜道：「說話要講證據。我幾時纏妳家段表哥了？妳哪隻眼看到了？」

「妳、妳還……」

「閉嘴！」段敏撫額喝止。顧瑤只好把話嚥下，委屈的挨著顧夫人。

「陸大姑娘，妳說，外邊到底出什麼事了？」

陸鹿福了一禮，輕描淡寫道：「也沒什麼大事，不過是一些和國人假扮成香客想上山，讓段世子識破了，沒想到他們放出信號，喚出同夥，眼下正在圍攻寶安寺，似乎想進來，至於目的是什麼，我就不知道了。」

登時，抽氣聲此起彼伏。

段晚蘿冷靜地問：「妳怎麼知道？」

「我當時正在山門觀山景，正好看到，害怕了就進來了。」陸鹿歪頭聽了聽，指後殿道：「聽，後邊還有吶喊殺聲。我猜方才後殿走水，也是人為的，目的是引起騷亂，然後配合壞人一舉攻進寶安寺吧。」

果然，大夥兒這才安靜下來，仔細聽，後殿那邊的確隱隱有兵器相交聲傳來。

上官珏說了句。「怪不得護衛一個個不見了。」原來增援去了。

這麼說來，情勢的確很危急了？這下好了，這群女人也沒心思鬥嘴了，嚇得花容失色，膽小的如段晚凝、陸明容，都要哭了。

圓慧聽了半天，也曉得出了問題。難怪段勉半天沒回轉，原來處理危情去了。這時，他上前安撫道：「不要慌，請夫人、小姐暫時避退中殿，有老衲在，定保各位安全無恙。」

陸鹿抿嘴笑嘻嘻問：「住持大師，寺裡可養有武僧？」

「小施主猜得沒錯，小寺自然有武僧當值。」圓慧微笑。

「可是少林一脈？」陸鹿眼珠一轉。

圓慧臉色一怔，搖頭。「少林？是什麼？」

「少林寺呀！難道沒有？天下武功出少林。」陸鹿心一驚，難道這世道連少林寺也沒有？這齊國還真是另一個平行世界的古代？

圓慧搖頭，卻有興趣，多嘴問了一句。「天下武功出少林？出自何人之口？」

陸鹿快快道：「自然是習武人之口嘍。算了，當我沒說。」

龐氏這會得了空當，向陸鹿沈聲。「鹿姐，妳過來，我有話跟妳說。」

見龐氏神色嚴肅，陸明容心情一下從驚怕轉喜。

一眾女眷離開後，廊前就只剩下陸府的人。

龐氏看一眼陸明容，吩咐。「妳也去吧。」

「哦。」陸明容想瞧熱鬧，又要顧及安全，只得福福身也跟去了。

龐氏轉身慢慢向後殿去，陸鹿只好跟著等她問話。

「方才，妳獨自出寺了？」

「還帶著春草、夏紋呢。」陸鹿老實回答。

「遇著段世子了？」

「是的。我沒來過寶安寺，方才上山瞧著山門那邊景色好，可遠眺，一時稀奇就想趁著祈福許願會沒開始，一睹為快，沒想到，巧遇段世子帶著護衛在巡邏。」陸鹿現編現說。

龐氏停步，側頭望她一眼。「可有說話？」

「沒多說，略見禮。段世子板著冷臉，我也不敢多說呀！然後，就看到有假扮香客的和國人上山，讓段世子識破……我也不敢多待，嚇得回來了。」

陸鹿知道對龐氏這樣的人精，假話要摻著真話，不然很容易穿幫。

「哦。」龐氏微點頭，這麼聽起來，也沒什麼了不起的，不過有緣相遇也是不錯。何況，他們二人本來就要送作堆去的，這麼好的機會，陸靖也不可能放過呀！

「以後，不准私自行動。」

陸鹿低眉順眼應下。「是，母親。」

龐氏想了想，又道：「妳的事過幾天自然會有結果，過急反而壞事。」

啥？陸鹿聽愣了。她急什麼了？她急著跑路，難道被龐氏發覺了？

「段府，可不是尋常人家……」龐氏慢慢開口。「妳最好安分點，別再惹出麻煩，否則……」又停下來了。

陸鹿最討厭這樣說一半留一半讓人猜的，抓狂！關段府什麼事嘛？否則又是什麼呀？她沒聽懂呀。

龐氏只是點到為止，自然當她聽懂了，畢竟這話也不算太深奧，一般小姑娘家都能領會。但，陸鹿幾乎是程竹的內在呀，加上前世的陸鹿性子孤僻又單純，少有彎彎繞繞的心，她再聰明，也不是真正的古人，還沒完全融入呢，領會個屁！

俗話說，三個女人一臺戲！請問一群女人該唱什麼戲？

眼下就是這樣，一堆女人擠滿在中殿，自然幾位夫人是穩妥的待在乾淨明亮的側房喝茶等消息，小姐們則三三兩兩趴在窗邊張望，還輕鬆的嬉鬧。

屋裡丫頭、婆子倒是安靜，悄聲走動，可廊下殿外的卻膽戰心驚，從開始的竊竊私語變成大聲議論。

「好可怕呀，沒想到益城還有山賊？」

「什麼山賊，不是說和國打進來了嗎？」

「可是，和國跟益城離得遠呢？他們怎麼打進來？」

「誰知道，和國人最狡猾的。」

「唉！希望沒事。」

「我相信會沒事的，有段世子嘛。」

「對呀，段世子可是令和國人聞名喪膽！我早就聽過他的邊關事蹟了。」

「我也聽過，說他殺敵以一擋十，還說他孤身入和國刺探敵情，智勇雙全呢。」

「好厲害！」

「是呀，好了不起，好喜歡哦！」

「唉！可惜……真便宜那陸家姑娘，那麼沒教養的嫡小姐，真真配不上咱們段世子。」

「就是就是，她還有臉來？還去纏著段世子？真的好厚臉皮。」

「看她笑嘻嘻的樣子，怕是親事十拿九穩了吧？」

「哼！最討厭這種心計女！賞菊會時就耍心計，進香還耍手段，也不怕菩薩見怪。」

「噓，她來了！」

眾丫頭一齊看去，陸鹿將手爐裝上香炭，感到暖洋洋的，精神大好，笑咪咪的走過來。

常芳文懷裡抱著小白，看著她走近。陸鹿嘻笑著打招呼。「喲，小白，你也來了？」

「汪！」小白衝她齜牙，很不高興。這個大膽妄為的女人，真的不討喜。

陸鹿吐吐舌頭做出個舔唇動作，笑。「想吃火鍋了。」

「汪嗚～～」小白嚇壞了，往常芳文懷裡拱了拱。主人，保護我！這個壞女人又想拿牠做狗肉火鍋了，嗚嗚，好可怕！

常芳文不解地笑道：「陸大姑娘想吃火鍋了？寶安寺可只有素齋哦。」

「嘻嘻，我是看到小白後才想起來的。」陸鹿挑眉向小白奸笑。

小白根本不敢看她，拚命擠到主人懷中。常芳文低頭順著牠的毛安撫。「小白，你怎麼啦？是不是想出去玩？現在不行哦。」

小白低嗚幾聲，可憐巴巴。

反正沒事，嚇著小白玩也挺好的。陸鹿心滿意足的轉身想走開，卻對上上官珏好奇的目光，坦然笑問：「上官小姐，有事嗎？」

上官珏手裡還是玩著鞭子，視線卻盯著她的手爐。「這手爐好漂亮。」

「當然。」陸鹿晃了晃，笑。「妳看這裡頭的機關可精妙了，怎麼晃，香炭都不會倒出來呢。」

她好玩的將手爐晃呀晃的，上官珏卻神色古怪，段家幾位小姐也無聊湊過來，一看到她手裡精美的手爐，都愣了。

顧瑤又搶先開口了。「咦？妳怎麼有這個？這是侯府的手爐。」

「什麼侯府的？切，有憑證嗎？」陸鹿理直氣壯。

段晚蘿弱弱地指出。「陸大姑娘，妳不妨看看爐底可有我們段府的標誌。」

「哎呀？」陸鹿也納悶了，舉高手爐，然後歪頭一看。媽媽咪呀！爐底不起眼的地方還真有段府家徽及底款。「這？」

上官玨見她茫然，便好心說：「這種手爐京城只有西寧侯府有，京城別無分號，就是大內也沒有這款式。」

「那你們福郡王府，也沒有？」

上官玨驕傲地抬下巴笑。「我們上官府是葡萄纏枝，不是花紋的，所以妳這個我一看就覺得是西寧侯府的。」

顧瑤譏諷。「陸大姑娘，說說看，妳益城陸家怎麼會有這只西寧侯府特有的手爐呀？」

「我幹麼要說給妳聽？」陸鹿將手爐小心地握在手中，不耐煩地反擊。

「那可別怪我們不客氣。」顧瑤手挽著段晚凝。「有人偷府裡的東西，可以報官嗎？」

段晚凝推推她。「表姊可不能這麼說。也許陸大姑娘是別處得的呢？」

「哼，就她？」顧瑤可不信。

段晚蘿與上官玨交換個眼神，也好奇追問：「陸大姑娘，妳這手爐是怎麼得來的？」

「天下掉下來的。」陸鹿就不說，急死她們。

陸明容聽不下去了，上前扯她袖子。「大姊姊，別鬧了，快還給段小姐吧。」

得，她一開口就給定性了！說得好像是陸鹿私自拿了段府小姐的東西似的。

陸鹿飛一記凌厲眼刀給陸明容，冷冷質問。「每次胳膊肘外拐，妳真的是我庶妹嗎？」

「大姊姊，妳說什麼呀？」陸明容委屈地低頭。

陸鹿還想繼續教訓陸明容，手裡卻一空，手爐被搶走了。

顧瑤得意地挑釁。「人贓俱獲了吧？物歸原主了。我們也不是不講理，妳當著大夥兒的面乖乖賠禮道歉就算了，否則……」

「否則怎樣？」陸鹿頭一回讓人給奪了手頭之物，卻並不著急，而是抿抿頭髮反問。

「否則，讓妳見官！」

陸鹿不緊不慢道：「大白天的，妳倒作起夢來了。」

「哎喲，妳還死鴨子嘴硬？」顧瑤手裡拿著奪來的手爐，豎起柳眉。

「看妳嘴扁扁的，比較像鴨嘴。」陸鹿不怕死的反擊。

顧瑤惱了，揚起手就想揍她，段家幾位小姐連忙上前攔下。「表姊，不可。」

就是上官玨也搖頭。「吵不過就動手，真是難看。」

「來人！」顧瑤也覺得失態了，怎麼能親自動手呢？應該讓僕婦動手嘛。連忙喚來兩個顧家僕婦，發號施令。「給我掌嘴二十下。」

陸鹿莫名其妙。「妳憑什麼呀？」

「憑妳偷了段府的手爐，捉賊又拿到贓了！」顧瑤趾高氣昂。

「那也輪不到妳說話呀，妳又不是段家人，憑什麼擅作主張喊打喊殺的？」陸鹿一臉嘲笑。

好像說得有道理。顧瑤一怔，連忙轉向段晚蘿挑撥。「晚蘿妹妹，妳是侯府掌上明珠，千金嫡小姐，這等抓現形還死不認錯的厚臉皮女人可不要污了妳的眼，讓我幫妳罰她吧？」

段府這次來了不少小姐們，但段晚蘿身分最正統。她是侯爺嫡女，段勉的同母妹妹，是以顧瑤只問她的意見，是完全可行的。

段晚蘿神色糾結，看一眼陸鹿，又看看四周，小聲道：「還是算了吧？得饒人處且饒人，何況這手爐的來歷……」

「一定是她偷的！放眼整個齊國除了西寧侯府，還有哪家是這種款式的手爐呢？」

旁人開始用異樣眼光看陸鹿了，邊上還有人悄悄去報了夫人們。

上官玨心胸比較豁達，她玩著鞭子，笑道：「顧瑤，不要那麼咄咄逼人嘛，大不了賠個禮道個歉就行了。」

這其中，只有常芳文是真正跟陸鹿沒有太大利益牽扯的，她輕輕扯陸鹿袖角。「陸大姑娘，就賠個不是算了。」

看一圈圍觀的人堆，陸鹿搖頭嘆息，而後正色拒絕。「我幹麼要賠禮道歉呀，我又沒做錯什麼！」

「妳、妳……」這下連上官玨都覺得她臉皮太厚了。

顧瑤卻高興了，拉著段晚蘿。「給臉不要臉！非要鬧到官府去不可？那就成全她。」

段晚蘿也拉下臉色，神情不大友好，陸鹿全然無所謂袖起手。

「福郡王妃有請姑娘們。」正僵持，來了個老嬤嬤傳話。

於是，一行人被請到夫人們休息的禪房中。各自見禮後，別人還沒說什麼，顧瑤就快人快語的把方才的事繪聲繪色說了出來，聽的人神情各異。

龐氏掩面，自覺無顏面；顧夫人卻嘴角噙絲笑，還用讚許的眼色鼓勵打小報告的姪女；常夫人則一副事不關己，高高掛起，面無表情的樣子。

最驚訝的當數段敏了。她看了呈堂證物，確實只有段府專用，不過，她還算沈著，想聽聽「被告」的說詞。「陸姑娘，妳有什麼話說？」

「有。」陸鹿上前一步，冷靜道：「顧小姐是無中生有，憑空捏造。我沒有偷東西。」

「那這手爐怎麼解釋？」

陸鹿誠實。「不大好解釋，不過，請郡王妃相信民女，這絕對不是偷的。就算我有那麼大本事，也不敢偷段府呀！再說，要偷幹麼偷手爐呢，這不符合常情吧？」

顧瑤卻嘻嘻笑。「妳當然沒本事去京城侯府偷東西，這手爐嘛，就是今天偷的。」

「哦？那請問各位段家小姐，有丟東西嗎？」陸鹿淺淺一笑反問。

顧瑤一滯。「妳等著，馬上去清查。」

「哦，好，我就等著看妳怎麼無中生有誣陷我。」陸鹿比她更淡定。

顧夫人悄悄向邊上一個心腹嬤嬤使眼色。心腹老媽子微點頭，偷偷出門了。丟東西還不好辦？馬上就能辦到。丟一只手爐更是輕而易舉的事！

「好，就等著看妳如何丟臉出醜！」顧瑤也槓上了。她既肯定這手爐是段府所出，如果段小姐們沒有贈送，也沒有遺失，那麼一定是陸鹿所偷。

要是陸鹿一口咬定是撿到的，她還真不好定罪，幸好這不要臉的女人嘴硬！

上官玨悄悄拉段晚蘿問：「這天氣，妳們有帶手爐過來嗎？」

段晚蘿也悄悄回。「我沒帶。不過，六妹妹和八妹妹入秋手會冷，總是準備著，只怕帶了。」

這麼說，只要六小姐和八小姐所帶的手爐不見了，那就可以肯定的定案嘍？上官玨繞纏起鞭子，若有所思地盯著鎮定的陸鹿。

「顧瑤，不如我們打個賭吧？」陸鹿閒閒笑。「請在座各位夫人當見證人如何？」

「妳想幹麼？」顧瑤警惕。

「我說不是偷的，妳非得扣我小偷的帽子，既各持己見，不如打個賭，看誰勝誰負？」陸鹿擺好圈套。

龐氏斷然喝斥。「鹿姐，不許胡鬧。」

「母親，女兒不是胡鬧。實在見不得有人拿著雞毛當令箭陷害我，不得不站出來維護我的名聲。」

「好，那我問妳，手爐哪裡得來的？」龐氏也咬牙問道。

陸鹿眼珠轉轉，這時把段勉供出來會不會太早了？

陸明容故作憂心。「大姊姊，還是聽從顧小姐的話，賠個禮道歉就好了，何必弄得這麼難堪？」

「我在這裡受人圍攻、被人陷害，妳身為妹妹不幫忙就算了，還落井下石？」陸鹿不屑一顧道：「嘖嘖，到底是庶妹。這嫡庶真有天壤之別呀！」

這話一出，其他小姐個個花容微變。嫡庶好像天然敵，總之親熱不起來。能和平相處就很難得了。段府當然情況略好一點，庶女們比較低調，當然這低調並不表示有些東西她們不想去爭，而是爭不到而已。

段晚蘿斜斜看一眼陸明容，眼光帶著鄙視。也對，自家嫡姊不管出什麼事，在外面總歸還是嫡姊，瞧她巴結顧瑤的勁頭，真讓人不齒！

上官玨和常芳文也偷瞄陸明容，心忖：果然，庶妹就是庶妹，在外人面前還不忘鬥。

「我……我沒有！」陸明容快哭了，她轉向龐氏，可憐道：「母親，姊姊冤枉我！」

陸鹿翻個白眼，轉向顧瑤，追問。「有膽賭不賭？」

「放肆！」顧夫人慍惱道，不客氣指出。「大姑娘家家的，說什麼賭不賭的？也不怕讓人笑話！」

龐氏驚羞，忙起身賠禮。「夫人息怒，是民婦管教不嚴！」她一個惱恨眼神甩給陸鹿，後者也只好馬上閉嘴垂眸。

龐氏覺得今天丟臉丟大了！益城富商嫡女寺廟進香無故瞎跑出去，雖然有失禮節，遮掩下還過得去。偏偏還被人贓俱獲指證做賊，這讓她以後怎麼在益城立足？這不是昭告天下，她這個繼母在教養嫡女方面是極大的失職嗎？

「妳，跪下！」龐氏惱羞成怒，指著陸鹿喝斥。

陸鹿震驚。這什麼人呀？自家女兒被人欺負，不幫出頭還落井下石？什麼玩意兒？

龐氏面色惱成豬肝色，見陸鹿還倔強的與她對峙，更加忿憤，對身邊婆子丫頭使眼色。「還愣著幹麼？」

婆子、丫頭們大氣不敢出，其他人冷眼旁觀。

這種場合陸鹿也不好太過放肆，尤其是長輩。她扁扁嘴，不情不願跪下，委屈道：「母親，不是女兒的錯。」

「妳還嘴硬？」龐氏絞著手帕，瞄一眼默不作聲的段敏和顧夫人。得罪不起呀！陸府再富也只是個商，自古民不與官鬥，商人地位比良民還不如呢。

玩笑開大了！陸鹿皺皺眉。

常夫人見狀起身打圓場陪笑。「陸大姑娘或許只是一時小孩心性，瞧著新鮮好玩罷了，哪會故意為之呢？郡王妃大人大量，如今又被困寶安寺，不如開個恩，原諒則個吧。」

此話一出，段敏臉色緩和。是呀，本來就是為老太爺祈福來的，這會兒喊打喊殺的，可不是衝撞神佛？

幸好平時走動勤快，節禮也送得豐厚，這關鍵時刻就派上用場了。龐氏向常夫人投以感激的眼神，暗自慶幸。

陸鹿則是意外地瞟她一眼。沒想到滿殿女人，為她求情的卻是知府夫人？雖然她的求情也建立在她偷東西這個假設上，但好歹還描繪一下說是「小孩心性、圖新鮮好玩」。

# 第三十三章

段敏剛要開口饒過陸鹿，殿側就進來兩個粗壯僕婦。其中一個走到顧夫人面前稟報。「回夫人，八小姐的手爐不見了。」

八小姐是顧夫人庶女，排行是跟大房一起的。

「當真？我的手爐不見了？」段八小姐才十二歲，聞言吃驚，喚一個貼身丫頭確認。丫頭也是人精，立刻垂眸答。「祈福開始後奴婢收在方才偏殿的書格裡了。」

「偏殿可有人看守？」上官珏追問。

僕婦低聲回報。「剛才後院走水加上方才的消息，偏殿值守的婆子都嚇得躲過來了，老奴方才過去清點時，一個人也沒有。」

顧瑤冷笑。「可不是，這天時地利人和，有人就鑽了這個空子。」

陸鹿也還她冷笑，反問：「可還丟了其他的物件？」

「這個？」僕婦眼眸閃動了下。

段敏看一眼仍跪著的陸鹿，也問：「還丟了什麼沒有？」

「老奴該死，只顧著清點手爐，沒留神別的。」僕婦也撲通一聲跪了。

陸鹿繼續冷笑。「妳這老貨特意去清點失物，就清點出一只手爐？這麼不用心，是怎麼混成西寧侯府上二等婆子的？」

僕婦嚇得臉色一下白了，偷眼瞧瞧顧夫人。

顧瑤咬牙。「陸大姑娘，西寧侯府的家務事不勞妳操心。還是如實交代自個兒的罪行吧？別東扯西扯的！」

「我什麼罪行？呵呵。八小姐手爐丟了？那八小姐其他物件都沒丟，偏殿還有其他名貴的物件吧，偏只丟一只手爐，妳以為做賊的都跟妳一樣蠢，單偷一只手爐？」

「妳妳妳……」顧瑤被她氣得不行，實在想揍人，可她不能親自動手，太掉身價了。

顧夫人卻按著嘴角淡淡笑。「陸大姑娘，妳說這麼多，無非就是不想承認手爐是偷來的，那麼，妳為什麼到現在還不肯交代這只手爐的來路呢？莫非有什麼隱情？」

「沒有。」陸鹿乾脆否決，笑。「確實不是偷的，我怎麼承認？我沒做過的事，當然不會承認。而且妳們也沒證據不是？光靠一個妳們顧家的老媽子清點，這也無法令人信服吧？誰知道八小姐的手爐是不是被她藏起來了，為的就是嫁禍我呢？」

「她嫁禍妳有什麼好處？」

「第一，配合顧小姐的定罪論呀！第二，把我名聲搞臭，自然也是為著顧小姐嘍，原因大家懂。第三，可能她一個老媽子也覺得我不配用這種段府特製的手爐，所以藉著清查的名義，把原本還在的八小姐手爐藏起來誣陷我。」

「妳胡說！郡王妃、太太，老奴沒有！她血口噴人！」那名僕婦也怒氣攻心。

陸鹿掩掩嘴。「這麼說，妳一口咬定八小姐手爐不見了？」

「是。老奴隨同府裡嬤嬤清查，的確只有八小姐的手爐不見了。」

「哦。」陸鹿嘴角扯扯。看來，非得祭出段勉這個大殺招不可了，不然，還不知接下來這幫吃飽撐著的女人會發怎樣的神經？

她正思量開口逆襲一把，殿外丫頭來報。「世子爺來了！」

段勉一身殺伐之氣，踏著大步而來。淺紫圓領袍子上隱隱有血色，臉上神情是凝重而肅殺的，令殿中女人一下鴉雀無聲。

老早習慣這種眾目注視的感覺，段勉按著腰間的一柄佩刀，目不斜視入殿向段敏和各位夫人施一禮，正準備開口，眼角就瞄到旁邊好像跪著兩人，其中一個頗為眼熟。

陸鹿笑得勉強，動了動嘴角。段勉看她一眼，又看看面色冷淡的龐氏，也沒作聲。

「阿勉呀，外面情況怎樣？」段敏急急關切問。

「回姑母，局勢暫時控制平穩，只不過，還不宜下山。」

「啊？」眾人大驚。

「賊人還未退散？」上官玨摩拳擦掌問。

段勉點頭。「山門臺階之下有毒氣，我們下不去，賊人也上不來。已經向城裡守兵求援，如果沒有其他意外，天晚前定能平安返回。」

「有、有毒氣？」顧夫人摀著嘴吃驚。

段敏咬咬唇，神色肅然問。「是什麼人所為？」

「和國人，還有部分盜匪狼狽為奸。」

「意欲為何？」

段勉抬眸看一眼段敏，低聲道：「是衝著咱們西寧侯府來的。」

「天啊！」這下炸開了窩。小姐們也開始驚怕起來。今天寶安寺可只有女眷們上香呀！這是想把西寧侯府女眷擄為人質的意思嗎？

「主要是衝我來的。」段勉淡然一笑。

段敏恍然。「和國人最主要的目標是你？」

「是。目標是我，卻想以家人為質。」段勉眼眸閃過狠戾。他在和國人心目中戰無不勝，他們太想活捉他，可惜幾次陽謀陰謀都未能得逞，加上他臨時被急召回京，便追到京城來報仇。之所以選中寶安寺，還不是看中段府女眷出行，是下手的難得好機會！

控制了段府女眷，還怕段勉不就範？還可以讓西寧侯成為天下人笑柄！說不定還可以控制段律跟段征呢！這一石三鳥的好時機，和國暗探經過研究，太划算了，說幹就幹！

殿堂裡頓時亂哄哄的，滿是惶恐的驚怕聲。和國人？就算是深閨弱女都知道是齊國死敵，且生性凶殘，屢次侵犯齊國邊境，兩國目前處在隨時開戰的狀態中。

雖然段勉年紀小、閱歷淺，在軍中還只是一個參將之職，但戰功赫赫，足以令和國人氣恨了。段勉用兵最狡猾，常出人意料之外，他還身先士卒，在第一線衝鋒，甚至喬裝潛入和國刺探軍情，是目前和國最頭痛、最想除去的勁敵之一。

他被皇上急召回京，卻也沒讓和國人按下仇恨，反而鋌而走險，覺得在京城若能暗中刺殺或活捉他，比在軍營中更方便、更利於下手。

這不，最佳機會來了！這次的寶安寺上香，簡直是瞌睡有人送枕頭。

當然，計劃沒那麼順利，提前一天踩點的和國人被擒，但不影響後續。

陸鹿垂眉低眸沈吟。要說和國人勾結齊國境內盜匪，是有可能的，有錢能使鬼推磨嘛，有錢還怕收買不了一些齊國人嗎？只是，這個消息難道段勉在審訊那五個和國人時沒審出來？也太無能了！不過和國人狡猾是天下皆知的，他們可能只招供了假象，卻將真相掩蓋起來。

想到這裡，陸鹿臉頰微熱。

昨夜她還信誓旦旦跟段勉打賭，得意地說她猜出和國人來意了，說什麼國師斷言鳳凰山會出良將，所以和國才會也來湊一腳，這五個和國人是來等良將的……啊呸！和國人會這麼無聊？會千里迢迢來這益城搶良將？

這是魂穿後陸鹿第一次羞愧臉紅。殺千刀的和國人，等著瞧！

「妳為什麼跪著？」段勉跟段敏、顧夫人簡單說明一下目前處境及應對後，還是走到陸鹿面前詢問了。他一出口，原本嗡嗡竊語一下都不見了，殿內霎時恢復清靜。

陸鹿抬起頭，淡淡道：「長輩意思。」

看一眼龐氏，段勉還真的不好再多嘴，可能真是陸府家事了。

顧瑤卻開心地跳出來。「表哥，你來得正好。這外有強盜、內有竊賊，還是女賊呢！我們正在討論是要送官還是私了？」

段勉掃一眼顧瑤，驀然看到她手裡的手爐，掩下驚詫，冷冷問陸鹿。「妳的手爐呢？」

「被搶走了。」陸鹿梗著脖子，平靜回。

「呵，妳不會搶回來？」段勉心頭輕鬆下來，只要不是她轉送出去的就好。

陸鹿翻他一白眼，手一指殿上。「這麼多人，我搶得過來嗎？不但如此，還誣我為賊呢！眼下百口莫辯，我只能跪在這裡等著是送官查辦、還是磕頭賠禮道歉。」

段勉聽得瞳孔一收，掃一遍殿上諸人，一身煞氣未收，看得人寒毛直豎。

段敏聽出不對，遲疑著看向段勉和陸鹿，心中驚疑不定。

「拿來。」段勉直接走到顧瑤面前伸手。

顧瑤驚喜莫名，問：「什麼？」

段勉也不跟她廢話囉嗦，從她手裡奪過手爐，轉交陸鹿。「拿好了。妳再弄丟，別怪我不客氣！」

話音落下，殿上頓時響起許多抽氣聲。

陸鹿仍跪著，也不接，只道：「多謝世子爺，民女不敢收！」

「妳……」段勉氣惱。

「阿勉，這是怎麼回事？」

「哥哥，你是什麼意思？」

「世子爺……」

上官玨腦子快，一下挑出重點。「表哥，陸大姑娘的手爐是你送的？」

此問一出，這群女人又都愣愣看著段勉。

「是。」段勉抬下巴。「妳還不快起來。」

陸鹿沒起身，而是轉向龐氏。「母親？」她好為難呀，該聽長輩的呢還是聽世子爺的？知道詳情，龐氏鬆了口氣，向旁邊丫頭吩咐。「還不快扶大姑娘起來。」幾個丫頭婆子忙上前扶起陸鹿。

「多謝母親。」陸鹿雙膝跪麻了，踉蹌了下，還彎腰揉了揉膝蓋，神情痛苦。

「啊？騙人！怎麼可能？」顧瑤尖著嗓子，羞憤交加地嚷道。

顧夫人也震驚，道：「阿勉，你知道你在做什麼嗎？」

段勉挑挑眉，不解。「知道。哪裡不對？嬸嬸。」

哪裡都不對！私相授受算怎麼回事？

殿上幾人對著段勉理所當然的表情說不出話，而陸明容更是一張臉青白交錯。

「阿勉，你確定這只手爐，是送給陸大姑娘那只？」段敏追問。

段勉看看掌心手爐，點點頭。「是。這裡纏枝花紋比別處多了一點紅色，我記得。怎麼啦，姑姑？」

段敏神色複雜的看向段勉。

「是這樣的，段世子，為了謝你幫我正名，我跟你講個故事，讓你放鬆一下心情吧。」

陸鹿笑嘻嘻，轉向春草和夏紋道：「我來說，妳們兩個來比劃，準備好沒有？」

「好了，姑娘，開始吧。」春草和夏紋見姑娘被欺負，也憋了一肚子氣。

「大姊姊，不可……」陸明容想阻止。

陸鹿一記眼刀飛過去，然後轉向段敏。「也請郡王妃等夫人們聽聽我這段說書，就當聽個笑話吧。」

「妳想說什麼？」

「且聽我道來。」陸鹿瞟一眼若有所思的段勉。

然後，她開始把這件事從頭到腳娓娓道來。她說，春草和夏紋便在旁邊角色扮演，有時還模仿表情及語氣，雖然演得不是很專業，勝在趣味性！

好幾次，顧瑤想打斷，卻讓龐氏身邊的丫頭笑嘻嘻地擋開。顧夫人也想阻止，上官玨卻聽得津津有味，看到自己出場還掩齒竊笑。段敏臉色倒平靜，只是看著眉頭越皺越緊的段勉，才幽幽搖頭。

兩盞茶的工夫，陸鹿說到自己被逼著下跪後就完結了，向段勉微笑。「一只手爐引發的女人陷害戲碼到此結束，多謝世子及時救場。不過，這黑鍋，我是不打算揹的。」

氣急敗壞的顧瑤指著她。「妳為什麼不一開始就承認是表哥所贈？」

陸鹿攤手。「我這不是維護段世子的名聲嗎？畢竟他可是有厭女症的傳言在身，再說，即便我承認，妳信嗎？」

「妳、妳故意的！」

陸鹿不理她，轉向顧夫人，指著那名老僕，輕笑道：「顧夫人，這位嬤嬤是妳指派去的吧？現在要不要重新審審看，八小姐的手爐下落，說不定她最清楚呢？」

顧夫人臉色相當不好看，手指絞了絞。老婦立刻磕頭，不敢分辯。「夫人饒命！老奴認罪。」這時分辯可不是給主子招黑嗎？她自個兒擔下來得了。

段勉神色微動，只盯著陸鹿。這套宅門女人把戲，他聽開頭就猜到結局了。追其根源，還是顧瑤存心挑事，然後顧夫人護姪女心切，才會演變成這樣的吧？而顧瑤為什麼存心找碴呢？還不是因為他抱了陸鹿，才故意想整她。

「這個，還是拿著。」段勉什麼話也不好說，將手爐送了一送。

陸鹿向春草使個眼色。春草垂眸上前接過，再笑嘻嘻遞上。「姑娘。」

「謝謝世子爺。」陸鹿重新接過，深深施禮。

「如果我不來，妳打算怎麼辦？」段勉低聲問。

陸鹿也低聲回。「當然是供出你呀，道歉是不可能的，賊這個罪名，我可不敢當。」

「哼。」段勉斜她一眼。「妳平時不是很凶悍嗎？」

「也要適當示示弱嘛，這不就襯托出顧瑤的蠢笨了嗎？看她跳梁小丑般鬧騰，是不是大開眼界？」

段勉不可思議地瞪她一眼。就為看顧瑤跳竄，所以，她故意的？

「哎，段勉，我現在有點理解並同情你了。」陸鹿壓低聲音。「三個女人一臺戲，你家裡後宅女人這麼多，鬧騰起來確實令人頭疼呀，難怪你十三歲就跑去軍中效力，也不肯待在段府過大少爺生活呢！對著一群吃飽飯沒事幹，整天想著尋樂子的女人，心理會扭曲吧？可憐喲！」

段勉眼光微閃。「同情我？還能理解？」

「是呀。正常人對著一群光吃不做事還嘴碎的女人，多數受不了，何況還有那麼幾個心懷叵測的，你離開是最好的選擇。」

陸鹿幽幽嘆氣，難怪前世段勉非常抗拒回府呢！

段勉一聲不吭，掃她兩眼，最後只道：「眼下不太平，注意安全。」

他轉向段敏，拱手。「姑母，外頭還有事，我先告退了。」

段敏將目光從他身上挪到陸鹿身上，嘴角彎起。這小子，終於不再對著女人甩臉色了。好吧，是個商女也沒關係，至少是個女人就成。

顧瑤已經讓顧家的僕婦悄悄扯出去了，那個領旨意去清查的僕婦也讓婆子們不聲不響的轉移出殿內。其他人都掩著嘴驚心的旁觀著段勉與陸鹿兩個悄悄低語，幾家歡喜幾家愁。

「各位夫人，母親，我、我也先告退了。」陸鹿福福身也想趕緊溜。

上官玨似笑非笑問道：「咦，陸大姑娘是要與表哥同進同出嗎？」

「當然不是。」陸鹿嘆氣。「為只手爐惹出這麼些糟心事，我若還待這裡就是給各位夫人、小姐們添堵，還是自覺避避好，對吧？」

龐氏瞪她一眼。「怎麼說話的？」

「母親息怒，我失禮了。」陸鹿低頭。

段勉看她一眼。「妳待這裡。」

這是為她安全著想吧？但陸鹿為難，她不想待呀。「我……」

段敏發話了。「陸大姑娘覺得外頭比這殿裡更安全嗎？」

「是。」陸鹿慢慢挪向門邊去。

見狀，段勉眼神一利，猛然覺察到什麼，厲聲。「來人！」

他的護衛聽命，立刻進來兩個。「世子。」

「保護郡王妃。」段勉下了這道命令後，便向段敏道：「姑母，為防止有奸細混入，現在起馬上清查各自所帶下人，一個一個點名。」

「什麼？」顧夫人吃驚，還未回神。

上官玨卻聽明白了，跳到段敏旁邊，急道：「雲嬤嬤，把上官府所有在殿內的婆子、丫頭清查一遍，快。」

邊上一個精明的老嬤嬤應聲。「是，小姐。」

段敏詫異地看向段勉。「阿勉，你是說殿內……」

顧夫人也回過神來，常夫人和龐氏愣了愣後，也開始命身邊心腹嬤嬤清點殿內各自的僕從，只有陸鹿使著眼色，命春草和夏紋兩個緊跟著她向門邊慢慢挪移。

她想到了，既然想擄女人為人質要脅段勉，光靠在外頭周邊攻打是不夠的，勝算也不大，自古以來，兵家就講究裡應外合。

這裡的內奸應不可能是僧人，僧人無法近距離接近貴婦們，那就只可能是僕婦。這麼幾家僕婦下人混雜一起服侍主子，如果混入幾個陌生臉孔，想來不會引起懷疑。

自陸鹿察覺這點後，就開始打著自保的小算盤先溜為上。為防止意外，段勉直接站到段敏身邊，雙眼凌厲的掃向殿內所有僕婦。殿內忽然雜亂又熱鬧起來，各家都在匆匆忙忙的清點人數，穿梭來往，人影重重。

「啊！姑娘小心！」春草尖聲大叫。

這叫聲把所有人注意力吸引過去。只見陸鹿單獨逆行向門檻溜，跟這群女人中間隔了小小的距離，但正因為她落單了，所以被人鑽了空子。

一個看起來結實的中年僕婦手裡持一把尖刀抵著陸鹿脖子，一手箍著她的手臂，面容凶惡，眼神犀利。

「放開她！」段勉暴喝一聲。

僕婦凶神惡煞。「退開，不然，我殺了她。」

其他人驚醒過後，紛紛閃避，還有膽小的段家小姐被嚇得嚶嚶哭了。她們第一次見到真實的壞人！

「喂喂，妳找錯人了，我姓陸。」陸鹿第二次羞愧了。靠！只顧著溜，卻沒想到敵人瞄上她了，失算，大意了！

僕婦尖刀一戳怒喝。「閉嘴！」

「有話好說嘛。妳不就是因為怕清點人數暴露出來想逃跑？妳也不想真殺人吧？吶，刀子無眼，妳看著點，別手抖呀。」陸鹿好言勸。

僕婦呆了呆，這人質咋這麼多話？不由驚問：「妳不怕？」

「我怕什麼？你們的目標又不是我，只是想挾持我跑出去吧？」

龐氏這才回過神驚呼。「鹿姐。」

「沒事，母親別擔心，她不是要我的命。」又轉向段勉。「段世子呀，能不能放她一條生路呀？我的命還掐在她手裡呢！」

僕婦冷笑。「沒錯，一命還一命，你不虧。」

門外王平早就做好截斷她退路的攻擊準備，只等段勉下令就圍上去活捉。這時，所有人目光都放在段勉身上。

就是段敏也處在驚慌之中。她是真的沒想到，還真有人混在僕婦中裡應外合呢！想起方才那一幕，若不是段勉機警要清點人數，這會兒被挾持的只怕是她們上官府與段府的貴婦、小姐了吧？

段勉看一眼持尖刀的僕婦，樣子不像是正宗的和國人，但眼神冷酷，手法相當穩妥，估計也是殺手之列。再看一眼身為人質的陸鹿，只見她冷靜得不正常。

「繼續清點人數。」段勉轉過視線，忽然說了一句，和國人不可能只派一個人當內奸。

「段世子，你不顧這位陸小姐的命了嗎？」僕婦愣了，出聲問。

陸鹿也點頭。「對呀，世子爺，麻煩你放她一條生路吧？我好怕呀。」

這女人不但鎮定，還幫她說話？真是古怪的女人！僕婦垂眸盯一眼陸鹿。

「哎，妳的刀拿穩點，小心割破我的喉嚨……」陸鹿還歪頭指點。「千萬別殺我呀，否則妳更跑不了。」

「哼哼，我跑不了，自然會拉妳墊背。」僕婦嫌她話多，尖刀又往裡深了點。

「哎呀，流血了！姑娘……」春草見狀要撲上來。

僕婦立刻飛起一腳踢向春草。趁她分神，陸鹿快速的縮頭在地上一滾，掙開禁錮，而暗中盯著動靜的段勉則大喝一聲——「拿下！」

王平率人閃電般撲上來，立刻廝殺在一起。殿內響起女人們驚怕的尖叫。

陸鹿就地俐落一滾，靈巧地躲過僕婦控制。不過，滾得遠了點，剛輕鬆吐口氣站起來，後背一繃，隔著秋襖，感受到腰間又被抵上冰冷的武器。

「別亂動！」有人冷冷道。

不會這麼衰吧？才逃出虎口又落入狼掌。陸鹿微微側頭，就看到一個作丫頭打扮的少女，面罩寒霜地緊貼著她。

「妳、妳想幹麼？」

「老實點，往門口去。」

丫頭打扮的女子手上一用勁，陸鹿身體一凜，感覺不像是尖刀，但一定是某種武器。

恰巧這時殿內混亂異常，夫人們各自拉著自家女兒躲得遠遠的，小姐們驚怕地發抖，還有些小丫頭嚇得哇哇哭了，婆子僕婦們大多鎮定的把主人保護起來，護衛則與假僕婦混戰成一團。

春草和夏紋兩個相扶依靠，也縮在角落，努力離戰場遠點，也因此陸鹿再次落入敵手，一時還沒人覺察。這個丫頭也算沈得住氣，絲毫沒打算上去幫忙，只顧著自己先逃生離開。

「行行行。妳帶我離開，可別傷害我！」陸鹿看清眼前形勢後，果斷跟她合作。

「算妳識相，走！」丫頭在後推了她一把。

陸鹿便慢慢走向門口。

「妳去哪兒？過來！」忽然旁邊有道人影急掠而至。

陸鹿驚回頭，赫然對上段勉黑沈的雙眸，擠出個苦笑。「我、我出去透透氣。」

段勉看她一眼，視線不可避免的落在她身側丫頭臉上。有點面生？好像不是她帶在身邊的兩個丫頭？警覺地向她伸手。「過來！」

陸鹿乾笑兩聲，狡辯道：「男女授受不親。世子爺，你忙你的去，我、我先出去了。」同時對他擠一下眼，當作是使眼色了。

瞧她怪模怪樣，段勉心頭警鈴大響。

陸鹿不管他能不能領會，衝著身旁丫頭催促。「走吧。」

這個挾持陸鹿的丫頭都有點懵了。這位陸大小姐，情緒很反常呀，反常即為妖！不過，她也顧不上細細琢磨了，攙扶著陸鹿快步出殿門。

殿內，混戰已近尾聲。

僕婦確實有殺手的狠戾冷靜，但終究敵不過人多勢眾，讓王平活捉了。

段勉若有所思目送著陸鹿跟那個面生的丫頭走出門檻，回頭看一眼僕婦，向段敏道：「姑姑，繼續清查。」

「好，我知道了。」段敏點頭。都這個時候了，自然是段勉說什麼就做什麼。

段勉又簡單吩咐王平幾句，留下護衛，獨自追出門。踏出門，卻見廊前兩端空蕩蕩的，也不知這小半會兒工夫，陸鹿是走哪裡去了。

# 第三十四章

兩人當然是走後殿側門去了。一出了門，她們就很有默契的往後殿偏院去，用不著丫頭逼迫，陸鹿自然而然的帶頭，很快就穿過中殿，繞開僧人，越走越偏僻。

「這裡不錯，沒人！」陸鹿停步，施施然轉身。

丫頭此時也不再擔心人多圍攻，收起手上一截短短刀柄，朝她獰笑。「可惜是位小姐，不然真當得起俊傑之稱。」

陸鹿笑嘻嘻。「當然，識時務是我的優點之一。」識時務者為俊傑矣！

「陸大小姐，不好意思，雖然借妳之力逃了出來，不過……」不過，還是不打算手下留情。

陸鹿乍驚，沮喪道：「妳已經安全了，還不打算放過我嗎？我對妳沒妨礙吧？」

「是沒有。不過，我做事從不留後患。」丫頭淡淡一笑。「畢竟只有妳看清了我的長相。」

「騙人！妳又沒遮掩面容，殿裡的人都看到了。」陸鹿還不服氣地辯駁。

丫頭搖頭笑。「沒人會真正注意到我的樣子，除了近距離的妳。」

陸鹿默然。這麼說，此丫頭是用真面容混進來的。她的樣貌又不出眾，甚至還流於平庸，誰會在一堆女人中記住她呢？除了陸鹿。只要陸鹿得救，向官府繪出畫像，她以後的日子不會好過吧？所以，她不能留活口。

「太不講義氣了！」

「切，義氣值多少錢？」ㄚ頭將短刀一翻，嗤笑一聲。

「這麼說，妳是齊國人，為錢跟和國人狼狽為奸混入寶安寺，目的是擄一位貴人為人質？」陸鹿步步後退，口裡還在推測真相。

ㄚ頭淡眉一挑，不置可否。「省點力氣吧！猜中又怎樣？妳以為妳還有命活著回去？」

「嘿嘿，做個明白鬼不行呀。」陸鹿退到一叢矮樹之側。

ㄚ頭冷笑一聲，腳步一飄，快速向陸鹿掠近。

陸鹿時刻關注她的動靜。見她撲過來了，動作還挺快的，連忙矮下身，險險閃過，不退反進，踏前一步，右手直插她心口。

袖劍立時出籠，狠狠戳進肉裡。ㄚ頭稍微一怔，忍著突如其來的劇痛，反手將短刀刺向陸鹿。陸鹿一擊得中後，立刻收手，迅速閃向她後背。

短刀落空，ㄚ頭另一隻手想要偷襲，卻被陸鹿用沾著血的劍狠狠又是一削，逼得她半途縮手。就這麼電光石火的工夫，陸鹿又一劍扎進她的後背心，還扭絞了絞，道：「去死吧！」

ㄚ頭踉蹌前行，差點撲地。她艱難回身，心口血咕嘟咕嘟地冒，後背也鑽心的痛，面容扭曲，聲音錯愕。「妳、到底是誰？」

她大意了！想著這麼配合的陸大小姐，頂多是膽子比較大而已。要殺她，易如反掌，只要使出一成功夫就行了，其他都是浪費力氣，誰知……

「偏不告訴妳，讓妳死得糊裡糊塗。」陸鹿拍拍手，劍還深深的插在丫頭背心。

「妳……妳不是陸大小姐？」

「是不是關妳屁事！快點死吧！」陸鹿警戒的盯著她，怕她臨死又奮起。

丫頭雖然心口被刺，後背也插了一劍，一時半會兒還死不了。

她惱恨的剜一眼氣定神閒的陸鹿，君子報仇，十年不晚，等她逃出去養好傷，再回來把這陸大小姐碎屍萬段。

於是，丫頭稍加思量過後，腳尖一點，攢起一口氣想躍上牆頭。未料「嗖」一聲，空中一道流光閃過，直接擊中躍身上牆的丫頭。

她身形歪了歪，跟著又是一道「嗖」響跟疼痛。這下，她徹底不穩了，一個倒栽蔥跌下來，讓她痛得低呼。

陸鹿順著流光的方向回頭一看，只見段勉陰沈著臉，箭步而來。

「段勉？」陸鹿意外又驚喜。

段勉沒看她，直奔那丫頭去，三兩下就將她捆了起來，然後打個呼哨，很快就有兩個護衛跑來，將奄奄一息的丫頭提走。過程行雲流水，一氣呵成，陸鹿只有袖手旁觀的分。

「你怎麼知道我們在這裡？」塵埃落定，陸鹿好奇問。

段勉這才看過來，目光灼灼，看得陸鹿有些心虛，好像做錯事一樣躲開他的目光。

哎，她躲個什麼勁呀？她又沒做錯什麼！於是，陸鹿勇敢迎上他的視線，無畏對視。

「呵，妳倒沒事人一樣了。」對上她清亮眸光，段勉好氣又好笑。

陸鹿攤手。「我當然沒事，劍還我！」

段勉手裡還拿著從丫頭背上拔出的袖劍，劍尖滴著血，滲入泥土。

「陸大小姐，妳知不知道妳差點沒命了？」段勉語氣一變，帶著責備。

陸鹿皺眉嘟囔。「你不要咒我好吧？」

「妳？」段勉磨牙怒斥。「妳什麼都不會，為何擅作主張？」

「我哪有擅作主張呀？只不過她暗中要脅我，要是不配合的話，我的小命早就沒了。」

段勉惱了。「所以，妳就乖乖打掩護，把她帶出來？」

「不然呢？你反正不會顧及我這個人質的命，我若不自救，乖乖等死呀？」

「誰說我不會顧及人質了？」段勉更惱了。

陸鹿翻他一白眼，冷笑。「你心裡清楚。」

段勉仰頭嘆口氣，面色更冷了，語氣生硬道：「我不會放過她們，但也不會拿妳的命去冒險。」說罷，大步從她身邊走過。

什麼意思？這兩者之間邏輯不通好吧？你如果不放過，怎麼救回身為人質的我？陸鹿搔搔頭沒想通，不過，也不允許她想太久，隱約就有春草和夏紋帶哭腔的聲音飄入耳中。

陸鹿順著來路返回，段勉卻等在臺階上，看她走近，又掉頭疾行。

「哎，劍還我呀。」陸鹿追上去。

段勉停下腳步，眸色沈沈看著她漫不經心的笑臉，忽然問：「妳跟誰學的？」

沒頭沒腦的問題，不過陸鹿卻聽懂了。她裝作聽不懂的樣子，茫然答：「什麼呀？」

「不要裝傻。」

「哦，你說招式呀？其實我無師自通。」陸鹿只好甩一個爛藉口給他。

段勉一錯也不錯地盯著她。這丫頭，沒幾句真話！

「給！下次，刺準點。」段勉將劍上血拭乾淨，遞給她。

陸鹿歡天喜地的接過，笑說：「都說了無師自通，哪有什麼準頭，亂刺一通唄。幸好，那丫頭不把我放眼裡，不然呀……」意識到自打臉，她訕笑閉嘴。

「哼！知道貿然行事的代價就好，算妳運氣好，撿回一條命。」段勉嘲笑她。

陸鹿也不生氣，而是抿嘴挑眉壞笑。「世子爺，我知道錯了。」

段勉無聲勾唇。

「學藝不精，這命是仗著運氣好撿回來的，而運氣總不能一直好，對吧？所以，世子爺，能不能推薦一個靠譜的師父，讓我拜師學藝嘍。」靈機一動，陸鹿腦海中躍入一個大膽的主意。

未料話一出口，段勉的臉色又沈下去。大家閨秀學武，像什麼樣子？真把自己當野小子了？「不能！」甩下兩字，段勉這次是真的拂袖而去。

他去了，春草和夏紋滿面帶淚的找過來，見著翻白眼的陸鹿，撲過來嚷道：「姑娘，妳沒事吧？」

「我很好。」

「嗚嗚……姑娘，嚇死我們了。」夏紋哭開了。

春草也抽泣著道：「奴婢聽一個嬤嬤說，說姑娘出門了，旁邊還有個面生的丫鬟跟著，就覺得不對勁……嗚嗚，姑娘，妳沒事就太好了。」

「真的沒事，妳們看，毫髮無損。」陸鹿伸手，一邊一個拍拍肩安撫。

春草抹著眼淚，認真打量她，忽然吃驚地指她前襟。「血？是血？姑娘，妳怎麼啦？」

陸鹿這才低頭一看，秋襖前襟沾了少量的血跡。不用說，定是刺那丫頭時，沒躲好沾染上的。「沒事，不是我的。」

「那這是怎麼回事？」

「哦，方才無意中看到段世子跟奸細打架，我湊了會熱鬧，估計是濺到的。沒什麼事，先找個地方清洗一下。」

對陸鹿隨便塞藉口的行為，春草和夏紋也很是無語。當她們傻子嗎？湊熱鬧？濺血到前襟上？好吧，姑娘不想說，那她們也裝作相信的樣子好了，反正姑娘沒事就行了。

已近正午，天色倒陰沈了，起風了。寶安寺原本就有專門招待小姐們的去處，陸鹿去換了外套，披上一件帶兜帽的紅色斗篷，再次來到中殿。

外面危機未除，但飯總得吃吧。殿內經過一次大清查，秩序井然多了，各家婆子、丫頭都只守在自家夫人、小姐身後，再也不敢隨意亂行，就是要進進出出，也自有老練的嬤嬤嚴加管束，嚴防奸細混入。

圓慧也得知了方才殿上發生的事，震驚之餘亦相當慶幸。幸好沒出事，這萬一真出點差錯，他這住持無錯也沒命活了。

齋飯擺上來時，陸鹿正好進殿。她直接向龐氏告罪。「母親，我回來了。」

「這半天，妳去哪裡了？連丫頭也不帶一個？」龐氏照例是要問一聲。

陸鹿苦著臉道：「我嚇壞了，頭暈腦脹的，也不知怎麼就走出殿外，風吹吹又清醒多了。想著殿裡正混亂著，怕進來再添亂，便去院子裡添加了一件外套。對不起，讓母親擔心了。」

龐氏也無言以對，殿上這麼多人，偏她被挾持，嚇壞了也是自然。幸好，有驚無險的過去了，不然她回去還不知怎麼跟陸靖交代呢！鬆了口氣，見陸鹿還怯生生地站在那兒，她和緩語氣招呼道：「沒事就好，過來坐吧。」

「是。」陸鹿移步在她身側坐下，另一邊的陸明容一直目光不善的盯著她，神情很複雜，透著許多情緒。

「明容妹妹，為什麼這麼看我？」陸鹿還故意欠身問。

陸明容沒作聲，扭開臉。陸鹿本想再問，結果就見兩個小沙彌抬著一張方桌進來，擺在段敏旁邊，隨即齋飯也擺上來。

陸鹿頓時感到不解。人都到齊了呀，這桌是誰的呀？

隨著段勉的落坐，謎底很快就解開了，陸鹿大感詫異。

段勉怎麼會來這裡吃飯？就算他是貴公子，不跟護衛一塊兒，好歹會另闢一處靜室吧？這麼多女人盯著，他吃得下嗎？

是的，無數道或驚詫或火辣或羞怯的目光都不由自主的投遞過去。

段勉很坦然，偏頭正跟段敏說什麼話。一邊顧瑤心裡又活泛了，覺得隔這麼近，是不是機會又來了？

上官玨欣喜地看一眼只隔著母親的表哥，笑容也是不加掩飾的。不過，她的視線又慢慢移向下首坐著的陸府母女三人。

龐氏神情不鹹不淡，陸明容直勾勾的盯著近在眼前的段勉，而陸鹿若有所思的看一眼段勉，不可避免的與上官玨眼光碰觸，對她綻開個無辜笑意，便低下頭盯著素齋飯皺眉。

真的是素齋飯呀？一點肉沫都沒有，這怎麼吃嘛？想她陸鹿可是無肉不歡的食肉動物呀！不吃肉，哪有力氣闖下山呢？

段勉跟段敏說完話，眼睛就情不自禁的瞄向陸鹿，後者正一臉苦喪地盯著齋飯發愁呢，他不由莞爾勾唇。

食不語。殿堂鴉雀無聲，只有輕微碗筷碰撞聲及秀氣斯文的咀嚼聲。

陸鹿漫不經心地吃飯，腦子也沒閒著。

和國人勾結齊國敗類想偷襲至寶安寺進香的段府女眷們，消息倒是及時，難道段府也混入了奸細？不然怎麼能這麼快地調動人手，想必人數應該不少，和國人不會派太多人潛入齊國，那麼大多數還是齊國盜匪嘍？但益城離京城近，盜匪不會那麼猖狂，應該是鄰省的。往南邊去是洪洲，有漁港……難道是河盜？

段勉說有毒氣，對方攻不上來，他們也下不去，是什麼樣的毒氣能在這大白天的空曠山野間使用？前門不行，後山密林小道是不是能闖下去？

還有，城裡守兵的效率怎麼這麼低？這都中午了還沒過來支援，是不是有什麼圈套呀？這麼等下去，只怕後果不堪設想。段勉縱然武藝高強，頂多也只會保護段家人，一旦有事，陸府炮灰命妥妥的。

看來，還是要自救！

殿堂很安靜、很安靜，連咀嚼聲也消失了。因為段勉也不知怎麼的，只遙遙看著陸鹿皺眉撇嘴，而後還小聲自言自語嘀咕，表情豐富多彩、變化生動，不由看入神了。

他這一入神，旁邊的人也順著他視線望過去，眼色複雜。主子們都望向一個方向，婆子丫頭們也好奇的張望。於是，大多數人的眼光都投在陸鹿身上。

可惜的是陸鹿渾然不覺，還沈浸在自己的分析推理世界。末了，還小小聲嘀咕。「反正我不能乾坐著等死，別人死不死關我什麼事？哼！」

然後，拿帕子擦擦嘴，端起手邊清茶漱口。這時候，她才感覺到來自左邊數十道目光的注視，她不由回望過去。當中最引人注目的就是顧瑤，她面部扭曲，眼光恨不得吃了自己，嘴裡還咬著手帕，顯然氣到了極點。

莫名其妙！陸鹿瞪她一眼，轉眼瞄到段勉對自己淺淺一笑後收回視線，又扭回頭對上陸明容的忿恨眼神，皺了皺眉頭問：「明容妹妹，妳瞪我幹麼？」

「羨慕姊姊。」陸明容垂眸，輕聲說。

「羨慕我被壞人挾持還能鎮定自若嗎？」陸鹿好奇笑問。

陸明容一怔，不言語，只眼角掃一眼段勉，又低眉垂目。龐氏在邊上看了，輕聲笑。

「鹿姐，妳可別得了便宜還賣乖。」

「母親，我沒有。」

龐氏沒回應，看一眼左邊上位的段勉，又笑咪咪地看一眼陸鹿，意味不言而喻，陸鹿登時悚然——完了！這是在送作堆的意思？看來，陸府是打定主意要把她進獻給段府來攀關係？歷史又要重演了嗎？

可惡的段勉！陸鹿恨恨一記眼刀投過去，正好段勉抬眼注視過來，給瞪得微怔了怔。

齋飯撤下去後，殿堂裡空了許多，因為服侍主人後，好些婆子丫頭才瞅準這個空檔也要去填飽肚子的，餘下服侍的便少了一半。

夫人們悶了太久，邀著大家出殿，就近走走。便有幾個段府小姐過來邀陸鹿一起，讓她拒了。

陸鹿等龐氏陪著段敏和顧夫人轉到廊後，確認沒見到人影，便帶著春草和夏紋往前殿去。誰知上官珏卻趕上來，笑嘻嘻喊：「陸大姑娘，等等我。」

「妳有事嗎？」

「沒有，妳去哪兒？」

「哦，我四處轉轉。」陸鹿心不在焉。

上官珏笑得更深。「我也四處轉轉。」

「咱們不同路。」陸鹿直接拒絕。

「妳去哪兒，我也要去哪兒。」上官玨直接挑明。
陸鹿失笑，故意一問。「哦，妳要當我跟班嗎？」
上官玨神色一僵，強笑。「夥伴。多一個陪著玩不更有意思？」
「哎呀，夥伴？多謝上官小姐把我這個商女引為夥伴，愧不敢當呀。」陸鹿自嘲笑。
「陸大姑娘不用妄自菲薄，妳的膽量及冷靜很令我佩服，引為朋友，跟身分無關。」
陸鹿認真打量一眼上官玨。見她神色坦然，眼光明亮，倒有點磊落的風采。「好吧，多謝上官小姐抬舉。跟我來吧。」語畢，直接偏偏頭邁步前行。
上官玨聞言一笑，抬腳跟上。
顧瑤看見了，忿不過，拉著段晚蘿嘀咕。「上官表姊怎麼跟姓陸那女人走這麼近？」
「表姊覺得她有意思吧？」段晚蘿淺淺笑補充。「我也覺得陸大小姐很有趣呢。」
「晚蘿，妳怎麼會這麼覺得？她那麼粗魯無禮，鄉下野丫頭似的，還有趣？」
旁邊段晚凝天真一笑。「可是，世子哥哥喜歡呀。」
顧瑤臉色一白。「世子表哥才不會。」
常芳文抱著她的寵物小白插嘴。「世子爺還特意送陸大姑娘手爐呢。而且呀，方才用膳時，一直看著陸大姑娘。」
另有一個段府庶小姐抿嘴，推推一直跟著她們的陸明容，打趣笑。「也許世子哥哥看的是陸二姑娘呢。」
陸明容面色一紅，低頭絞著手指。

「八妹休胡說。」段晚蘿睫一眼陸明容，道：「反正，這門親事估計是成了。」

段家幾個小姐都含笑點頭。常芳文呆了呆，若有所思喃喃。「這就成了？」

陸明容微紅的臉色卻轉青白，眼眶含著淚水，強自忍著。

「什麼成了？八字還沒一撇呢！」只有顧瑤猶自不忿地嚷道。

段晚蘿卻只含笑不語，事實明擺著嘛，何必欲蓋彌彰呢？且不說賞菊會單獨抱著陸大小姐，就拿今天的事說，送一只段府特有的手爐，難道還不足以證明自家哥哥是開竅了嗎？

府裡從上到下為段勉的親事快愁白了頭，幾次說親，都讓他強力給拒了，生生錯過了不少好人家，他厭女症的名頭又早就傳開，如今終於有個他看得入眼的姑娘家，段府才不管身分地位，肯定要急急把人迎進家門、傳宗接代去的。

顧瑤之所以這麼明目張膽的接近段勉，在府裡是得到老人家默許的，畢竟親上加親也是府裡喜聞樂見的事。現在最氣惱的應該就是顧瑤，還有以後聽到消息的其他表姊、表妹們吧？

段晚蘿心思通透，看一眼急得面紅耳赤的顧瑤，不知為何，隱隱生快。她不是很喜歡顧瑤當自己的大嫂，還不如上官珏呢！於是，她嘻笑著頂一句。「顧表姊，八字早就有一撇了，妳不要不承認哦。」

「我就是不承認！她一個鄉村丫頭也配？呸！」顧瑤氣怒攻心。

都這麼說自家嫡姊了，也不裝裝樣子維護一下？常芳文看一眼安靜的陸明容，嘴角嘲諷的一撇，眼帶輕視。

誰知，陸明容抬起頭，眼淚汪汪小聲道：「顧、顧小姐，妳不要這麼說我大姊姊，她也不是故意的。」

這、這什麼人呀？維護得也這麼有心計？故意埋汰自家嫡姊吧？常芳文更鄙視她了。

「對，她就是故意的，故意耍心計！這個心計商女，太不要臉了！」顧瑤好像抓到關鍵字了，打雞血一樣大聲嚷嚷。

這一嚷嚷沒有得來預想中的附和，段家幾位小姐還有常芳文都不約而同露出難堪的神色，悄悄退開一步。只有陸明容還假模假樣地勸。「顧小姐，我大姊姊不是這樣的人，妳誤會她了。」

顧瑤正有氣沒處撒，偏有個不識好歹的軟柿子湊上前來，頓時就瞄準目標開火。「一丘之貉，妳也不是什麼好人！別以為我不知道妳那點小心思。省省吧，一介商戶不知廉恥，將嫡女、庶女都往表哥跟前送，也不怕人笑掉大牙！」

陸明容倒抽口氣，她再怎麼臉皮厚，也架不住顧瑤指名道姓地譏諷，頓覺無地自容，怔了怔，眼淚滾下來，顫聲說道：「妳、妳怎麼……」到底心虛，口舌上也一時找不到什麼詞反駁回去，遂掩面淚奔。

常芳文看不下去了，心裡雖鄙夷陸明容，但平時也有點交情，見她受到顧瑤無端的指責奚落，不由打抱不平。「顧小姐，妳說話太過分了！」

「哪句過分了？」顧瑤傲然地抬抬下巴。

「什麼叫不知廉恥，將嫡女、庶女往世子爺跟前送？妳這罪名扣得也太大了吧？」常芳文認真指出，卻惹來顧瑤不屑一顧的冷笑。

「怎麼叫扣罪名？難道不是事實？陸鹿是什麼行為舉止，妳沒看到？陸明容是什麼眼色，妳沒瞅見？不是家中長輩指使，難道是她們自甘輕賤？可不是應了往表哥跟前送的事實？」

「那是妳有偏見！陸大姑娘明明行為舉止天真自然，才沒有往段世子跟前湊呢。」常芳文可看得清楚，陸鹿根本不甩段勉好吧？當然，陸明容眼巴巴想黏上段勉是事實，就不平冤了。

「喊，沒有？」顧瑤撇嘴。「是不是陸府每月孝敬常府的油水夠足呀，值得常小姐睜眼說瞎話？」

這話一落，常芳文也倒抽冷氣了。這顧瑤真是，讓人手癢癢想抽她幾個大嘴巴！怎麼就這麼損呢？不是顧夫人的娘家姪女嗎？不講道理，歪曲事實，任意誹謗，無中生有，簡直……像嘴碎的市井婦人，沒家教！

常芳文克制怒氣，咬牙死死瞪著顧瑤。「妳胡說八道，血口噴人，爛嘴生瘡。」

「妳敢咒我？」顧瑤也怒了。

段晚蘿和段晚凝聽這兩人一來二去的針鋒相對，火藥味越升越高，慌忙分別勸架。「顧表姊，別說了，走，我們去後院逛吧。」

「常小姐，一人少說一句吧，何必鬧得不開心？」

顧瑤和常芳文同時怒氣沖沖說：「是她不對，道歉！」

臺詞一樣，雙方怔了怔，又同時偏頭。「哼！」

常芳文懷裡的寵物狗小白最是通靈性，察言觀色之後，覺得小主人一定是吃虧了，不然怎麼會臉色這麼不好看？還氣哼呢！於是，牠「汪汪」向顧瑤凶巴巴齜牙，一面竄出常芳文懷抱撓向顧瑤。

「啊——」顧瑤一聲驚天動地的尖叫，摀著頭倒地。

小白一把抓落她頭上顫巍巍的金步搖後，勝利的回頭在常芳文腳下討功。

「小姐！」亂哄哄的一群婆子丫頭擁上前察看嚇得花容失色的顧瑤。

常芳文也傻眼了！她沒想到一向乖巧的小白，竟會猛地竄出懷撲向顧瑤。

聽到尖叫後，再低頭一看小白搖著尾巴等表揚的可愛模樣，又不忍責備。趁著場面陷於混亂，自覺闖禍的常芳文彎腰抱起小白，悄沒聲息的趕緊溜開了。

「我、我要殺了那隻死狗！嗚嗚嗚，好痛！我的臉，是不是破相了？」

顧瑤中氣十足的哭喊聲，還在驚惶逃跑的常芳文腦中迴盪。不怪她溜為上策，就眼下這場面，依顧瑤的性子，小白性命堪憂。常芳文縱然是知府千金，也惹不起京城來的驕橫貴女，還是去母親身邊暫避為好。

後殿這麼熱鬧，陸鹿卻沒趕上。她跟上官珏兩個晃呀晃的來到前殿。有官差指使著僧人要東要西的，偏殿門大開，進進出出的人不少。

陸鹿不方便太靠近，遙遙伸脖子窺探。

「好像有差人受傷了？」上官玨也跟著瞅了幾眼，就敏銳的判斷出偏殿有傷號。
「和國人這麼厲害？」陸鹿撇撇嘴。
上官玨微笑。「表哥說和國人用上毒氣了，這比近身一對一搏鬥更難以防備。」
「毒氣？其實我不大信的。」陸鹿揚揚唇。這年代，怎麼可能研製出毒氣？尤其還是投在開放空間，而不是密閉室內。就算有，空氣中風一吹散，效果只怕要打對折不止呢。
「哦？妳不信？」上官玨吃驚。
陸鹿揚眉笑。「妳信？」
「當然，我信表哥。」
信表哥，還能得永生？陸鹿吐槽一句，笑嘻嘻問：「那我不信，要不要打個賭呢？」
又賭？妳是賭客還是商女？上官玨很無語。
「好吧，妳不敢賭，說明妳內心也是動搖的。」陸鹿拍拍她的肩，挑眉笑。「要不要親眼見證一下去？」
「見證？妳是說，去寺外山門前？」上官玨又驚了。舉動太出格了吧？寺裡都可能混了奸細，她還敢去前線見證，如此大膽，不怕死嗎？
「是呀，敢不敢？」陸鹿輕描淡寫慫恿。
上官玨好強心讓她挑起，猶豫了小剎那，就咬牙決斷。「去就去。」

# 第三十五章

通往山門的路並不順利。首先，道路的出入口——也就是寺門封鎖了，不再允許自由進出，進來的人要檢查，出去的人也要盤查，而陸鹿這幾個女人，那是查都不用查的——直接被拒絕。

其次，外頭男人們在打起精神全力防守，那可是真正的你死我活，可不是舞臺上鬧著玩的花架子，她們幾個小姑娘去湊什麼熱鬧呀？太無聊這個理由簡直讓人想打人。

最後，上官玨以福郡王府小姐的身分想仗勢壓人，守路的官差毫不客氣的甩了她一個大大白眼，嚴肅回應。「非常時期，小的只聽段大人調令，請上官小姐不要去添亂，省得擾亂軍心。」

「你、你、你！」估計上官玨這輩子也是頭一回吃癟，還是一個低級的小官差，馬上就變臉，怒氣陡增。

「誰在這裡擾亂軍紀？」有個不耐煩的聲音隨風送到。

上官玨卻聽得一喜，臉色緩和，朗聲道：「是我。王平，你來得正好！」

王平一臉嚴肅快步過來，看到上官玨微微一怔，然後眼角掃描到笑咪咪的陸鹿，卻是大驚。這兩位惹不起的姑奶奶怎麼湊在一起的？單一個就惹不起，現在還兩個，惹不起指數直線上升，他的額頭開始冒冷汗了。

「上官小姐、陸姑娘，妳們怎麼在這裡？」王平硬起頭皮陪著笑臉。

上官玨擺手，不回答，直接霸氣吩咐。「我們要去山門前，帶路！」

就曉得沒好事！王平的臉部肌肉抽搐了下。「對不起，上官小姐，沒有段大人的口令，任何人不得隨意進出寺門。」

段勉護衛的不成文規矩：有戰事統稱大人，平時就以世子爺稱呼。

上官玨看一眼陸鹿，後者閒閒道：「有你帶路，還要什麼口令？」

「咳咳！」王平被嗆到似的乾咳。他也不過是參將大人身邊的跟班侍衛而已，他可不敢違抗軍令、他不敢作主啊！

「就是就是。別囉嗦了，快走吧！」上官玨催促，抬腳就要往前去。

「上官小姐，留步！」王平閃身攔在跟前，十分為難的苦著臉。「請兩位小姐回轉，不要為難小的好不好？」

「明明是你在為難我們嘛。」陸鹿若無其事地反駁。

王平作揖了。「陸姑娘呀，小的求妳了行不行？打轉回去好不好？」

「不好。」陸鹿一口否決了。

王平又向上官玨可憐巴巴地告饒。「上官小姐，瞧小的平時謹慎本分，求您大發慈悲，請回吧。」

「你平時跟在世子表哥身邊不知沾了多少光，多威風，這會倒裝起可憐來了。」上官玨不買帳，還直接戳穿他的假象。

王平真的快哭了。太不講理了！這兩個刁蠻小姐怎就湊一起了？這讓他怎麼應付嘛？一邊是段大人，一邊是蠻小姐，他夾在中間好為難啊！

「上官小姐，現在非常時期，小的真不能放妳們出去……」王平試圖作最後掙扎。

陸鹿打斷他。「我們不是去看熱鬧的。」

「對，或許我們能幫上忙呢？」上官玨適時插嘴。

幫倒忙嗎？王平心裡腹誹卻不敢說出來，而是面露苦色，期期艾艾道：「小的先謝過兩位小姐。不過，也還是要經過段大人同意才能出寺。」

這傢伙油鹽不進啊！陸鹿瞪著王平，王平眨巴眼表情平靜讓她瞪，雙方僵持不下。

「何人在此喧譁？」有道冰冷威嚴的聲音乍然出現。

上官玨神態一滯，抬眸望去，只見段勉陰沈著臉帶著幾個護衛過來。

「表哥！」

「大人！」王平心喜，救星出來得太及時了。

段勉眼光巡掃一遍，大致情形便了然於胸，目光定在陸鹿面上。

陸鹿忙微福身見禮，笑。「世子爺。」

「回去。」段勉也沒有多說什麼，語氣平淡。

上官玨堆起笑，還想走走關係。「表哥，我們想出寺看看能不能幫上忙，能否通融一下？」

「不能。」段勉眼睛還是看著陸鹿。

上官玨比顧瑤要好點，知道顧及臉面，而且也曉得段勉說一不二，無理取鬧只會惹他反感，便悻悻閉嘴。

陸鹿看一眼不再言語、打退堂鼓的上官玨，嘆氣。「我真不是添亂，而是想看看到底是什麼毒氣，竟能制止得了戰無不勝的參將大人無法攻下山。」

段勉眉毛都沒皺一下，冰冷回道：「毒氣沒什麼好看的。」

「一個好漢三個幫！大人英明神武，以一敵百，可敬可佩。只是，山寺被困，時間拖得越久，對女眷們越不利，而援兵遲遲不到，大人有沒想過，或許城裡也有變故呢？」

段勉微微動容，眸色暗了下去，抬抬下巴衝著陸鹿說話。「妳跟我來。」

「好嘞。」陸鹿大喜。

上官玨不服氣嚷。「我也要去！」

段勉也沒多語解釋，直接向王平交代。「送表小姐回去。」

「是，大人。」有了段勉的親口吩咐，王平底氣十足，手一擺，堆起勝利微笑。「上官小姐，請吧。」

上官玨咬牙，握握手裡鞭子，想揚起。可惡呀！偏心偏到胳肢窩了！這也太明顯了吧？

「哼！不去就不去！」上官玨發洩的一甩鞭子，「啪」的打出個響鞭，惹得陸鹿回頭看。但到底是段勉的命令，上官玨不敢發脾氣胡鬧，只能半賭氣半被押著轉回後殿。

「其實上官小姐還滿懂事的。」陸鹿客觀評價。

走前頭的段勉沒接腔，面無表情。比起其他表妹，上官玨確實算得上知書達禮懂事大方，那又怎樣？還不是照樣有事沒事纏著他。也不纏別的，就纏著讓教騎射和練習鞭法，這也夠段勉頭疼了。

「哎哎，段勉，上官小姐不像顧瑤那麼纏得緊吧？」陸鹿小跑步跟上來跟他並排，還擠眼笑。

段勉斜瞄她一眼。「閉嘴。」

「切！」一點八卦都不提供，真真無趣。

瞄到她興趣缺缺的樣子，段勉很無語。都什麼時候了，還有心情打聽這些破事？不對，打聽他的事怎麼能叫破事呢？這是好事啊！是不是說明她，對他有一丁點興趣呢？

於是，段勉低低又補充一句。「嗯，她好點。」

誰？陸鹿一怔，有點沒跟上這傢伙的思維。偏頭打量他吧，神色平靜無波，完全猜不透他在想什麼。她好點？嗯，是不是在回答她關於上官玨與顧瑤的問題？可他不是說「閉嘴」了，幹麼又追加答案？真是讓人捉摸不透！

陸鹿恨得牙癢癢，這小子會不會聊天呀？

段勉的眼角餘光瞥到陸鹿怔怔無語又暗暗氣惱的神情，不知為何，心情也跟著輕鬆起來。妳也有啞口無言，不知怎麼搭話的時候呀？呵！

「咦？」陸鹿張嘴欲言時，猛然發現已經出了寺，山門近在眼前。

天氣陰沈，空中有怪味。守山門的是段勉的護衛及官差，臉上戴著類似口罩的東西，見到段勉急忙施禮。

「情況怎麼樣？」

「回大人，毒氣未散，但飄上山的，並不如原先那麼濃。」

段勉遞給陸鹿一張像口罩的東西。「戴上。」

「哦。」陸鹿乖乖戴上，回頭讓一路上都不敢說話的春草和夏紋在遠處守著。

段勉領著她走到山門前臺階的護欄邊，指道：「看到那團黃色霧氣沒有？有毒。」

陸鹿點點頭，漫不經心「哦」一下。

陡直的長長臺階，極目可見的地方的確有一團黃色的霧體籠罩，受到風吹而漸漸上移。霧氣中，當初停車下轎的地方已根本看不到了，也不知道山下到底是什麼情況。這種形勢，當然下不了山，因為前門只有這一道臺階路，段勉指揮得當，山下的人自然也攻不上來，於是雙方僵持著。

「後山呢？」陸鹿扭頭望向後山密林。

段勉回她。「後山林密樹茂，不宜放毒氣，但陷阱多。」

「是他們設下的？還是你們臨時佈置的？」

段勉手稍畫了半圈道：「臨近山腳，他們布下的陷阱多，近山寺，則是我們的人臨時加增的陷阱。」

沈吟稍許，陸鹿疑問：「段勉，你確定向城裡守兵求支援的信真的送出去了？」

「嗯，確定。」段勉淡淡負手。

「為什麼援兵還沒到？按理來說，和國奸細不可能集結太多兵力將前、後路堵得這麼徹底呀？」

段勉沒作聲，他也在思考這個問題。他假設了許多可能，只是不好對陸鹿坦言。

「如果天黑之前不能下山，估計凶多吉少。」陸鹿不樂觀地嘆一句。

「沒錯。」段勉心情沈甸甸的，看她一眼。「所以，妳其實是想親眼確認能不能闖下山，是嗎？」

這小子會讀心術嗎？幹麼要點破？陸鹿臉色難得紅了紅，也就不藏著了，自然道：「是。雖然揪出兩個混入女人堆的奸細，但我覺得危機沒解除，所以想獨善其身，以為看清形勢後，能想辦法闖下山，看來是我太想當然了。」

她坦率地回答，段勉反而只勾勾唇，並不多話。

「在後山防守的是什麼人？」

「上官府家丁為主還有一些官差，由鄧葉統領。」

鄧葉也算是心腹了，跟著段勉出入軍營，實戰經驗攢得不少。

陸鹿似是想起了什麼，隨口問：「我記得，當日救你上岸，跑過來三個少年……」

這話成功讓段勉眉梢一聳，神情轉悽然，片刻才道：「另一個是小七，他留在軍中。其實有四人一直跟著我，不過小六他……」

陸鹿一下聽懂了。四個跟著他去軍營的小廝只剩三個了，叫小六的十之八九戰死沙場了。這次回京，小七沒跟來，繼續留在軍中效力，當然也便於互通消息。

「節哀！」陸鹿低聲安慰。段勉側頭靜靜看著她，黑眸沈沈。

「哎，段勉，後山，要不要開闢出一塊森林防火帶？」

「嗯？」段勉眸光轉正色。

陸鹿解釋道：「為了防止起火，預先開闢出一條三、四丈的隔離空地，這樣可以有效的避免火勢蔓延。」

段勉聽懂了。「妳是說他們可能會用火攻？」

「不怕一萬就怕萬一。」陸鹿指指後山。「樹木多，而且山寺水源僅供飲用，若真起森林大火，勢必難以一時撲滅，那寺裡的貴婦、小姐們怎麼辦？你們一定會想辦法護著殺出山門去吧？畢竟與其被火燒死不如拚一拚，毒氣終歸跟風向有關，對不對？」

「說得對。」段勉抬抬下巴。王平領命上前，段勉向他吩咐。「組織人手，去後山開闢出一條空道，越快越好！」

「是大人。」

陸鹿表示欣慰，向段勉豎起拇指。「能聽取不同意見，不愧是年少有為的參將大人。」

「妳說得對，我自然會聽取。」段勉微微垂眸低嘆。「是我過於樂觀了。」

「哦？你的意思是，你其實想到了，只不過，你樂觀的以為城裡守兵會馬上趕來支援，所以並不急於佈置？」

段勉怔怔抬眸。這算心有靈犀還是知己難遇？他的心思，為什麼她一眼就識破了？

陸鹿拍拍他肩。「從生態環境保護角度看，樂觀點好。我是杞人憂天，凡事習慣往陰暗面聯想。」

「妳想得周全。戰事不容樂觀。往往最悲觀最不願看到的，也許才是真相。」段勉看一眼她拍在自己身上的手，驀然想起那晚兩人共騎，這手就在自己身上亂摸的情形，臉色慢慢染紅了。

「嘿嘿，孺子可教！」摸著良心說客觀話，段勉還是有可取之處的。

陸鹿又轉頭重新望向那團黃色霧氣。「真的有毒？很嚴重嗎？」

段勉收起那點緋色心思，認真點頭。「第一批衝下山的人有不同程度的受害。有昏迷不醒，也有嘔吐不止的，更有全身無力、臉色慘白的……」

「不會是傷口引起的症狀吧？」

「他們沒有嚴重外傷，推測只可能是他們衝下去時吸入了毒氣導致。」

陸鹿喃喃道：「可是，這毒氣，難道對他們自己就沒有損失嗎？施放的人不會有事？何況風向若是改變，他們不是自食惡果？」

段勉輕攢眉尖，道：「他們放毒，必定有解藥。也許事先服下解藥，或許也戴上遮掩口鼻之物呢？」

「有道理，但直覺告訴我，還是不對勁。」

「哪裡不對勁？」段勉認真詢問。

陸鹿盯著隨著風吹而飄移不定的黃色霧氣，緩緩搖頭。「我不相信空曠地帶的毒氣有這麼大作用，納粹也得把人趕進密閉室去呢！要真這麼厲害，專利持有者，只怕早就稱王稱霸了。」

這話，每字都聽得懂，組合在一起，段勉就有點糊塗了。納粹是什麼？專利又是什麼？

陸鹿不解釋，而是抿嘴沈思半晌，猛一擊掌，喜色盈梢地轉向段勉。「要不做個實驗？」

「怎麼做？」段勉臉色帶絲舒緩。

陸鹿笑嘻嘻說：「很簡單，挑一個大膽的，沒有受半點傷的去闖闖那股毒氣。」

「這？」有點徒勞吧？眼下正缺人手，還挑一個大膽又沒受傷的去做試驗，這不白白浪費人才嗎？

「我去！」陸鹿挺胸昂頭自動請纓。

段勉落下臉色。「胡鬧！」

「真不是胡鬧。」陸鹿忙注解道：「你看，我膽子大，沒受傷；我提議的試驗有風險，你的人都是精兵強將，自然不能貿然，萬一試驗失敗，可不損失人手？而我呢，就算試驗失敗，抬回後殿好生養傷就是。」

段勉久久不語，定定看著她，眸光閃動。

「別磨蹭了，就這樣吧。」陸鹿說著就要去摘口布。

但不等她摘下，一隻大手覆蓋上來，壓下她的手。段勉俯視她，眉眼帶著複雜情緒。

「我去。」

「嗯？」陸鹿想說話，嘴讓他手隔著口布捂著，只能搖頭。

段勉的手慢慢放下，深深看她一眼。「好生待著。」

「等等，段勉，你不能去。」陸鹿顧不上什麼舉止禮儀了，扯著他衣袖急急道：「你是主將，兵不可一日無將，若你有個三長兩短，這仗還怎麼打？怎麼打贏？」

「我不會有事。」段勉安撫她。

「萬一有事呢？你就不能做最壞的打算嗎？」陸鹿不依，仍緊緊拽著他袖子。

段勉沈吟，垂眸望向她拽衣袖的手，忽問：「妳這是在擔心我嗎？」

「廢話。現在這寺裡所有人都指望你殺退這幫混蛋，你要有什麼事，我也會被噴死不可。」陸鹿不假思索。

小小失落了下，段勉點頭。「好，我不去，不過，妳也不能去。」

陸鹿頓了頓，妥協。「好吧，隨你安排。」

他要挑手下精兵強將去，那就由他，反正陸鹿把前因後果都講清楚了，後果自負。

「那妳……」段勉正欲開口。

「我要全程看著，不許送我回寺裡去。」陸鹿粗暴地打斷他的好意。

段勉還真有點捨不得把她送回去，她待在自己身邊，不管說什麼做什麼，都令他心情格外暢快，怎麼捨得呢？

「好。」就任性一次，就公私不分一次。

段勉抬手召來一名心腹侍衛，不多言語，低聲略交代，侍衛二話不說，拱手應。「是，大人。」遵命而去。

陸鹿回頭把春草和夏紋招過來。兩丫頭戰戰兢兢小碎步上前，惶恐低聲。「姑娘，快回去吧？太危險了。」

「沒事，他們上不來。」陸鹿指指臺階下笑。「暫時很安全的。對了，夏紋，妳回寺裡給太太報個信，免得她擔心。」

夏紋頓時鬆口氣，歡喜福一禮。「是，姑娘，奴婢這就回去稟明太太。」

「嗯，妳知道該怎麼說嗎？」

夏紋神情呆了呆，眼光掃掃四周，餘光瞄到段勉，忙笑。「奴婢曉得了。」她的神態及小動作，陸鹿看在眼裡，大致也猜到她會朝哪個方向添油加醋，便也笑笑沒揭穿，放她去了。

春草回頭看一眼離去的夏紋，憂心道：「姑娘，真的讓夏紋去胡亂編排？」

「不然呢？」陸鹿笑咪咪，壓低聲音道：「春草，妳說我一個待字閨中的大姑娘家獨自跑到山門來，寺裡那些三八婆會怎麼嚼舌？」

「一定沒有好話。」

「就是呀，如果這時候太太站出來打圓場包庇，轉移話題，會不會比較省心？」

春草木然不解，搔搔頭問。「可是，太太她會包庇姑娘嗎？」

陸鹿眼角朝段勉方向一挑，眉毛也一聳，狡猾低笑。「有段世子做籌碼，太太呀，無事還要多生非，這會兒有事實依據，她巴不得呢！」

春草後知後覺地恍悟。「哦！原來這樣。可是……」

她還是有一絲小小的擔心，不由認真。「可是，姑娘，妳不是無意入段府嗎？若是流言傳開，只怕騎虎難下呢。」

陸鹿很是欣慰，拍拍春草肩。「春草，難為妳處處為我著想。放心吧，我有分寸，我有後路的，只是眼下，只能這樣了。」

春草抿嘴笑。「原來姑娘都考慮好了，是奴婢想多了。」

「還是要謝謝妳，春草。放心，這一世，我絕對不會讓妳為我受苦受連累。」陸鹿忽然無限感傷。

春草茫然，抬頭眨巴眼瞧著陸鹿。

主僕兩個這邊說話，段勉那邊也沒閒著。他一面沈穩地佈置防守，一面看著心腹護衛裝備齊整，就要下山做試驗。心腹護衛穿戴上護胸裝備，正略有一絲緊張地等著主將下令。

段勉斜眼望向陸鹿，瞧見她正跟丫頭春草咬耳朵，笑得神神秘秘的，煞是可愛。收回心神，段勉向心腹護衛下令。「去吧，若有不適，馬上回來。」

「是，大人。」心腹護衛領命而去。

陸鹿提裙快步過來，看著試驗之人走下臺階，期待地問段勉。「就這麼去了？」

段勉平靜點點頭。

「別讓他太靠近，只要吸入黃霧就行，別做無謂舉動。」

段勉望她一眼，勾唇笑。「嗯，知道。」

好吧，他都知道，陸鹿也就不多嘴了，只是專注的盯著那個試驗者。他一步一步走下臺階，迎向那股黃霧，腳步絲毫沒停留。

臺階之上，緊張的人不少，都專注看著，大氣不敢出。段勉雙手握成拳，薄唇抿成一條直線，神情也顯出少許的忐忑。

再下一層臺階，黃色霧氣淡淡飄浮，很快攏向護衛。他回頭看一眼臺階上段勉等人，又再下一階。

「停。」陸鹿忽然喝止。

段勉看她一眼，撮唇發出聲短哨，護衛果然就停在那一級臺階，並沒有再走下去，但黃色霧氣還是緩緩席捲全身將他籠罩。

陸鹿心也提到了嗓子眼裡。這個試驗是她提出來的，若是做試驗的人有個三長兩短，她多少會內疚呀。畢竟這種主意，她也沒什麼來由根據，只是一種猜測。

瞄一眼段勉，側面輪廓深刻而堅毅，一點都沒有十八、九歲少年的青澀浮躁，微黑的膚色愈顯出老成穩重，但陸鹿也不知自己是否眼花，她怎麼覺得段勉微黑的側臉，以肉眼可見的速度緩緩浮上一層淡淡的紅色呢？

段勉從小習武又在軍中歷練幾年，早已練就了眼觀四面、耳聽八方的本事。雖然他也認真的盯著派下去的護衛，可是另外的感官也在留意身邊陸鹿的一舉一動。

感受到她的注視，他內心是淡淡的喜悅及微妙的羞澀。於是，不可避免，面皮就悄悄燙熱。

陸鹿早就移開目光，悄悄算了算時間。「時間夠了吧？」

「嗯。」段勉又是一聲短哨。

按常理，如果中毒，也早該倒下了。隨著這聲短哨，大夥兒的眼睛都盯著臺階下那團慢慢飄浮的黃霧。很快，霧氣中，慢慢走出那名做試驗的護衛。他步伐平穩，面容微有變色，抬手掩著口鼻，但是……並沒有倒下，而是一步一步穩穩當當的走上來。

一步、兩步……隨著他的腳步，山門前觀望的諸人屏息噤聲。

陸鹿雙手交握抵在下巴，眼光是滿滿喜悅，她的猜想沒錯，試驗成功！

「陸姑娘，妳的直覺是對的。」段勉轉頭，眼裡帶著光亮。

陸鹿毫不謙虛，整整衣襟，眉梢帶得意，興奮地回應。「咳咳，當然。女人的直覺通常很準，何況我這樣的專業人士。」

如此厚臉皮地接受誇獎，竟然沒有引起段勉的反感，反倒覺得她天真自然俏皮呢。

「那麼，是不是說明，這毒氣只對傷者造成影響？」段勉快速轉入正題。

陸鹿點頭。「是的。如果身上有傷口，不管什麼外傷，一旦皮膚接觸到這股氣體，就會出現你所說嘔吐昏迷的情形，嚴重者會虛脫不醒；如果沒有一點外傷，自然毫髮無傷。」

這就是陸鹿要做的試驗。她一直不相信，在這麼空曠的野地施放毒氣能有什麼效果。試驗證明，果然如此——並非吸入氣體會有事，而是氣體觸碰傷口，才會出現中毒現象。

段勉表示懂了。

護衛已經走上臺階，深吸口氣，向段勉拱手，喜道：「大人，屬下回來覆命。」

# 第三十六章

「嗯，很好！」段勉因為年小就榮任參將，在屬下面前保持少年老成的威嚴臉孔習慣了。雖然心裡很滿意這次試驗，卻面上沈穩，一點喜色都不顯出來。

陸鹿喜形於色，橫插過來歪頭問這個護衛。「你現在有什麼感覺？」

「呃？」這女人……多什麼嘴呀？護衛一愣。他雖知道自家世子對這位陸府大小姐好像有點不一樣，但事關軍情，不好貿然回答，只看向段勉。

「回答她。」段勉神色仍不變。

「是，大人。」護衛施禮，然後側身向陸鹿道：「在下並無不適。」

陸鹿繼續追問。「有沒有頭暈目眩之感？」

「沒有。」

「那黃霧味道刺鼻嗎？」

護衛沈吟些許，點頭。「刺鼻，但並不強烈。」

「眼睛呢？有沒有刺痛感？或者火辣辣的？」

「呃……接近時有點想流淚，但待久了，反而好了。」護衛如實回答他的第一體驗。

陸鹿想湊近察看他的眼睛，卻讓段勉扯回來，慍怒問：「妳在幹麼？」

「他說想流淚，我檢查一下是不是對眼睛有損傷。」

段勉冷冷。「這不勞妳操心。」

好吧！男女授受不親，不查就不查嘍。陸鹿又圍著護衛轉了一圈，小心又問：「真的沒有力乏腿軟？」

護衛忍不住笑了。「沒有。」

「哦，那這試驗完了。」陸鹿這才轉向段勉。「可以大致下結論了。」

「嗯。」段勉懂。

陸鹿憂國憂民，操心問道：「那後續，你打算怎麼做？」

段勉輕挑一下眉頭，靜靜看著她。「妳很想知道？」

「老實說，很想知道。不過，如果事關軍情機密，你可以保持沈默。」

段勉選擇保持沈默。這是男人該操心的正事，她一介小女子在邊上吱喳這麼長時間，已經夠意思了。「陸姑娘，我派人送妳回寺。」

過河拆橋呀？陸鹿斜橫他一眼。

段勉也不看她，直接喚來一名心腹護衛。「送陸姑娘進寺。」

「是大人。」

陸鹿板著臉跟他對峙。段勉迎向她不滿的眼光，溫聲道：「多謝陸姑娘。」

「哼！我要賴著不走呢？」

段勉反而淺淺笑了，嗓音格外的溫沈，語氣也不尖銳。「我有的是直接乾脆的辦法讓妳回去，要不要試試？」

這混蛋！陸鹿牙癢癢兼手癢癢了。

無奈，段勉態度絲毫不軟化，陸鹿也審時度勢發現這山門外就是他說了算。他堅決要求她回寺，不可商量沒有迴旋餘地，那就靜待事態吧。

「算你狠，過河拆橋！」陸鹿臨走還要放兩句狠話，表示她走得不是心甘情願的。

段勉微勾唇，目送她轉回去。當他轉頭，面對山階下，那個邊境殺敵、威震敵軍的冷血小將又再現了。

陸鹿回到寶安寺內，正好趕上一場混亂。

挑頭的是顧瑤，她被常芳文的寵物狗抓撓了一下，雖沒傷到哪裡，可著實驚嚇不輕，跟著就向段敏和顧夫人告狀，誓要把惹事的小白給撲殺了。

常芳文自是不肯。這隻寵物狗可嬌貴，比她屋裡一等丫頭還有身分。平常仗勢欺人咬咬丫頭們衣服上的線頭，冷不防嚇嚇婆子們，在後院很是威風八面的，就是常老爺閒暇時也喜歡逗著玩。

不過是嚇唬顧瑤而已，值得撲殺？於是，常芳文也又哭又鬧的不依。

常夫人相當頭疼。上官府和段府，她都得罪不起呀。

常老爺最近仕途極為不順，傳言有可能會被降職，原因可能跟段勉在益城被刺受傷有關。是以，她不得不打起精神，想循夫人路線幫常老爺走走門路，只是這小女兒平日又是極為寵溺的，平常在家心肝寶貝一個，皺皺眉都不曾有過，眼下哭得這般傷心，簡直是戳她的心肺子哦！

她們這一鬧，陸鹿許久未歸就顯得不那麼重要。龐氏聽了夏紋的回報，一點不著急，也不覺得越禮，安安穩穩的吃著茶。

這滿殿的人，只有陸明容神情惆悵失落。她想不通，怎麼就讓陸鹿這個村姑撿了便宜去呢？明明要什麼沒什麼的野丫頭，怎麼反倒入了段勉的眼？難不成，段勉看習慣了一眾貴女對他的愛慕和唯唯諾諾，陸鹿這種粗俗、不知禮數、大大咧咧的看著新鮮有趣，反而留意上了？嗯，只怕原因就是如此吧？

「汪汪汪！」小白尖銳的叫了起來。

「不許搶走我的小白！」常芳文也尖聲嚷。

在顧瑤的堅持下，常夫人包庇不得，只好默許段家的僕婦將小白帶走。

常芳文抱著不肯撒手，顧夫人便使個眼色，上來兩個膀大腰圓的婆子動手直接搶。小白也曉得大禍臨頭，凶巴巴地齜牙，壯膽似地吠叫。

「嗚嗚……不要！小白是無心的！」常芳文把求救目光放在常夫人面上。

常夫人嘆惜勸道：「芳兒，不過是隻狗，回頭娘再買給妳一隻更乖巧的。」

「我就要小白！娘，小白以後會乖乖的。」

常芳文又向段敏和顧夫人哀求。「夫人饒了小白吧？牠再也不敢了。要罰罰我這個主人好了。」

瞧她楚楚可憐，哭得梨花帶雨，段敏也動容。

顧瑤在旁邊不冷不熱道：「常家小姐，我們這是為妳好。一隻畜牲而已，今日抓傷我是小事，明兒若再驚擾其他貴人，妳擔得起罰嗎？你們常府擔得起嗎？」

「不會，小白最通靈性的。」常芳文抹把眼淚，求她。「顧小姐，妳最心軟善良的，何必跟小白過不去？求妳放過牠吧！」

顧瑤噙著冷笑。「喲，妳的意思是我跟一隻畜牲計較嘍？我小肚雞腸嘍？敢情受驚嚇的不是妳呀，站著說話不腰疼啊！」

讓她搶白一頓，常芳文臉色更慘白了，抽抽嗒嗒的又哭開了。趁她這一分神，懷裡的小白就讓她們給奪去了，嚇得小白一通「汪汪」亂叫。主人，救命啊！這個粗婆子一股體味，薰死狗了！

「啊？小白！」常芳文撲上去搶奪，讓自家的婆子、丫頭拉住了，只低聲勸：「小姐，小不忍亂大謀啊！」

「小姐，使不得！」

「我的小白……」常芳文哭花了臉。

「喲，好熱鬧啊！這唱的哪齣戲呀？」殿門傳來一道調侃的清冽笑語。陸鹿不甘心被送回來，老遠就聽到裡頭動靜不小，踏進門檻一看，真是眾生百態呀！

當然，最矚目的還是某個粗婆子單手拎著小巧的小白，正在跟段敏和顧夫人行禮稟報什麼，而小白正在亂撲騰，嘴裡「汪」得很是急促淒慘。牠的主人常芳文呢，則無力地快哭昏了。

再略略一掃眼，其他人或默然或戚戚或漠視或垂眸或無奈……唯有顧瑤喜氣洋洋，下巴抬得高高，鼻孔朝天，面有得色。她不是段府正兒八經的小姐，可是舉動更大膽肆意，而且還無人反駁，就是段敏這位郡王妃也縱著她，是不是因為把她當成未來的段家人看待呢？

聽到陸鹿的聲音，殿堂各色雜音稍微一收。

「嘿，唱戲呀？我沒來晚吧？」陸鹿慢騰騰走近，笑咪咪問，與殿中低迷的情緒成反差，立即遭來數道意味不明的眼光投射。

上官玨喜悅地撲上前，拉著她問：「怎麼樣？外面情形怎麼樣了？」

此言一出，大家的注意力更加集中在陸鹿身上。陸鹿卻不急不慢，撥開上官玨，向夫人們見禮，又向龐氏請罪。

龐氏和氣說：「沒事就好。」

「陸大姑娘，妳倒是快說呀，外邊怎麼樣了？」上官玨追過來著急問。

陸鹿綻開個輕鬆笑臉。「挺好的。在段世子英明神武的指揮下，局面已控制住了。」

聽罷，大家都鬆了口氣，段敏也撫撫心口，神情更放鬆了。

「汪汪！」小白不甘心的扭著身子，想掙出僕婦的手，常芳文又要掙過去解救。

「還愣著幹麼？還不把這畜牲扔了去？」顧瑤氣哼哼地剜了陸鹿一眼。她一回來就搶了風頭，成了焦點，憑什麼呀？想攪局呀？

「是，小姐。」僕婦領命。

「等等！」陸鹿攔下，不解問。「幹麼扔呀？常小姐不要給我呀！」

常芳文淚眼矇矓地抽泣道：「我、我沒有！是她們……」

「哦，顧小姐，妳好好的千金小姐幹麼跟一隻畜牲過不去呀？」陸鹿繼續好奇問。

顧瑤鼻孔一朝天，不屑。「關妳什麼事？」

陸鹿笑了，攤手。「好吧，反正是扔，就扔給我吧？」

大夥兒都愣了愣，那僕婦也有點無措地回頭看一眼顧夫人。顧夫人只端著茶，揭去茶蓋。這等小事，她有什麼好出面的？

顧瑤冷笑。「憑什麼要給妳呀？」

「哦，妳不是要扔嗎？扔給誰不是扔呢？」

「偏不給妳！」顧瑤一挑眼，又向僕婦板臉。「快去呀！」

「是。」僕婦低頭拎著小白就要繞過陸鹿。

陸鹿望天翻翻眼，嘲諷道：「哎喲喂，這佛門淨地，慈悲為懷，螻蟻尚且不忍殺生，千金小姐的寵物狗說扔就扔，我怎麼瞅著這是對寶安寺神佛們的大不敬呢？」

常芳文一喜，若有所思。段敏神色一動，也注視著她。

「妳胡說什麼？」顧瑤聽明白，臉色也變了。

陸鹿笑得雲淡風輕的，掃一眼殿上諸人，無辜地攤手說：「顧小姐，就算不念知府常小姐的面子上，總得念及段老太爺的面上吧？」

話音一落，殿上眾人齊齊倒抽口氣。

「上官夫人及顧夫人巴巴從京城特意來這益城寶安寺燒香祈願，求神佛保佑老太爺病體痊癒、福壽連綿。妳倒好，當著神佛面，喊殺喊扔的，這簡直是呀……」她還故意停頓下來，閒閒地補充完整。「故意唱反調，給西寧侯府添麻煩來的吧？」

「妳、妳血口噴人！妳誣衊！」顧瑤再驕橫，也戴不了這頂高帽子，嚇得眼眶泛淚，身子一扭，撲向段敏和顧夫人辯解。「郡妃夫人、姑母，我沒有！我真的沒有這個意思，妳們要相信我呀！」

常夫人悄悄向陸鹿遞一個感激的眼神。常芳文呢，更是碎步跑上前，二話不說，奪下僕婦手裡的小白，趕緊退回到母親身邊。

龐氏手裡擰著帕子，眉心微皺地看看陸鹿，又不安的觀望段敏和顧夫人的神色。

幾位小姐的神情也很繽紛，尤其段府小姐們看向顧瑤的眼神就有點變了，而上官玨更大膽的歪頭直接盯著陸鹿猛瞧。至於陸明容，她目光呆滯的望著一臉燦爛笑容的陸鹿，眼光複雜難辨。

小白在主人懷裡得到安撫，也安靜下來。這下，就剩顧瑤的委屈辯白了。

「我、我只想稍微罰一下這隻狗而已，並不真心想為難牠。真的，妳們要相信我，我怎麼會在佛門之地殺生呢？我、我平時連螞蟻都不敢踩的。」顧瑤的淚珠子這下真的掉了，大概是被嚇出來的。

段老太爺的病可是段府第一等重要的事，府上四處求醫問診不見起色，慢慢的開始求佛問道，京城及附近的廟觀，但凡有點名氣的都讓段家人求了個遍，她再怎麼鬧騰，也不敢唱這反調呀！別說想嫁進段府，就算只是親戚之間也該憂心才是。

看她哭得委屈又無奈，顧夫人早就心軟了，看一眼段敏，代為解釋。「這孩子就是心眼實，偏偏年歲小，家裡慣壞了，其實心思最單純不過。她說要天上星星我信，說故意唱我們家裡反調，我是不信的。」

「是呀是呀，姑母，就是借我十個膽子，我也不敢呀！」顧瑤急忙附和。

段敏臉色稍緩，露出笑容道：「瞧把這孩子嚇的，陸大姑娘開玩笑呢。」

既然小白沒事了，陸鹿也就見好就收，衝段敏笑咪咪地點頭。「是呀，我方才瞧殿上熱鬧得很，也就跟著湊趣開個玩笑嘛，顧小姐怎就嚇哭了呢？嘖嘖，還不如畜牲喲。妳瞧小白，牠離了主人，都不哭，光叫喚。」

把顧瑤比小白？這是故意寒磣人吧？上官玨首先「噗」笑出聲。其他小姐也有掩口竊笑的，常芳文想笑又不大敢，只憋著笑，怯怯地衝陸鹿輕輕抿嘴。

「妳！」依照顧瑤的脾氣，肯定要嗆回去，可這次，她有點畏手畏腳的，只伸手指了指陸鹿，咬牙切齒，最後強忍下這口氣了。

陸鹿挑眉，學她抬高下巴，得意笑。兩人視線相撞，「哧哧」閃冒著肉眼看不見的火花——那是結下梁子，不得不暫時隱忍的火花。

隨後，段敏又輕描淡寫地講了幾句閒話，說有點乏了，便轉回歇腳的院落。

說實在的，原本心情輕鬆來進香祈願，沒想到天降無妄之災，被困寺廟內。雖然暫時安全，也夠提心吊膽的。這幫貴夫人們平時又養尊處優慣了，今天神經繃得緊，時間又久，都有點撐不住了。

於是，一行人轉去早就安排好的院落休息。

夫人們歇息去了，小姐們可就放輕鬆了，殿內氣氛頓時活躍起來。

常芳文帶著常府的婆子、丫頭把陸鹿圍上，熱切的表達謝意。上官玨也饒有興趣的拉著陸鹿問東問西，就是段晚蘿也帶著好奇又玩味的神色擠過去打聽殿外情形。

被拱到中心的陸鹿鎮定自若、笑容可掬的應付小姐們，百忙之中還接收到顧夫人複雜的眼神，心中微微哂笑。

「常小姐，不用謝，小白這麼可愛，怎麼會有人忍心傷害呢？」

結果，有靈性的小白朝她「汪汪汪」叫，大概意思是——那妳當初還要把我做成狗肉火鍋？言不由衷的女人！汪！

陸鹿伸手摸摸小白的狗頭，笑得更和氣了，輕言細語道：「不是每個人都像我這麼有愛心、富有同情心的。小白，記住了。有些人招惹了沒事，因為我寬宏大量；有些可要躲遠點，因為她比你的同類——瘋狗，更不堪呢！」

這話罵誰呢？這個她，很有針對性吧！邊上不服氣的顧瑤直磨後槽牙。

常芳文輕嗔一聲，也摸摸小白的頭，笑道：「聽懂沒有？」小白翻一個白眼給陸鹿。

陸鹿笑嘻嘻也問：「聽懂了叫兩聲，兩聲哦。」

「汪汪。」小白果然咧嘴朝她叫兩聲。

「喲，真的好通人性呀！」上官玨和段晚蘿一致驚呼。

常芳文小小得意地笑。「當然哦，小白通靈性又很乖的。」

對於這個評價，陸鹿保留看法。通靈性是有目共睹，但很乖？看不出來。

上官玨伸手拉著陸鹿，小小聲笑。「陸大姑娘，妳可威風嘍。」

「怎麼講？」陸鹿裝傻，故意裝作沒看見她瞄顧瑤的眼神。

上官玨再度瞄顧瑤方向，笑。「把她駁得啞口無言。妳真是她的剋星，也只有妳能治治她的無理取鬧。」

「嗯，這叫一物降一物！」段晚蘿也掩齒小聲笑。「顧表姊，真真是讓顧家和嬸娘寵得驕縱任性，還好陸姑娘不買她的帳，不然……」

「不然她氣焰更高是不？」陸鹿卻反問。「段小姐，妳好歹是世子嫡親妹妹，怎麼處處讓著她？為什麼呀？」

段晚蘿目光掃一眼人堆外的顧瑤，她此刻正跟陸明容嘀嘀咕咕的，沒注意這邊。於是，柔柔嘆息說：「她終究是客人，嬸嬸又寵著她，再說，祖母她老人家又看重她……」稍稍停頓一下，又添一句。「她跟別的人不同，志在必得。」

「哦～～我好像明白了。」陸鹿托起下巴沈吟道：「照她這瘋狂倒追的勢頭，又得妳們府上長輩暗中默許，很可能在不久的將來拿下段世子，所以妳們也不好得罪這位未來可能的大嫂？是吧？」

小姑娘家家的，怎麼能說這麼直白露骨的話呢？段晚蘿及上官玨都小小替她羞紅了臉。

「我這是話糙理不糙。」陸鹿當然看明白了她們臉部表情的變化，還笑咪咪的辯解。

「妳們不作聲，我就當是默認嘍。」

段晚蘿能怎麼辦？否認？不可能，她的分析是對的。承認？更不可能，她才不要授人以柄呢！貴女們說話是要滴水不漏的，防止被別有用心的人拿去做文章。

「哎，不說這個了。陸大姑娘，外邊到底怎麼樣了？我哥呢？」段晚蘿果斷轉移話題。

陸鹿一笑，也就不再糾結段府的小八卦趣事，順著轉移話題道：「外邊局面暫時控制了，段世子不愧是威震邊關的少年英雄，指揮得當，敵人一步也不能靠近寶安寺，妳們放心吧。」

聽她誇段勉，其他人沒什麼異議。本來嘛，段勉也當得起！

「切。」遙遙有人反其道而行之，表示不屑。

陸鹿順著這不屑聲側頭轉眸，對上顧瑤冰冷的臉色，不客氣了，指著她。「妳又想討罵呀？真是打不死的小強呀！」

「什麼意思？」

「小強，專指蟑螂、臭蟲一類。」陸鹿笑嘻嘻注解。

顧瑤還沒發怒，身邊的婆子、丫頭先怒了，紛紛指責。「妳說什麼？敢罵我家小姐！」

「妳算什麼東西呀？一介商女，抬舉妳跟咱們小姐平起平坐，就不知天高地厚了？」

「也不照照鏡子，陸府給咱們顧家提鞋都不配。啐！」

陸鹿略怔了怔，沒想到這幫奴才代主出頭，首先發難。

也是，顧瑤丟了那麼大臉，總得找點場子回來，何況現在長輩們都不在，她可就更任意妄為了。只不過，還有段小姐、上官小姐在場，怎麼輪到這幫奴才跳出來？

陸鹿暫時按兵不動，而是看向兩位名門貴女。

「閉嘴！」段晚蘿臉色一僵，冷聲斥，又轉向顧瑤，正色道：「表姊，好好管管妳的人。」

顧瑤嘻笑攤手。「嘴長她們臉上，我總不能拿針給她們縫上吧。何況她們也是忠心為我，自然，我也不能寒了她們的心是不？」

這是明目張膽的護短到底嘍？陸鹿眯起眼，陰惻惻地笑了笑。

上官玨皺眉，也說道：「顧小姐，現在大難當頭，和氣為貴，吵吵嚷嚷成何體統？」

「上官表姊，我沒吵呀。」顧瑤笑吟吟地客氣道：「我家這幾個丫頭婆子只不過嗓門大了點，可沒想跟誰吵嚷，太跌分不是。」

陸明容擠過來，扯扯陸鹿的衣袖，怯怯道：「大姊姊，咱們去外頭吧。」

陸鹿惱色一斂，絞著手帕，眨巴眼睛，指著顧瑤故作委屈。「妳、妳故意的？妳……」扭扭腰身，一跺腳丟下陸明容，掩面奔出。「妳給我記著。」

「呵呵呵。」見她委屈又羞惱的奔出，顧瑤終於揚眉吐氣了一回，勝利地輕笑。

段晚蘿和上官玨對視一眼，各自看到無奈。好吧，這兩個女人明著暗著鬥法，於情於理她們實在不好偏幫誰。於情，顧瑤是親戚；於理，陸鹿是無辜的。挑事的顧瑤，她們不好幫，無辜的陸鹿，她們更加不好幫，否則，可不是跟顧瑤唱反調？

「大姊姊！」陸明容追出去了。

顧瑤回頭向身邊的婆子、丫頭使眼色，身邊人自然接收到她的訊息，得令而出。

「表姊，算了。不要為難陸大姑娘了。」段晚蘿只能這麼勸。
「行了，我知道。」顧瑤心不在焉的點點頭。
上官玨扭頭。「我去外頭逛逛。」
「我也去。」顧瑤噙著笑，跟在上官玨身後笑。「上官表姊，也帶我逛逛吧。」
上官玨不耐煩。「妳陪晚蘿她們玩吧。」
「我想跟著妳，嗯，不然妳教教我鞭法，如何？」顧瑤天真笑。
上官玨只想甩脫她，好乘機再溜到山門去。「不教，沒興趣。」
「上官表姊，妳是不是因為陸大姑娘就跟我生分了？」顧瑤擠擠眼，扮可憐。
「妳想哪裡去了？」上官玨沒好氣地瞪她一眼。
顧瑤卻自然的挽起她的胳膊，甜甜笑。「不管，妳去哪兒，我也要跟去。」她就猜到上官玨肯定不會放棄，一定會趁著長輩歇息的工夫，偷偷跑出去見段勉，或者去追陸鹿。若是後者，她可得盯緊，不能壞了自己的大事。
「妳不要纏著我好吧？」上官玨服了她，這女人臉皮是城牆做的嗎？厚度無人可比啊！
顧瑤卻歪頭，眨巴眼，表明自己就要「纏到底，能奈我何」。
陸鹿掩面奔出，轉過殿廊就把手放下，然後仰頭吐氣。
「大姐，等等我。」陸明容提著裙匆匆趕上來，看到她臉色挺正常的，微微訝異。
「我沒事。妳別跟著我。」陸鹿不耐煩揮手。

陸明容左右掃一眼，低聲道：「姊姊，寺裡不安生，我陪妳走走吧？」

咦？太陽打西邊出來了？反常即為妖！陸鹿深信這條千古不變的真理。

「不用了。我要去塔林那邊轉轉，感受一下高僧佛祖的慈悲氣息。」陸鹿手一指寺西邊。據說那裡有小小的塔林，埋著寶安寺歷來幾位高僧的遺骨，雖比不上天下名刹的氣派，卻也像模像樣。

陸明容見她堅持，也只好笑說：「好吧。姊姊可別逛太遠了。」

「嗯，知道。」陸鹿揮揮手，帶上春草和夏紋轉身離去。

見她離開了，陸明容的嘴角拉下來，臉色也陰厲著，向身邊丫頭小沫輕聲吩咐。「去告訴一聲，她往塔林去了。」

小沫抿著笑，應聲去了。另一個心腹丫頭小雪擔憂問道：「姑娘，不會壞事吧？」

「怕什麼？反正咱們樂得坐山觀虎鬥。」陸明容冷笑。「就她，也配得上段世子？」

想起段勉看陸鹿的眼神，陸明容就快嫉妒瘋了！憑什麼呀？她陸鹿到底憑什麼入了段世子的眼？她寧可便宜了外人顧瑤去，也不願意見到自家嫡姊風光。

這大半天下來，誰都看出來，段勉對陸鹿相當特別，甚至是十分在意的。送手爐？虧他做得出來。同樣是偷溜出寺，偏上官珏被趕回來，卻把她留下，這意思也太明顯了吧？

最無法忍受的是齋飯時候，段勉瞅陸鹿的眼神也太溫柔了吧？他不是有厭女症嗎？他不是最討厭女人纏他嗎？為什麼偏能容忍陸鹿這個沒教養的鄉下野丫頭？想想就不服！

# 第三十七章

「姑娘，好好的去塔林做什麼？」春草跟著陸鹿，只見越往西邊越偏僻，連過路的僧人都沒有，四周冷冷清清的，不由得疑惑。

陸鹿笑。「當然是引蛇出洞嘍。」

「怎麼說？」夏紋也好奇得很。

陸鹿站定，想了想，道：「手癢了，想揍人。而且，實戰經驗比紙上談兵重要，所以有人自願送上門練手，我很樂意。」

「姑娘，奴婢聽不懂。」春草一頭霧水。陸鹿的每個字分開都能聽明白，連在一起就不曉得是什麼意思了。

陸鹿冷笑。「一會兒妳就明白了。對了，等一下妳們倆找個地方躲起來，無論看到什麼，都別出聲。」

春草心一凜，不安地猜測。「難道有人會對姑娘不利？」

「是瘋狗，不是人。」陸鹿豎耳聽了聽，繼續前行。

快挨近塔林了，陸鹿打手勢讓兩個丫頭先躲起來。夏紋乖乖的躲了，春草卻還有點猶豫。丫頭把主人扔下自己躲起來這事，不太地道，更加不光彩，傳出來對她們有百害無一利。況且，萬一姑娘出事了，該怎麼辦？

「去呀。」陸鹿使眼色催。

「姑娘，妳小心。有什麼事，妳大聲喚奴婢就是。」架不住催，春草磨磨蹭蹭離開了。

陸鹿點頭，表示心領了。能有什麼事？她自覺有能力對付那幫顧家的僕婦。如果連幾個婦人都對付不了，她還怎麼逃離陸府奔向更安全的江南？

可惜人有失算！陸鹿算到顧瑤肯定會暗中針對她，但她沒算到，來的不只幾個婦人，是十幾個！帶頭的那個最膀大腰圓，模樣也相當凶惡，沒記錯的話，是顧瑤身邊的粗使嬤嬤，其他幾個看面相及身材，全是做粗活的僕婦。

陸鹿倒吸口冷氣，腦子迅速轉動。一對一，她很有把握。一對二也沒問題，勝算也大，頂多一對四，或許可以一搏五？可如果一對十幾，那她就只能淪為挨打物了。

她相信這幫婦人不會真把自個兒打死，但下手肯定不會輕。這其中，有僕婦是長年在顧家執行內宅婦人的家法，打人方面是很積累了些經驗，知道怎麼揍不會留下傷口，怎麼下手不會傷及性命，也知道人體什麼部位是可以留下後遺症的。

看來，顧瑤是恨她入骨了！這才一口氣把所有顧府的僕婦派出來圍堵她。

陸鹿後退一步，再仔細看了看。還好，沒人帶大型武器，個個都赤手空拳的。想必，她們太有自信了，以為憑人多就能拿下她好好修理一番吧？

幸虧她有先見之明，把春草和夏紋兩個支使開了，不然扯起後腿來還真不好辦！這種情形之下，不能讓她們一擁而上，當然是各個擊破！

陸鹿將裙帶一繫，閃身就朝塔林跑。她一跑，顧家僕婦自是一愣，露出鄙夷之色，接著就追。陸鹿是依「之」字形跑，並且身手靈活、不慌不忙繞著一座座佛塔兜彎子。

「別讓她跑了，把所有出路堵起來！」為首的發號施令了。

策略是正確的，但也正中陸鹿下懷。將所有出路堵起來，人可不就分散了。只要散了就好辦了！於是陸鹿開始化被動為主動了。

陸鹿一腳踹向一個背對的僕婦，直中腰際，對方面撲地，不等她起身，陸鹿飛快騎上身，抓著她的頭髮，提起她的頭朝地面狠狠的敲擊。

「哎喲！痛！來人啊……」僕婦猝不及防，還沒喊完，額頭血流如注，頓時無聲。

陸鹿跳開，迎上奔跑過來的兩個惡僕，一把將袖劍擎出。

「啊？」見她有劍，兩僕腳步停了停。

陸鹿當然也不想鬧出人命。趁她們猶豫，利劍一揮，兩僕婦腰帶就落地了。兩僕婦尖叫一聲，顧不得其他，伸手就撈襖裙。這一低頭，陸鹿便手腕一翻，將袖劍隱起，抓起兩人的衣領猛力給她們互相來個面對面撞擊。

「咚咚」皮肉相擊，響聲悶悶的，當即令這兩僕婦眼冒金星，鼻腔流血。

「小賤人，還翻天了！」不遠，又包抄來三個高大婦人。

陸鹿抖抖手腕，有點痠，用力過猛了。瞄了瞄，快速閃向一旁的佛塔，將裙子隨手一紮，俐落的爬上去。幸虧佛塔修得有點八角形狀，並非那種光溜溜攀爬不得的建築。

「都小心點！這回別讓她跑了。」塔下高大的僕婦威嚴道。「李嬤嬤說了，誰先捉到這死丫頭，賞五十銀。」

「哦？還有五十賞銀？」原先是沒有賞銀的，可能是因為陸鹿太難搞定了，臨時增加重賞。一聽有賞銀，士氣果然立即提升。

陸鹿居高臨下地看著三僕婦碰了頭，詫異互問：「咦？人呢？」

「難道鑽地洞去了？」

「不急，還怕她飛了不成？」另一個開著玩笑，忽然感覺到頭上有陰影，一抬頭正巧面對從天撲落的陸鹿。那僕婦還來不及驚呼，就聽見疑似骨頭斷裂的脆響，接著感到劇痛，立刻發出一道殺豬般的嚎叫。「啊～～」

發出這聲慘叫的婦人被陸鹿壓在地上，疼得受不了，只覺腰快斷了。其他兩個僕婦驚呆了。沒想到陸鹿還真的從天而降，順便砸向另一個女人，把她當肉墊了。

歡快跳起，陸鹿毫髮無傷的撣撣裙角，笑。「是一起上，還是單挑？」

誰跟她單挑？當然是一起上嘍！兩高大婦人對視一眼，不約而同張開雙臂撲向陸鹿，她們不會武功套數，所依仗的就是一把蠻力而已。

陸鹿的優點是靈活，行動還算敏捷，缺點是力道不夠，她只能揚長避短、以智取勝。

矮身閃開，陸鹿也跑得腿有點軟了，差點跌倒。正好一個健僕回身一撈，沾上她的衣領子，心頭一喜，彷彿看到五十銀子在眼前飛。

陸鹿伸腿借著巧勁勾腿絆她的腳踝，讓這名健僕「撲通」摔了個狗吃屎。

不等陸鹿繼續出手，另一名高大僕婦衝上前撲向她。

陸鹿不退反進，飛快拽著她一隻胳膊反向一扭，又是殺豬一樣的痛叫。陸鹿繼續使出現代的摔跤技巧，一個過肩摔將她擲向旁邊狗吃屎撲地婦人。

「啊～～」又是一聲悠長的慘叫。

當然，塔林並不寬大，這邊打鬥很快就引來更多的僕婦圍堵。人太多了，打不過就跑！陸鹿冷靜的瞧了瞧四周環境，果斷挑了一個出口方向。

不能往裡撤，畢竟她們人多，會形成甕中捉鱉的局面，對己不利；而出口方向雖有人把守，若放手一搏，勝算還是相當大的。反正重創了不少人，陸鹿也賺到了，抽身而退要緊。

後頭追兵也不甘落後，嘩啦啦的追著她……

陸鹿把袖劍拿在手裡，腳步不停，耳朵卻聽呼呼風聲中，參雜幾道「嗖嗖」的破空聲。

奇怪？陸鹿百忙中回頭一望，眼睛瞬間瞪圓。圍追她的顧家僕婦們，怎麼一個一個或抱著臉面或抱著腿倒地「哎喲」一片呢？難道……塔林高僧顯靈了！

陸鹿皺眉不作他想，跑到出口一看，防守的兩個粗壯婦人也倒在地上不省人事。就算再怎麼粗神經，她也感覺不對勁了。

「什麼人？出來！」陸鹿低聲喝問。樹葉被風吹拂得沙沙作響，卻再無其他。

「哪位好漢暗中相助呀？可否讓小女子當面拜謝。」陸鹿雙手一抱拳，很有江湖風範地笑問。還是沒動靜！不過，倒地的僕婦那邊卻哎喲一片，有幾個更是掙扎著想走過來。

陸鹿吐口氣，只好仰頭笑。「施恩不望報，果然是俠者所為，那我心領嘍！有緣再會！」

對方不肯露面，她也不能強求不是。何況，也不能把恩人暴露給顧家的人吧？於是，陸鹿心安理得的轉過頭，背負雙手看著走近的幾個顧家僕婦。「喂，妳們還不死心？」

顧家僕婦恨恨盯著她，手指道：「妳等著瞧！」

「哼！」都這種時候了，還嘴硬威脅她？陸鹿火了。她打量這幾個僕婦，腿有點瘸，也不知幫她的人是怎麼遠距離傷人的？

「妳等著！把我們顧家的人打傷，有妳好看的。」顧家僕婦還放狠話。

陸鹿也不回嘴，快步上前，朝為首那個的小腿狠狠踹去。

「啊！」痛叫聲驚人。為首僕婦粗壯身形轟然倒地，神情扭曲痛苦的抱腿慘叫。其他人一看，個個一瘸一拐地，紛紛四散開來。

陸鹿卻不急不忙，而是蹲下身揪起僕婦衣襟，冷笑。「閉嘴！否則我再補一腳。」

腿上還疼著，僕婦果然被嚇到了，驚惶的看著她。卻見陸鹿手一掀，竟然把她的裙子拉起來。「妳、妳要幹麼？」婦可殺，不可辱！

「別動，小心我揍妳。」陸鹿察看她的腿。腿並不好看，跟男人的腿有得拚，壯壯的，但在小腿脛骨有一處明顯的傷痕。除開陸鹿踢她留下的瘀青外，還有一道深達骨頭的凹傷，傷口不大，卻極深。

怎麼回事？陸鹿放下僕婦的襖裙，站起來托腮沈思。

其他顧家僕婦已經讓陸鹿給震懾住了，搗著額頭不敢靠近，還有幾個攙扶著受傷的同伴遠遠看著，愣愣地茫然無措。

額頭？小腿？隔空遠距離？什麼樣的暗器才符合呢？

還沒推斷出來，忽然寺後院牆紅光大熾，伴隨著「噼哩啪啦」柴火燒起的聲響，緊接著便是人聲鼎沸的嚷聲。「起火了！山林著火了！」

什麼？後山果然被敵人放火燒山了？陸鹿丟下這一眾顧家僕婦，拔腿就跑。

果然，春草和夏紋面色驚慌的找過來，看見她頓時放心。仔細打量後，又緊張不安地問：「姑娘，妳沒事吧？」

「沒事，我很好。」

「可是妳的頭髮亂了，還有臉上……」春草忍不住拿帕子給她擦拭。

陸鹿胡亂抹把臉，知道方才周旋時，沾了不少髒污。「走吧，看看太太們去。」

後山的火勢比較迅猛，又順著風向，更是熱浪滾滾，朝寶安寺來了。

段敏等人也歇不住了，紛紛扶著丫頭的手看向後山。

上官玨等小輩安慰。「不用擔心，後山有咱們上官府的護衛守著，還有寺裡武僧護著，火勢很快會撲滅的。」

顧夫人緊張道：「阿彌陀佛，神佛保佑！」

「姑母放心吧，我相信世子表哥。」顧瑤笑得嬌俏。

常芳文挨著常夫人，神情不安，卻沒忘救了小白的陸鹿，憂心忡忡地問。「母親，不知道陸大姑娘去哪裡了？這半天都沒見著人。」

陸明容一旁接話。「大姊姊自己往後殿去了。」

「呀，她去後殿做什麼？」常芳文驚呼。

龐氏也直皺眉頭。這一趟出門真是諸事不利！這樣鬧下去，今天能不能下山還是個問題，偏生陸鹿又上竄下跳的，令人擔憂。

顧瑤也掃一眼，人都到齊了，好像沒有陸鹿的身影，這是不是表示行動成功了！哎呀，要是能把她扔到後山就好了！反正後山起火，她又這麼愛瞎竄，若是葬身火海，一定不會露出破綻。

「我去找找她。」上官玨自告奮勇。

「上官表姊，現在這麼危險，別亂跑才是正道。」顧瑤依著顧夫人，好心勸。

「好生待在我身邊。」段敏也攔阻女兒，隨後指派身邊嬤嬤道：「去後殿看看。」

旁人都去找了，龐氏也不得不派出身邊丫頭跟去尋找，結果還沒走多遠，就見陸鹿帶著兩丫頭若無其事的晃悠過來。

「妳……」顧瑤表情跟見鬼一樣，噎得說不出話來。

「妳怎麼……」陸明容也百思不得其解。她看一眼顧瑤，從神色判斷必定是有實施計劃的，又仔細打量陸鹿……嗯，神情再怎麼鎮定也掩飾不了凌亂的頭髮和衣襟裙角的髒污。

「大姊姊，妳怎麼啦？沒傷著哪裡吧？」陸明容又施出一貫的伎倆，一驚一乍的把陸鹿想掩蓋的事實揭出來。

果不其然，眾人目光聚焦到陸鹿身上。

上官玨搶前一步，驚訝問。「陸大姑娘，妳這是怎麼啦？好像跟人打架去了？」

顧瑤皮笑肉不笑地添柴加火道：「喲，陸大姑娘不但口齒伶俐，還練得一身好本事呀？」

「是呀，尤其擅長痛打亂咬人的瘋狗。」陸鹿也噙著一絲狡笑，涼涼的反駁。

她轉向龐氏等人，輕描淡寫解釋自己這一身略凌亂的行頭，道：「方才閒逛寺後園子，沒承想遇到幾隻寺裡收留的流浪狗，因為沒主人拴著繩子，一點規矩也沒有就朝著我亂吠一通。我又怕又急，知道碰上野狗子跑不得，情急之下撿起地上樹枝自保……嗯，最終趕跑了狗腿子。」

她編的理由不可謂幼稚，但推想下來，也並不是全無道理。寶安寺是修行的寺廟，講究慈悲為懷，真收留幾隻流浪狗是很有可能的。

平日肯定是有僧人看守餵養的，只今天情況特殊，事態緊急，別說武僧都被派至後山維護安全，就是小沙彌們也惶惶驚怕，估計也沒心思顧得上收留的狗吧？

那幾隻野狗乘機跑出來，然後又讓亂逛的陸鹿遇上，機率還是挺大的。遇上野狗，但凡有點常識的都知道不能跑，越跑狗越追，那麼，陸鹿撿樹枝自保趕跑野狗，也符合她在鄉莊的習性，這麼一動作，頭髮亂了，衣裙有點髒污，也在情理之中。

聽她這麼說，全場安靜了一剎那。

龐氏身為嫡母，負責地拉著她關切。「鹿姐，妳真沒事吧？」

「母親放心，我很好。雖然趕跑狗腿子費了點神，總歸無大礙。」

常芳文現在把她當自己人般看待，湊過來拉著她，真誠道：「陸大姑娘，我快擔心死了，妳怎麼不叫人呢？幸虧沒事。」

「謝謝，這點小事，我能應付。」陸鹿眼角斜瞄一眼臉色相當不好看的顧瑤。

到底薑是老的辣，段敏捕捉到她投向顧瑤的得意眼神，眼角抽了抽，卻也不動聲色，笑吟吟說：「陸姑娘沒事就好。好啦，都消停點。」

顧夫人雖不是主謀，但一掃現場，發現顧家的婆子都不在，心裡也就知了八、九分，暗暗嘆氣，接下段敏的話。「這後山起火，會不會殃及到寺裡來？」

話題一轉，大夥又同時看向火光沖天的後山。火勢有愈燒愈烈的趨勢，紅光中青煙滾滾直衝天際，夾雜著木頭燃燒的「噼哩啪啦」還有「轟」的枝幹斷裂聲，煞是驚人。

生存需求一向是首位，看著山林大火熊熊燃燒，在場女人們開始憂心起安全問題來。這寺裡到底還能不能待下去？城裡援兵幾時趕來？天黑之前能不能離開這個鬼地方？

自然，顧家的僕婦少了好幾個，誰也沒在意，除了顧瑤。

她也怕大火燒進寺裡，但她更擔心派出去對陸鹿下手的那十來個僕婦現在處境如何？陸鹿這死丫頭沒事，那她的人呢？是死是生？還有，這麼難得的告狀機會，為什麼陸鹿卻隻字不提，只含沙射影的罵她瘋狗咬人呢？

住持圓慧又過來安撫諸位女眷，還請眾人去殿堂喝茶壓驚。

趁著混亂機會，顧瑤向貼身丫頭使眼色。片刻，丫頭就神色不豫的匆匆提來，附耳稟報。「小姐，不好了！嬤嬤們都掛了彩，帶著傷。」

「怎麼回事？」顧瑤這次是真驚了。

十多個粗使嬤嬤還拿不下一個陸鹿？她的兩個丫頭看起來似乎沒參與鬥毆，身上都整整齊齊，然而她派出的十多人都掛了彩，陸鹿卻毫髮無傷，只頭髮凌亂，衣裙髒污……這，不符合常情呀！

丫頭也帶著驚詫，悄聲說：「嬤嬤們說，陸姑娘狡猾得很，開始像泥鰍一樣跟她們繞圈子，從背後主動偷襲她們，後來，好像還來了幫手……」

「可看清了幫手？」顧瑤心一落又一提，鬆了口氣。就知道她不可能一個對付十來個婆子！可是幫手……這臭丫頭還有幫手？是誰？

丫頭遲疑，小聲報：「嬤嬤們都沒看清。那人躲在暗處幫忙，而且，好像陸姑娘自己也不大清楚這個幫手是誰。」

顧瑤擰起秀眉，深深思索，目光轉向住持。

住持圓慧，此時心在吐血。寶安寺一向風評不錯，就連國師天靈子也曾駐足過，還特意誇此處宜靜修呢。自然從那以後，香火就鼎盛起來，香油錢也是水漲船高數到手軟，僧人們的日子簡直好過得不得了！

偏生今天橫財沒賺到多少，晦氣倒不少。雖然沒指望這幫京城來的貴婦立刻為禪寺帶來什麼收益，但好歹不要把霉運帶來吧？這才大半天，寺裡禍事連連，寺外也沒消停過，簡直想吐血三升以表悲憤。

陸鹿這會兒安靜的依著龐氏慢慢喝茶，眼光當然也留意到顧瑤的一舉一動了。看到她的丫頭悄沒聲息鑽出去，又輕手輕腳的回來附耳跟她說悄悄話，繼而顧瑤眼神飄過來，然後又飄向在座諸位，最後定焦在圓慧面上。

會是他嗎？這也是陸鹿的自問。

幫她的人一定還在寺裡。按刪去法，這堆僕婦中若有高手暗中相助，總得有個理由吧？為她跟顧瑤為敵？上官府和段府肯定不會，常府或有可能，但奴才行事，主子會全然不知嗎？常夫人和常芳文可是一點異色都沒有。

不……那位高手不是這殿上僕婦中的一員。圓慧呢？寶安寺有武僧，他一個住持會點武功，也不是多稀奇吧？但是……他會出手嗎？

陸鹿垂眸抿口茶，感激過後，更多的是詫異。是什麼人在暗處幫她，還一絲破綻沒露出？他或她也是被困在寺裡不能下山嗎？

陸鹿和顧瑤兩人各懷心思，暗自揣摩，這一刻倒清靜了。

沒多久，殿外忽然傳來重重的靴子踏地聲，眾人的心都提起來。非常時期，驚大於喜！

光線一暗，當先出現的一道高大修長身影是段勉，所有人都不約而同鬆口氣。

「阿勉！」段敏站起來，撫著心口欣喜不已。

段勉急急上前行一禮，面色凝重道：「姑母，沒事了，增援守兵到了，所有敵軍已擒獲，已經可以下山回城。」

顧夫人當先唸聲佛，神色鬆緩，喜道：「佛祖保佑，總算沒事了。」

「哎？哥哥，你沒事吧？」段晚蘿湊過來看清段勉淺紫袍上的血跡，驚呼。

段勉輕描淡寫答道：「無礙。」而後向圓慧道：「有勞圓慧大師了。」

「老衲盡本分而已。」

顧瑤開心的跑過去，想拉扯段勉，嘴裡笑吟吟說：「世子表哥，我就知道，你一定能擊退居心叵測的宵小之輩，我一直很相信世子表哥的。」

段勉巧妙閃開她，向段敏道：「姑母，事不宜遲，請盡快下山。」

「知道了。」

段勉的眼光轉向陸鹿，陸鹿迎上他的眼光，遞他一個讚許之色，但段勉卻垂眸，幾不可察的搖搖頭。

什麼意思？難道安全只是暫時的？陸鹿心中迷惑。

段敏等幾位夫人在段勉的護送下先行離開，婆子丫頭趕忙收拾行頭，只能落在後面。

小姐們隨著夫人總算出了寺門。陸鹿張目一望，多了好多守兵打扮的人。這大半天，援兵才到？

山門外的轎子都不在，女眷們只好徒步沿著長長的臺階而下，別的還好，顧瑤首先就抱怨。「山下的轎娘們呢？」

「妳安靜些吧。」上官玨一直練騎射，腳力還行，翻她一個白眼。

「我走不動了。」顧瑤看向扶著段敏的段勉。

上官玨努嘴。「讓妳丫頭揹妳呀。」

「我……」她很想讓段勉過來揹呀，只是怎麼好意思呢？人家長輩不扶，偏揹她？光想想就不可能。

陸鹿跟陸明容不用扶龐氏，邊上自有她的貼身丫頭小心翼翼攙扶著。一步一步留心看去，陸鹿發現，原先籠罩的黃色霧氣已經消散得乾乾淨淨，空氣中一點異味都沒有。臺階走完了，卻見原先停馬車的地方只有一溜的官兵，一輛馬車也不見。

段敏看向段勉。「這……馬車呢？」

「有人混水摸魚駕走了。」段勉言簡意賅。

顧夫人不安道：「那怎麼回城？」

「稍等片刻。」

不用片刻，數十輛馬車就急急的趕過來。陸鹿一看，笑了。陸靖為首的富紳們都來了，帶著各府的家丁，驅著馬車，恭敬的迎請受驚的貴婦們上車回城。

至此，段敏等人算是長鬆口氣。馬車沒了，不過是物件，只要人沒事就好！

# 第三十八章

夫人們先行，次後是小姐們，然後才是丫頭、婆子……趁著這混亂，段勉送走段敏後，閃到正在等候的陸鹿身邊。

「陸姑娘，妳說得對，城裡也差點起變故了。」

陸鹿示意春草和夏紋擋住其他人視線，悄悄挪到一邊，壓低聲音問：「什麼變故？莫非常大人勾結敵軍陷害你們？」

「不，常大人……」段勉頓了下沒接著說，而是擰起眉頭，眼色深沈道：「我派去送信的探子沒能入城，所以耽誤了增援時間。」

「沒能入城？」陸鹿一驚，猜測道：「你是說和國人還在北城外佈置了攔截的暗哨？」

跟聰明人說話就這好處，一點就明，不須廢話。段勉賞她一個讚許眼色。

「那後山的火……」陸鹿疑問。

「我讓人放的。」段勉低聲道：「既然破解了毒氣，就乾脆一網打盡。我調派精銳分為兩隊，一隊做好衝下山的準備，另一隊放火，引蛇出洞。」

敵暗我明，不知對方到底多少兵力，又一直這麼膠著，還不如直接大反攻，索性放一把山火。如此一來，山階下的敵人以為後山同夥放了火，可以混水摸魚攻上來；而後山的敵人雖然一直按兵不動，想截斷段勉後路，但看到無故起火，段勉的人又鬧哄哄的只顧救火，機會難得，肯定也會跳出來搶一把功勞。
段勉這把火，目的是將所有敵人全暴露出來，好一網打盡。
陸鹿輕抽口氣，若有所思道：「方法是好，但你不怕推測錯誤嗎？萬一你的人手不足，而對方卻在暗處佈置大量人手呢？」
段勉嘴角微揚，道：「不會。以益城的位置，他們絕對調不出大量人手過來佈置。」也對，再怎麼想生擒段家的人，再怎麼花費心思佈置這一切，人手方面只能是少而精，若人數龐大，早就引起各方注意了。「對了，我怎麼看到多了好些守兵？」
「是常公子帶援兵過來。」
「常公子怎麼知道？不是說信沒送進城嗎？」陸鹿又一驚。
段勉指後山還在冒的青煙，冷靜道：「第一，山火。信送不進城，但城裡守兵卻可以看見鳳凰山起了火。第二，有調令。」
「第一點我懂。第二點調令是什麼意思？」陸鹿回看一眼已撲滅、卻還冒著濃濃黑煙的後山方向。
段勉黑眸看向她，沈吟一陣，沈聲道：「據常克文說，知府接到一方調令，才得知寶安寺出事，匆匆派守兵趕來支援。」
「誰的調令？」
段勉輕聲。「三皇子。」
「怎麼是他？」陸鹿也瞪大眼睛不敢相信。段勉看向啟動的馬車，臉色相當不好。

「……你跟我說這麼清楚幹麼？」陸鹿下一秒就要明哲保身了。好嘛，三皇子介入，又得捲入朝堂，她躲還來不及呢！好後悔，方才段勉走過來，應該強勢避開的，也就不用聽這麼多亂七八糟的訊息了。這下好了，不小心蹚渾水裡了！

看著陸鹿變幻的臉色，段勉遲疑了下，眼角掃描到有好幾道複雜的眼光正盯著他們所站的位置，不得不加快語速、壓低聲音。

「三皇子忽臨益城，必有緣故，而陸府，很可能是他必經之處，妳幫我留意下他在陸府的動靜。」

陸鹿身子歪了歪。就知道沒好事！就知道拿人手短！這下好了，段勉竟然堂而皇之的要她當間諜，幫他刺探三皇子在陸府的言行！

若是平常，陸鹿早就跳起腳來把他一頓痛罵了，但今天不行。收了他手爐還在其次，重要的是他們因為共同敵人和國人的關係，貌似前嫌盡釋的合作，以致給段勉造成陸鹿是自己人的錯覺了。

「妳，很為難？」段勉小聲問。

「我，可能辦不到，你不要把希望寄託在我身上。」陸鹿確實為難，她好想一口回絕哦！她才不要蹚這朝堂之爭的渾水，她要明哲保身袖手旁觀啊！只是，對上段勉深幽黑眸。又處在這天時地利的環境下，實在不好生硬拒絕。

「沒關係，我在陸府……」段勉按下話，淡淡點點頭。「妳盡力而為便是。」

陸鹿眉頭一蹙，看向他的眼光就意味深長了。

前半截的話怎麼不說完？在陸府……在陸府也有暗探眼線是吧？哼，手伸得老長呀！有眼線暗探為什麼還要我關注？這是存心想把我拉下水吧？真是，居心不良、老謀深算，狡猾的小狐狸！

段勉避開她耐人尋味的眼神，輕聲道：「今天，多謝妳。」

「不客氣。」陸鹿斂起神色，客客氣氣。

段勉察言觀色，見她神色轉淡、眉眼漠然，知道她心思轉過彎，可能誤會他了，張嘴剛想再解釋一下，邊上忽有人清柔喚道：「大姊姊，馬車來了。」

陸明容一直想過來插話，無奈春草、夏紋就是故意擋著，不讓她靠近。

正巧，夫人們的馬車都遠去，上官珏、顧瑤等人也都上車，輪到陸府小姐們了，便揚聲招呼。

陸鹿自然綻開親切笑容，移步上前挽起陸明容的手，親熱說：「妹妹，走吧，咱回家。」

臨上馬車，陸鹿也沒回頭，倒是陸明容偷偷轉頭看一眼段勉。

段勉的視線盯著陸鹿後背，直到她鑽入馬車，這才毅然收回，大步往山上去。

後續工作雖然有常克文處理，但他不能鬆懈，他得抓緊時間，第一時刻突審活捉的和國敵軍。這些麻煩事，段勉只有在把自家這一干女眷安全送回城後，才得以有條不紊地展開。

老實說，段勉心中，女人跟麻煩是連在一起的，但目前有個例外，便是陸鹿。段勉嘴角輕輕咧了咧，忖：呵，陸鹿，妳可不要讓我失望！

嗯，名字不錯，很俏皮，好像程竹這名字也不錯！段勉嘴裡念叨著她的全名，忽然又怔了——他好像從來不會把哪家姑娘的名字掛在嘴邊，還破天荒覺得好聽！

心底那點異樣如水紋漾開，段勉回頭眺望。山林隔斷，根本看不見入城而去的馬車。

馬車內的陸鹿閉目養神，陸明容咬著下唇，直勾勾盯著她。

「不服憋著，祝妳憋出內傷！」陸鹿閒閒開口。

「妳憑什麼呀？」陸明容果然憋不住，冒怒火了。

陸鹿雙掌墊腦後，仍閉著雙眸，輕巧笑。「人品好！」

「我呸！」陸明容氣不過，臉色相當難看。

陸鹿緩緩睜眼，眸光寒厲。

陸明容心中一凜，縮了縮，又不服氣的梗起脖子，抬高下巴道：「呸！不知羞恥、厚顏無恥的勾搭段世子……」

「啪」一記清脆的巴掌打斷她咕嚕亂冒的酸水。

陸明容捂臉，錯愕的瞪著神色懶懶的陸鹿。她作夢也沒想到陸鹿會甩她一個巴掌！怎麼敢這麼大剌剌的打人？又不是鄉里村婦，動口不動手不是讀書識字的小姐們的共識嗎？

「啊？妳敢打我？」陸明容慢半拍才反應過來，哭叫著朝她撲過去還手。

陸鹿抬起腳踹向她前胸，嘴裡冷笑。「討打！」

不愛運動的陸明容身形笨拙，躲避不及，「咕咚」一聲向後倒仰，撞在車壁上，後背生疼。陸鹿站起來，索性一腳踩壓她，居高臨下，眼色之冷前所未見。

「陸明容，我從沒見過妳這麼下賤的女人！三番四次聯合外人算計自家嫡姊，被揭穿了，搬起石頭砸自己腳，還不收手？蠢得令人髮指！以為我不向老爺、太太告狀是忍讓嗎？不，我是想看妳能作死到什麼程度，沒想到妳這賤人生的賤種，青出於藍，賤出新高度。」

「妳……」陸明容臉色鐵青，想掙身跟她拚命。

陸鹿腳上用力，把她踩壓結實，俯身又甩她一記耳光。「這巴掌是還今天的事。」

「唔唔……我沒有。」陸明容咧嘴痛哭了。這個鄉下野丫頭，還真的下手呀？手勁還不小呢！

「有沒有，妳知我知顧瑤知。就憑妳那豬腦子，想跟我玩心眼玩陰謀詭計，嫩了點。」

陸鹿手腕一抖，翻轉出袖劍，劍尖對準陸明容還算明豔嬌嫩的臉。

「唔唔……妳、妳要幹麼？」陸明容的眼淚湧出更多，這次是害怕得哭了。

「放心，今天我放過妳，就不劃花妳的臉了，只是給妳下最後通牒，下次若還敢算計我，就在妳臉上刺兩個字。」

冰涼的劍拍在陸明容臉上，讓她倒抽冷氣。陸鹿的神色可是嚴肅認真又冷戾，不是開玩笑的，只見她眉頭一挑，帶著戲弄一問。「賤人或者蠢貨，妳選一個吧。」

「不、我不要！」陸明容真心怕了。陸鹿行事乖張、膽大包天、舉止粗野可是闔府俱知，她說得出，就做得到。

「我說一不二，說刺兩個字就絕對不會刺三個字。不信，妳儘可一試，歡迎檢驗！」

「我、我不敢了！大姊姊，饒我這一回吧？我下次再也不敢了！嗚嗚嗚……」

陸鹿把劍在手裡玩出花招，噙絲陰笑。「還有下次？」

「沒沒、沒有了！念我年小，看在同一個爹爹分上，大姊姊饒過我吧！」陸明容哭得鼻涕眼淚都花了，在陸鹿腳下不敢動彈，可憐巴巴的服軟。沒辦法，形勢比人差，怎麼著也得回到府裡再做計較吧。

「哼！」狠話放出去了，暫時起了威懾效果，至於後續，那就不得而知了。

陸鹿也沒再為難她，打也打了、嚇了嚇了，要是再不識好歹，那就等著瞧唄！她緩緩把踩壓在陸明容胸口的腳收回來，慢慢坐好。

「大姊姊，這把劍……」陸明容手忙腳亂的整理衣襟，眼光從眉沿偷覷對面安坐的陸鹿，期期艾艾又好奇的問。

「撿的。閉嘴，坐好。」陸鹿臉色陰沈。

「哦。」陸明容目光有些躲閃，乖乖安靜坐下。

馬車內，終於清靜了。陸鹿仍然閉目養神，腦子卻一點一點轉了起來。

呵呵，段勉，你未免太看得起自己了吧？憑什麼一點點小恩小惠就要她提心吊膽當間諜？她放著好好日子不過，憑什麼去摻和朝堂之爭？等著吧！鬼才幫你打聽呢！

對陸鹿來說，當務之急是訓練毛賊四人組加快熟練趕車技術，最好能湊和當免費的護衛，這樣才能一路順風的逃離益城。

怎麼跟毛賊四人組接頭呢？陸鹿睜開眼，望天吐氣。春草、夏紋先不考慮，思來想去，只有小懷最適當，但這個小懷……忠心程度還有待考驗。
苦惱的搓搓頭髮，陸鹿眼角掃到陸明容正在把自己的頭髮給悄悄揉亂……咦，什麼意思？
「妳在幹麼？」陸鹿冷聲問。
陸明容明顯唬一跳，對上她清冷的眼神，喃喃道：「沒、沒什麼。」
「把頭髮好好梳起來。亂糟糟的，妳是想這樣進門，然後嫁禍我嗎？」
「不、不是。」陸明容心虛的否認。
陸鹿盯她一眼，嘴角浮現譏誚的笑容。「這樣不大逼真，效果可能大打折扣，不如讓我幫妳弄得更真實些？」說罷，欺身上前伸手。
「不要！」陸明容抱著頭哭喪著臉閃躲。「大姊，我沒有，我真沒有想嫁禍妳。」
陸鹿的雙手停在她的衣襟前，陰惻惻威脅。「沒有最好。不然，我現在就幫忙，撕光妳的衣服，把妳丟下馬車，好好出一回糗。讓妳不用煞費苦心的製造假象了。」
陸明容噝噝口水，眼神裡全是驚惶害怕，雙手也不抱頭，改護前襟了。
陸鹿得意地翹翹下巴。
馬車內死一般寂靜，外頭卻忽然鬧哄哄的。
陸鹿揭起轎簾一角偷看。原來到了北城門，不但路人多了，還有一隊一隊的兵士整齊走過，更有竊竊私語的老百姓對著進城的馬車指指點點。
嘆氣！陸鹿並沒有前輩穿越女們天生自帶的政治頭腦，只隱隱覺得益城既為離京城最近的繁華城市，未來可能有不小的動盪。

很快，馬車把陸府女眷們安全送回家。強自鎮定大半天的龐氏心有餘悸，後怕的直接就躺倒了。

陸明容進了明園就放聲大哭，將一干人等嚇著了。

錢嬤嬤使人遞信去請易姨娘，易氏這會兒哪有空，正跟朱氏等妾室陪侍在龐氏屋裡呢。倒是下學歸來的陸明妍坐在榻沿，關切問：「二姊，出什麼事啦？誰欺負妳了不成？」

「嗚嗚嗚……」陸明容哭得更傷心了。

陸明妍沒辦法，轉問兩個貼身丫頭小雪和小沫。「妳們說，怎麼回事？」

小雪和小沫兩個頓時跪下，抽抽嗒嗒道：「四姑娘，並沒有人欺負二姑娘，只是……只是大姑娘她……」遲疑著斟酌言詞，因為不大好說。

陸明妍咬牙怒起。「我就知道，又是她搞鬼！」

「我恨死她了！」陸明容也聽不得大姑娘這三個字，憤而丟出一只靠枕。

「二姑娘，消消氣。」錢嬤嬤上前勸。「不值得為那鄉里野丫頭動怒。」

「是呀，二姊，別哭了，咱們直接找爹爹告狀去。」

「嗚嗚……」陸明容抹著淚直起身，哭花了妝，眼睛紅紅的，臉還腫腫的，張嘴哇哇又哭得委屈訴苦。「她打我！」

「什麼？」陸明妍一蹦而起，大驚失色。

錢嬤嬤和丫頭們也嚇得變了臉色，齊齊湊上前問：「二姑娘，什麼時候的事？為什麼？」

陸明容抽泣著，抹著眼淚掃一圈這屋裡，都是自己人——這明園裡服侍的，包括掃地婆子之類的粗使下人，都讓易姨娘不動聲色的換成可靠的自己人了。

是以，陸明容將事件原原本本傾吐出來，胸口悶氣果然就緩解許多。

她是暢快了，陸明妍和屋裡婆子、丫頭該心塞了。

這太狂妄！太自大！太目無法紀了吧？都不曉得用什麼詞形容陸鹿的這番驚世言論了。膽大包天不足以概括，得用駭人聽聞吧？甩耳光、踹人、拿劍威脅刺字、扒光衣服……這，這不就是鄉莊裡那些粗鄙不堪的潑婦們最拿手的嗎？

「她、她怎麼敢……她竟然這樣對二姊姊？」陸明妍也哭了。

陸明容憤怒甩帕子。「氣死我了，我恨死她了！」

「我找爹爹去！」陸明妍氣憤的當即就要衝出門。

錢嬤嬤和藍嬤嬤兩個老成的婆子急忙將陸明妍抱住，著急勸。「四姑娘，這會兒可使不得。別說老爺如今忙得腳不沾地，就是閒下來，也斷不可如此冒失。」

「那就這麼算了？妳們忍心眼睜睜看著二姊姊被她白白欺負了？」

錢嬤嬤目光中的陰戾之色一閃，恨聲道：「當然不會就這麼算了！這府裡，九年來哪有什麼嫡長姑娘，只有長姑娘。」

藍嬤嬤也撫額嘆氣。「沒錯。接了她回府，鬧多少堵心的事！」

陸明容收起淚眼，唇角浮現狠色，陰森道：「所以，有她沒我，有我沒她！」

竹園的陸鹿忽然生生打個冷顫，毛骨悚然的。正在幫她揉肩捏腿的小青抬眼問：「姑娘，是奴婢手勁重了嗎？」

「不是，妳繼續。」陸鹿舒服的攤開四肢。這一天發生的事太多太亂，把她的體力、精力都透支光了，非得好好調養幾天不可。

衛嬤嬤親自端來新鮮出爐的壓驚湯，說是要好好安安神。她已經從春草和夏紋嘴裡聽到寶安寺發生的變故，當時就驚得下巴快掉了，接著就是後怕，然後便是慶幸。

「這一定是神佛保佑！過些日子姑娘可得去寶安寺還神。」

陸鹿翻白眼，無奈。「還要去？我都留下陰影了。」

衛嬤嬤於是指派。「讓春草去。」

「啊？衛嬤嬤，我也害怕，不敢再去了。」春草抗拒。

衛嬤嬤手指向夏紋，後者立刻躲了。開玩笑，寶安寺被圍困，小命差點交代在那裡了，主子又上竄下跳的惹事，她一直提心吊膽沒安生，才不要再舊地重遊呢！萬一又發生什麼事故呢？豈不要了小命！

「衛嬤嬤，去打聽一下，老爺回來沒有？」

「姑娘打聽這個做什麼？」

「去吧，打聽點外頭的事。」

把衛嬤嬤支使開後，陸鹿勉強打起精神，指使道：「春草，妳去悄悄把小懷叫來。夏紋，妳去二叔那邊瞧度大哥可有閒。嗯，小語，去明園打聽一下動靜。」

別的都還好說，打聽明園動靜做啥呢？小語滿腦子迷惑。

陸鹿笑得微妙，向莫名其妙的小語抬下巴。「去吧，能打聽到什麼就是什麼。」

「哦。」小語自上回多事出餿主意被掌嘴後，就乖巧老實多了。

雖是龐氏派過來的，但被陸鹿拿來當成靶子立威後，太太並沒有格外袒護，反而王嬤嬤私下裡還怪她多事，於是小語把那顆爭強好勝、想表現給龐氏看的心收起，默默沈寂了一段日子。

這時又差她去明園打聽，也不知是陸鹿故意為之，還是有意考驗，小語只能抱著盡責的態度，也不再強求立功討主子歡心了。

很快，小懷過來了，等在竹園小偏廳。「姑娘有什麼事？」

陸鹿開門見山問：「今天府裡來客人沒有？」

「小的不知道。」

「你今天沒去外書房？」因為小懷還肩負著向陸靖打陸鹿小報告的重任，每天定時去外書房報告。這點，陸鹿是默許的。

小懷臉色訕訕的，低頭道：「快正午時，小的去了，沒見著老爺。」

「小懷，我再問你件事。」陸鹿擺正臉色。

小懷忙恭敬道：「姑娘只管問，小的知無不言。」

「老爺有沒有懷疑你遞的消息有誤？」

麼。

小懷怔了怔，思索道：「應該沒有吧？」他也不是很確定這幫老爺們腦子裡到底想什麼。

「那，你有沒有覺察被人套話、跟蹤、窺探？」

小懷唬得眉頭一跳，愣了愣神。陸鹿也不急，慢慢捧著茶喝。

細細想了想，小懷肯定回答。「回姑娘，沒有。」

「真的？」

「千真萬確。」小懷失笑。「小的只不過是姑娘園子裡跑腿的小廝，縱然每天要去外書房向大老爺打報告，終歸是個上不得檯面的下人，哪裡值得被人跟蹤、窺探套話呢。」

也是大實話，擺得正自己的位置。陸鹿欣慰的點頭。「沒有最好。嗯，我這裡有件十萬火急的事，想來想去，只有交給你辦，心裡才踏實。」

小懷驚著了。十萬火急，還只能他去辦？不會吧？不會又是個火坑吧？上次就是送了兩回信，換來一頓暴打，幸好最後沒什麼大意外。

「姑娘但請吩咐。」

「嗯，上道。」陸鹿笑容可掬。

這小子越來越會察言觀色了。她掃一眼廳堂，春草和小青在旁邊。這事越少人知道越好，就算是心腹丫頭也盡可能先瞞著，於是努嘴讓春草和小青退出廳內，守在堂外。

小懷心頓時提起，這架勢真的是機密事啊！他好慌！當陸鹿把十萬火急機密攤給他聽，小懷直接坐地上了，臉色也白了白。

「姑娘，這、這於禮不合呀！」讓他去聯絡四個半大小子，而且還要做得隱密。這……這是私奔的節奏吧？

陸鹿翻白眼，不耐煩問：「你想什麼呢？」

「這四個外頭小子……姑娘還不如讓他們進府……」小懷喃喃出主意。

「你懂什麼？反正，照著我的話去做就行了。」

小懷很苦惱。照著做是沒問題，誰讓他是個小小的下人呢？可這事，一旦鬧事發，他只怕也小命不保了，還不得被老爺、太太活活打死！

陸鹿盯著他，涼涼道：「先警告你呀，這事可要做得機密，不能向任何人透露。不要說老爺、少爺、太太們，就是你叔叔跟前，也不能洩漏半句，否則，等著你們鄭家……哼！」

「小的明白。」

「哦，對了。你聯絡上他們後，有事說事，府裡的事同樣不許透露給他們。」陸鹿囑咐道。

這下小懷就更一頭霧水了。「那，姑娘，小的到底該怎麼做？」

「監督、送錢。」陸鹿說得簡單明瞭。

小懷聽得更加茫然。糊塗死了！這到底怎麼回事呀？大姑娘的行事怎麼就這麼難以捉摸呢？

「去吧。他們就在附近，注意你的行蹤別讓人發現了。」

「是。」小懷帶著滿腦子疑問走了。

陸鹿獨坐了一會兒，心情略放鬆。

她穿越過來後，計劃中的兩件事，籌錢及跑路都進展順利。路費夠了，跑路計劃也在緊鑼密鼓的發展中。如無意外，寒冬來臨前，她就該在江南過年了吧？耶！

寶安寺發生的變故實在過於匪夷所思，就算官府拚命封鎖消息，沒兩天，益城茶樓酒館還是悄悄流傳開了，版本還有好幾個。

一個是說貴人們進香太高調，引起附近歹人垂涎，於是悄悄扮成香客想混入其中混水摸魚、撈些好處，誰料段世子英明神武，三下五除二就趕走了居心不良之徒。別的損失倒沒有，只貴人們受了驚嚇。

另外的流言接近真相。傳段世子因為英明神武，邊境屢立軍功，令和國人心驚膽戰。面對面打不過，和國人便趁著段世子回京想暗下殺手，以絕後患。誰知在寶安寺偷雞不成蝕把米，和國奸細不但沒撈著好，反而損兵折將，傳言最後，還信誓旦旦說有人親眼看到大隊官兵押送和國歹徒上京而去。

更有另一個離奇版本則是說，京城皇子之爭，段家擺明站在二皇子這一邊，所以惹惱了三皇子派。這次趁著段家與上官府貴婦出京城之際，三皇子派的人就想扮成歹徒混入貴人中做點手腳，敲打一下段府。更有甚者猜這夥人想把段府名聲搞臭，讓他們再也不能好好支持二皇子……

# 第三十九章

「噗。」陸鹿一口茶水噴出來。最後這個版本也太有想像力了吧？誰編的呀？不去寫小說可惜了。

這是陸鹿從陸度嘴裡聽來的後續消息。此刻，她就坐在廳裡招待許久未登門的陸度，三言兩語就說到寶安寺發生的事上了。

陸度無語地看著她。

「不好意思，哥哥，我實在沒忍住。」陸鹿拭拭唇邊茶水，抱歉一笑。

「雖然這傳言不可靠，但也不無道理。」陸度揹著雙手走了兩步。

陸鹿擺手。「打住，大哥，你別說了，這些有關朝堂的事，我不想知道。」

「嗯，妳這麼想最好不過，但是……」陸度回頭，語氣無奈。「只怕由不得妳。」

「什麼意思？」陸鹿奇怪。

陸度看一眼廳裡，沒外人；廳外，自己的小廝守著。

「我今天過來，是特意給妹妹帶個信。」陸度聲音放低，說：「至晚間，伯父會派人請妹妹到書房說話。妳要有心理準備。」

「到底什麼事？」陸鹿提了心，臉色微變。

陸度垂眸轉眼，不好多說，只隱晦點出。「跟林特使有關。」

陸鹿抽口氣，眼眸上下左右一溜轉，心裡有數了——三皇子果然駕臨陸府了。「這事，不是過去了嗎？又翻出來做甚？」

陸度不置可否，低聲道：「其實一直沒揭過去。鹿姐，妳說得對，這事，我們府裡算是被拿住把柄了。」

陸鹿明白。「大哥，方才你說傳言有一定的道理，是不是表明某個人物果真來到了益城？」

陸度臉色難得凝重。「別瞎猜。」

「我不是瞎猜，我是認真分析過的。大哥，你聽聽我猜的對不對？」陸鹿也壓低嗓門，道：「是不是三皇子本人駕臨我們府裡，想當面詢問那晚林特使之死，所以今晚會召我去書房問話？」

「啊？」陸度震驚地倒退一步，見鬼的目光瞪著陸鹿。

全中！她怎麼全猜中了？這個妹妹還真不簡單！她真的是從小養在鄉莊？她真的是天生這麼聰明，能做到舉一反三，融會貫通的就把真相分析出來了？

「鹿姐，妳、為什麼會這麼猜？」陸度艱難反問。

陸鹿狡黠擠眼，豎起手指。「第一，最近府裡事多，大哥忽然得閒親自過來竹園，應該是來隱晦提醒我的吧？第二，城裡傳得沸沸揚揚的流言，最離奇那個版本牽扯到三皇子，絕對是無風不起浪，說明他本人可能光臨益城。第三，晚間讓我到外書房，並且跟林特使有關，綜合來看，我就猜是三皇子想見見林特使臨死之前見到的最後一人，可能想知道一些細節方面的事。」

三根手指豎起，陸度眼睛也瞪得更圓了，定定瞅她好久。半晌，才幽幽嘆息。「鹿姐，可惜妳不是男子！」

「嘿嘿，那倒是。我要是男子，肯定幹一番轟轟烈烈的大事，絕不蝸居這小小竹園。」陸鹿大言不慚地自誇。

陸度哭笑不得，道：「真不知妳在鄉莊學了些什麼。不過，鹿姐，我要稍微糾正一下，我今天來竹園，並非是來隱晦提醒妳，而是好奇來盤問妳的。」

「噢？」陸鹿眼珠又靈活的轉開了，伸手撚塊點心入口，恍然。「有關段世子的？」

這、這也太聰明過頭了吧？明明他什麼也沒說，一點提示都沒有，怎麼就答對呢？難道，陸鹿養在鄉莊得遇奇人異士傳授了讀心術？

看陸度那驚詫過度的神色，陸鹿就知道又猜中了，心裡也暗暗給自己豎了根大拇指。

「鹿姐，我實在不知道原來妳如此聰慧！」陸度抹額，不得不佩服。

陸鹿笑著撇嘴。「這有什麼難猜的？當天寶安寺那麼多人，人多必然嘴雜。段世子的一舉一動都盡在關注中，偏巧我又走了好運，得他說了幾句話，自然會有流言蜚語傳開。」

陸度搖頭嘆道：「幸好關於妳的事都掩蓋在寶安寺變故的流言之中，不然呀……」

陸鹿無所謂聳肩。「沒事，反正咱們府裡老爺、太太喜聞樂見。」

「這，未必。」陸度低頭無聲笑。「先前倒是喜聞樂見，能攀上段府，就能倒向二皇子派，如今嘛……」如今三皇子光臨，只怕要斷了他們投向二皇子派的決心。

自然，陸鹿與段勉的糾纏就不再是喜聞樂見，只怕是燙手山芋了。這一點，陸鹿稍微一梳理前因後果，也想通了，不過沒放在心裡。

她笑吟吟催促。「好啦，大哥，你今日特地跑來，準備盤問我什麼來著？妹妹我一定有問必答，絕不敷衍了事。」

「段世子送了妳一只西寧侯府專用手爐，為什麼？」陸度定了定神，開始盤問。

「是贈送了一只，原因不明。」

「他只允許妳出寺，還在山門近距離觀察和國人？」

「呃，算是吧。」

「原因呢？千萬別說是妳口才特別好或者人品好之類的託詞。」堵死狡辯的路。

「因為我機緣巧合之下，恰能識破和國人的奸計。」

「什麼樣的機緣？」

「天機，就不可洩漏。」

聽到這裡，陸度拉下眉沿，無語看著對答如流的陸鹿。

「嘿嘿，大哥，不會大刑侍候吧？」陸鹿還嬉皮笑臉的調侃。

「鹿姐，外面都傳得沸沸揚揚了！」

陸鹿也很無奈，攤手聳肩。「謠言止於智者。」

「但這不是謠言。眾目睽睽，段世子唯一不拒絕妳靠近他，說明什麼？」

「說明他其實不是厭女症，他只不過討厭矯揉做作的發嗲女，而我恰好一樣沒沾上，所以，得了點青睞，僅止而已。」

陸度伸手忍不住彈了她一個爆栗子。

「哎喲，痛。」陸鹿抱頭呼疼。

「妳這丫頭，滿嘴沒一句是真話。」

陸鹿揉揉腦門，陪笑。「請大哥挑明，哪句不是真的？我改。」

陸度卻斂起神色，擔憂道：「鹿姐，現在不是開玩笑的時候。妳可知，段家與二皇子可是拴在一起的。」

「我知道啊。」

「所以，妳要穩住。」

陸鹿詫異地看一眼陸度，忽然綻顏笑。「大哥，放心吧，我一向很穩妥，絕對不會給咱們府裡扯後腿。」

「鹿姐，實在是……最近發生的事都太過出乎意料，我們也不曉得三皇子特使會暴斃府裡。」他揪揪頭髮，艱難道：「現在真是騎虎難下了。」

「大哥，不用管我。怎麼做對府裡利益最大，就怎麼做吧。」陸鹿還好心安慰道：「我從來沒對段世子抱有非分之想，真的。從來沒有。」

「當真？」

陸鹿只好舉手發誓。「頭上三尺有神明，我對神明發誓，從來沒有起過別的心思。外頭的謠言咱們府裡該出手管束一下了，我的名聲毀了是小事，只怕牽連府裡的立場。」

陸度愣了好久，眼珠子都不會動了。還是陸鹿拿手在他眼前晃了兩晃，笑咪咪問：「大哥哥，你被施了定身咒嗎？」

「鹿姐，妳這是真心話？」

「當然嘍。所以為了不得罪三皇子，外頭關於我跟段世子的謠言請府裡馬上派人去處理得好，不然呀……嗯，越到後頭，越不受控制，只怕後果嚴重。」

陸度輕吐口氣，但神色又添憂慮。「可是，段世子那樣對妳……」

「沒事啦，他間歇性發作而已，不要把他舉動當回事就好。」陸鹿很無所謂。

間歇性發作是什麼新詞？陸度沒聽過。陸鹿也沒解釋，而是扯開話題反問他。「大哥，嬸嬸有沒有在賞菊會幫你相中一位嫂子？」

她臉皮厚就這麼問出來，可陸度面皮薄，耳根一下都紅了。

「小姑娘家家的，少打聽這些。」陸度撣撣衣襟，沈聲道：「沒事，我先回去了。」

「大哥，別急著走嘛。我並不是單純好奇打聽，有一位小姐我很喜歡，若是能當我大嫂，多好！」

陸度腳步一滯。陸鹿也不賣關子了，曉得他這是給自己開口的機會，馬上湊過去低聲道：「程家小姐，閨名宜。人品好，能力強，又會做生意，且不市儈，還長得漂亮，這家世也跟咱們相當，大哥，不要錯過哦。」

「妳這丫頭……都說些什麼亂七八糟的。」陸度白她一眼，拂袖離開。

「切，沒眼光！」陸鹿也不知道他到底聽進去沒有，反正程宜要是嫁進陸府，她就多一個伴了。

程宜？陸度沒什麼印象。他只知道益城程家的菊花種得好，至於程家子女，男的不走街鬥狗、尋花問柳，女的也沒閒著當深閨小姐，而是跟著長輩學種菊花。

程家從上到下都很低調，在益城商圈交際應酬中也不怎麼露面。陸度因為一面讀書一面跟著伯父管理商號，跟程家的幾位子侄輩見過幾面，感覺還不錯。待人接物方面溫良有禮，不像生意人，倒像是讀書人家出來的。

按理說，程府這麼有名，也不缺錢，家中有適齡女子，上門提親的應該不少。畢竟益城書香門弟並不會排斥迎娶一位商女，只要陪嫁豐厚，並不在乎門第高低，但程家卻有自知之明，不願高攀。益城商戶倒是跟程家門當戶對，偏程家又放話，非得家中姑娘相看一番，滿意才肯做親，讓好些商戶嘲笑程家。

「設高門檻，是想招婿吧？怕豐富嫁妝便宜了別人家吧？」

「沒聽說過結親要女方相看滿意的！公主心，丫頭命！」

「啐，也不怕他程家姑娘成了嫁不出去的老姑娘？」

因為這些流言一傳十、十傳百，越傳越離譜，害得程家如今雖有好幾位適齡姑娘，卻沒有媒人上門提親。之後陸度把這些打聽清楚，對程家好感度立即提升。讓自家姑娘親自相看滿意，沒什麼問題呀，要共度一生的人，小心謹慎點沒錯。所以他找了個機會，把自己的意思先隱晦的透露給陸翊。

陸翊覺察出來，找個機會向石氏提了一嘴。正為庶長子婚事焦頭爛額的石氏一聽程家，先是怔了怔，而後有點意外，不過沒多說什麼，就派人調查去了。調查結果很令石氏滿意，便又著手安排兩家接洽。

楊氏對此頗為頭疼。楊明珠最近串門次數頻繁，而且娘家也派老婆子透出口風，有意親上加親把楊明珠許給陸度，希望楊氏在陸二老爺耳邊吹吹枕邊風。但楊氏知道石氏的意思，十分左右為難。

之後陸度聽到內宅傳的消息，倒是一身輕鬆，不過這些都是後話。

陸鹿送走陸度，慢騰騰的返回屋裡，思忖著今晚可能會直面尊貴又神秘莫測的三皇子，便開始挑衣服，準備精心裝扮。衛嬤嬤、春草一干人等沒收到消息，不明白她的舉動，一通好勸。勸到後面，陸鹿心思又轉到反面去了。

打扮得太好，似乎不是什麼好事？萬一讓皇子看中呢？雖然她未成年，也不到美豔傾城，架不住三皇子想換口味，嘗嘗鄉里野味呢？保險起見，還是穿半新不舊的襖子去，妝容也不用上，就素顏就好，舉止也不用多文雅，粗魯點好……但這樣會不會顯得太怠慢失禮，惹得貴客不高興呢？這道選擇題好難啊！

衛嬤嬤和春草還在耳邊聒噪勸說，靈機一動的陸鹿摸出一枚銅板開始拋正反面選擇了。

薄夜，掌燈時分。陸鹿並不輕鬆，想到今晚要見大人物，又忐忑又期待。

在她既定印象中，皇子應該都不會太醜吧？尤其是古代皇子，就算皇上長得醜些，但那些生母們都是經過精挑細選的美人們，多少會遺傳美貌。會不會就像書裡描寫的玉樹臨風、天生貴氣呢？

掐指算了算，當今皇上四十出頭，那皇子們也大多在二十之內，都還很年輕。這個三皇子……嗯，聽說，是位貴妃所生。

陸鹿忽然在長廊之下站定思索起來，她只知道當今國姓為上官，當今皇上正壯年，皇后曾有一子，早夭，現有一女，愛如珍寶。其餘五位皇子，為不同生母所出，公主好像更多……

唉！線索太少，前世又不聞世事，能回憶起來的消息也不多，實在不好把握齊國走勢。誰知道會不會因為她的重生，二皇子最後未必登位呢？陸鹿決定，還是儘量不要攪進朝堂之爭，跑路為上策！

「大姊姊。」廊另一頭傳來道清脆的嬌音。

陸鹿轉頭，皺眉。見陸明容兩姊妹滿面通紅的趕上前來，笑得不懷好意。

「有什麼事嗎？」

陸明妍年小，歡跑上前，笑咪咪挽著她胳膊。「大姊姊，這裡離我們明園近，不如去坐坐吧？」

「不去。」陸鹿面無表情。

「大姊姊……」陸明妍扁扁嘴，委屈可憐道：「妳回府都還沒去過我們院裡的，就當給妹妹一個面子吧？」

「不給。」陸鹿把自己胳膊抽回來，雙手攏袖，不耐煩道：「妳少來這套。」

「嗚嗚……大姊姊，妳太過分了！」陸明妍抹眼淚了。

陸明容一面安撫明妍，一面向陸鹿不客氣道：「妳怎麼這樣呀？我是得罪妳了，四妹妹可有得罪妳？長姊就該有長姊的風度，妳這樣……」

「我這樣是真性情。」陸鹿冷冷道：「妳這個專業坑嫡姊的庶女，打不死的小強，是不是記憶不好？忘了從寶安寺回來，我說過的話了？」

陸明容神色大怔，不由後退一步。

「還有妳！」陸鹿手指著假意抹淚的陸明妍。「演技浮誇、表情做作，明眼人一看就知道滿嘴謊話、不安好心。想誆我去明園，好施下三濫手段是吧？妳還嫩點。」

「妳?!」陸明妍倒吸口氣，錯愕地盯著她。

夜色下，陸鹿神情一改往日的吊兒郎當，冷肅而疏離，眼神尤其寒冰似的，震得兩人說不出話。陸鹿分別指責一通後，向天吐口氣，掉頭就走。「晦氣！」

「妳、妳站住！」陸明容氣不過，跳腳大嚷。

陸鹿果然站住，並且轉身往回走。她走回，陸明容卻倒退，面色驚慌。

陸鹿嘴角浮現一絲殘忍的笑，道：「這幾天實在沒空。等過幾天閒了，我再陪妳們玩，我玩死妳們！等著喔～～」言罷，掉頭大步而去。

留下陸明容兩姊妹在風中凌亂，目瞪口呆！

這個粗鄙的鄉下村姑，她怎麼敢這麼堂而皇之地放狠話威脅庶妹？

梳妝鏡前，陸鹿扭來扭去試圖看清全身照。蔥白小襖，搭一條半新淺綠撒花裙，繫著淺青色腰帶，腳踏赫色軟靴，外面罩件紅色帶兜帽斗篷，頭上只簪兩根碧綠鑲珠釵子，映襯得大方樸素。

衛嬤嬤一面幫著整理衣襟，一面碎碎念叨。「這黑燈瞎火的，到底什麼事？」

「嬤嬤快別唸了，外頭婆子還等著呢！」春草皺起眉頭小聲說。「是老爺派人來請，想必是急事吧？」

衛嬤嬤一時改不了，繼續小聲念叨。「只怕不是好事！」

「行了。」陸鹿在鏡前照完後，滿意笑了，擺手道：「春草跟我去。留下值夜的，其他人先歇了吧。」

「這如何使得？」衛嬤嬤不高興。「哪有主子未回，下人先歇下的理？」

原本是一番好意的陸鹿看著衛嬤嬤古板認真的神色，只好取消這項福利，懶懶道：「隨妳唄。」既然陳習陋規一時半會兒改不了，陸鹿也不強求，反正她意思到了就行。

龐氏那邊的心腹王婆子，親自打著燈籠領陸鹿主僕兩個穿廊過戶，一路默然無語，來到跟外院相接的帶鎖圓門前。

王婆子摸出鑰匙開了鎖，低聲道：「大姑娘，妳請。老奴在這邊候著。」

「辛苦王嬤嬤了。」陸鹿也知道府裡入夜後會把通往內宅的門都鎖上。有事要出去，得先回稟過龐氏才允許開。

像這種臨時晚上開鎖的差事，原來一向是龐氏的四個大丫頭輪值分內事，她沒想到今晚派來的會是王嬤嬤。這把年紀還得守在寒風裡，也難為她了。

「大姑娘客氣了，這是老奴分內事。」王嬤嬤收起過往的怠慢神色，恭敬又惶恐垂頭。

陸鹿咧嘴笑。「嗯，我就那麼客氣一說，嬤嬤別當真。」

王嬤嬤神情一滯，抬眼望去。夜色秋風下，陸鹿戴著兜帽，只露出一張風吹得通紅的小臉，眼眸俏皮眨了眨。

「呃，姑娘真會開玩笑。」王嬤嬤面露尷尬之色。

兩人這裡低聲說話，門那邊忽然過來兩道人影，其中一人輕聲喚。「鹿姐來了嗎？」

「大哥哥？」陸鹿聽出聲音，驚喜喚。

陸度只帶著隨身小廝侍墨，提著一盞燈，引著陸鹿向外院去。

「大哥，這不是去爹爹外書房的路吧？」雖然是黑夜，陸鹿依稀認得這條路有些陌生。

「去文秀館。」

文秀館是陸靖府上招待貴客的地方，平常不輕易啟用。陸鹿了然，攏攏斗篷，小聲打聽。「大哥，是真人來了還是派特使？」

陸度沈聲。「是本尊。」

「哎，透露一下，是什麼樣的人，我好心裡有數？」陸鹿伸手捅捅他，興奮追問。

陸度盯著腳下黯淡的燈影，小聲。「鹿姐，不要怕。貴人也是人，只要別添油加醋，不會為難妳一個小姑娘的。」

「哦，知道了。」

她哪裡是怕，是內心的程竹在期待好吧？就要見到活生生皇室成員了，還是年輕皇子。哇哦，這是女主角待遇呀！不小心就勾搭——不對，是不小心就遇見某位皇子，然後展開一段糾結纏綿追求一生一世一雙人的苦戀，光想想就激動！當然，陸鹿也只是無聊意淫一番，她的跑路計劃依然不變。

文秀館是一座獨立的二層小樓，被古樹花叢環繞。突然，傳來一陣「沙沙」秋風拂樹梢的聲音，陸鹿卻耳朵一豎，詫異的悄悄抬眸。低矮路燈照不到高大的樹梢，只見漆黑一片，但她好像看到有屬於冷兵器的白光一閃，心裡馬上明白：樹上有暗衛！

陸鹿又攏攏斗篷，牽著陸度的袖口，再也不敢東張西望、行為異常了。

粗略估算了下，從大門到文秀館這五十到一百公尺之間，館前臺階下，分別排列著數名剽悍魁梧的佩刀男子。

陸氏兄妹站定，裡頭迎出一位娘氣中年男，打量一眼陸度，又看一眼陸鹿，慢條斯理開口。「這位，就是陸大小姐？」

「是，王公公。」

「進來吧。」他瞄著大氣不敢出的陸鹿，與看過的畫像核對了一下。

「謝謝公公。」陸鹿乖巧應。

文秀館一樓廳堂，明亮如晝。這裡，護衛更多，樓梯口把守嚴實，而陸靖和陸翊安靜等著一聲不出，意外的是陸應兩兄弟和陸康也都在。

「見過爹爹、二叔。」陸鹿斂襟施禮。

陸靖看一眼王公公，擺手，冷靜囑咐。「小心行事，千萬不可衝撞了貴人。」

「是，爹爹。」陸鹿乖巧地垂頭應道。

「陸大小姐，這邊請。」王公公手一擺，指向樓梯。

陸鹿移步跟上，側頭偷瞄陸家人，沒有誰跟上來，都神色凝重的注視著她。

眼神裡傳遞的潛臺詞估計是這樣的：千萬要沈住氣，不要舉止失態，不要露怯，不要胡說八道，不要把鄉野那套粗蠻作風使出來，不要搞砸呀！陸府的命運就懸在這一線了！

不至於吧……陸鹿接收到父兄叔弟們的眼神信號後，收回視線，心裡還是滿不在乎。她就是來交代當晚發生的事，陸府命運是取決你們這些大老爺是否站對了邊。

王公公斜瞄一眼若有所思的陸鹿，發現對方並沒有一點慌亂，鎮定得出奇。跟密報裡一樣：出身商家、生母早亡、成長鄉間、個性粗野、脾氣古怪、舉止無禮、膽大包天……不過，想想也對，若沒有如此膽量，哪敢大晚上暗助林特使，並且見證他的死亡？

「請。」王公公前頭開路，率先上樓。

「公公請。」陸鹿表面上客客氣氣的，嘴角卻不由上揚。終於要見到傳聞中的三皇子啦！撒花！

二樓正廳前又是兩名壯實的護衛守著。王公公低聲稟告。「殿下，陸大小姐帶到。」

門內低低傳出一聲「嗯」，雕花格門從裡打開，撲面一股淺淺的龍涎香味。

陸鹿跟著抬步跨門檻，不由感慨——這鋪滿了整間屋的地毯，色澤鮮亮、花紋繁複，但瞧著並不眼花，踩在上面，一點聲音都沒有，軟軟的又厚實，彈性還滿好，一看就很昂貴啊！

屋裡擺設清雅為主，桌椅榻几搭配得當，顯得開闊但又不空蕩。薰香的同時還燃著銅盆，上好的銀絲炭，無煙無味。嘖嘖嘖……陸鹿內心暗暗咋舌，這屋可真是奢華中透著低調。只怕陸靖花了不少心思在上面，專門用來接待一品官員以上的貴客吧？

「咳。」王公公見陸鹿雙眼偷瞄，竟然走神了，看在陸靖私下裡塞銀子的面子上，輕咳了下。

陸鹿立即一個激靈，回神了。她先朝王公公感激笑笑，然後注意力就被斜倚榻上的一名年輕男子吸引。

年紀不過雙十，身著淺色斜領長袍，束著髮，白面玉冠，眉形似劍，目似寒星，嘴角微撇，勾出絲鄙夷的淺笑，修長白皙的手裡把玩著一對碧綠球。

「大膽！見了殿下還不跪下?!」榻旁另外侍著名年輕內侍，衝陸鹿豎眉。

「民女陸鹿拜見殿下。」陸鹿忙收回視線，恭敬的行禮。

停頓了幾秒，對面才傳來道懶懶的低沈聲音。「免禮。」

「謝殿下。」陸鹿垂眸，自覺的退避一旁候著。

沒想到這三殿下長這模樣？果然帥氣！不過，好像帶絲邪氣？不大像正人君子，難怪前一世他會敗給二皇子，就這長相，不能得群臣之心吧？妥妥奸滑相！

陸鹿正在心裡給三皇子打分數，耳邊聽到王公公問：「陸大小姐，妳把當晚所見所聞，細細說給殿下聽，不許隱瞞，不許添加，明白嗎？」

「民女明白。」陸鹿向著三皇子微微側身，低眉垂目看著地毯開口。「回殿下，當晚情形是這樣的……」

# 第四十章

樓下。陸翊踱著步搓著手，看一眼樓上，又看一眼樓梯守衛，小聲嘀咕。「鹿姐能應付嗎？會不會失禮？這萬一衝撞了殿下……」哎喲，後果不敢想像，尤其是他們這種富商。

陸度笑著安撫。「爹，沒事，您老先坐下吧。」

陸翊微欠身，不樂觀地輕聲道：「大哥，凶多吉少啊。這都小半個時辰了，樓上一點動靜沒有。」

陸靖被他說得心煩意亂，不客氣地斥責他。「你懂什麼？沒動靜就表示沒事，一切順利。」

「……殿下，以上就是民女當晚所見所聞，絕無欺瞞添加，請殿下明鑑。」長篇大論後，陸鹿圓滿收尾。

靜默小片刻，陸鹿感覺得出一道審視的目光一直在身上打轉，強自鎮定地等著。

「好膽色！」三皇子意外地拍拍手，眼神仍冷厲如刀地投向陸鹿。「這麼說，他臨死時，妳一直陪在身邊？」

「是，殿下。民女來不及搬救兵，因為當時強盜正好從牆頭掠過。等確信無人，林公子卻已經……」

話還未說完，一道高大的人影瞬間就來到陸鹿面前，命令道：「抬起頭來。」

陸鹿心頭一跳，迷糊不解的遵命，稍稍仰頭抬眸，眸光與三皇子審視的眼光一觸，趕緊驚慌地垂眼。

她知道有些皇室貴人們覺得自個兒容貌天生帶著長命特徵，生怕被人多看了去會短壽似的，尤其是賤民們的眼光，是不能直視高高在上的貴人們的。

「本王最後問妳一句。」

「殿下請講，民女必定知無不言。」陸鹿乖巧地回答。

「他臨死之前，有沒有提到櫃子、鎖、密碼之類的？」

陸鹿心裡一驚，保持神色不變，故意想了想，堅定搖頭。「回殿下，沒有。」

「好好想想。欺上之罪，別說妳，整個陸府都擔不起。」

陸鹿皺起眉頭，又認真的使勁想了想，神情堅定。「殿下，確實沒有。當時，林公子已是出氣多、進氣少，話都說不索利了，哪還會交代什麼櫃呀、鎖的。」

「放肆！」王公公和另外的小內侍臉色劇變。這吃了豹子膽吧？殿下的話敢駁回質疑？這時候要不要下跪求饒呀？陸鹿猶豫了下，就這麼轉念，頭頂卻聽見淺淺淡笑。「果然是鄉間放養長大，無知，便無畏！」

「謝殿下。」陸鹿這回有眼力了，立即磕頭謝過。多虧鄉莊長大這道護身符呀，不然，就方才她那麼口沒遮攔，說不定就來一道莫須有的罪名扣下，讓她吃不了兜著走呢！

「起來吧。」三皇子意興闌珊地擺擺手，重新歪坐榻上。

陸鹿小心起身，眼珠子轉轉。該放我回去了吧？沒我事了吧？以後再也不意淫皇子了！氣場完全不對盤，縱然再好看，也要離得遠遠的。

「賜坐。」短短兩字，不但陸鹿愣了，王公公也怔了怔。

搞什麼呀？還要坐下來？大哥，咱們不熟吧？促膝長談也要挑對人好吧？咱們生長環境背景什麼都不同，見識方面完全不在同個層面上，怎麼交流呀？

陸鹿傻愣愣的看著小內侍搬來一張矮墩放在榻下。

王公伸手推推她，再次提醒。「快謝恩。」

「謝殿下賜坐。」陸鹿說得有氣無力。

三皇子斜倚榻几，挑眉看她挨著墩坐下，面上表情似乎快哭了，不由失笑調侃。「怎麼，不高興？」

「沒、沒有。」陸鹿忙搖頭，站起來。

「坐吧，我還有些事想當面求證妳。」

「哦？殿下請問。」陸鹿納悶的直攢眉。

摸摸下巴，三皇子若有所思，開口直奔主題。「聽說，西寧侯世子當著許多人的面，抱過妳？」

「轟隆隆～～」陸鹿好像聽到頭頂有天雷滾滾。怎麼辦？怎麼回？這時候是認真辯白打消殿下疑慮，還是裝出嬌羞難為情的小家碧玉模樣？線上等，挺急的！

陸鹿垂頭，眼珠子快速轉動，權衡得失，周全利弊，計算後果……

咳！又是王公公輕咳一聲。

三皇子似笑非笑地瞅一眼王公公，懶懶問：「王公公，你嗓子不舒服嗎？從進屋就一直咳，是不是要找個大夫好生瞧瞧。」

王公公老臉瞬間變色，撲通一聲跪下，磕頭道：「殿下恕罪，老奴的確喉頭略癢，衝撞殿下，老奴該死！」

「起吧。」三皇子沒打算計較下去，只說了一句似是而非的話。「這陸大老爺出手倒闊綽。」

「殿下饒命！」王公公臉色更是煞白，哪裡敢起身。

三皇子擺擺手，目光轉向一臉懵怔的陸鹿上，淡淡笑問：「怎麼？陸大姑娘不記得了？」

陸鹿忙起身，垂手低眼回。「回殿下話，是有這麼一回事，不過當時……」

她還想解釋一下當時的背景，不料，三皇子打斷她，又問：「寶安寺再遇，段世子又贈妳一只段府專用的手爐？」

陸鹿睜圓了眼。消息這麼靈通？他是在各府都埋下眼線嗎？還是女的眼線！

但事實他都清楚了，她也只能回應。「是。」

三皇子盯著她坦然的表情，微微一笑，也不再說話，只是一直這麼盯著。

盯得陸鹿心裡直發毛，這算什麼意思呀？大哥，不對，殿下你別這麼以氣場壓人行不行？人家好歹只是十四歲小姑娘，禁不起嚇！

「唔，這麼說，段、陸兩家將結成姻親？」三皇子輕語一句。
陸鹿悄悄抬眉沿，看一眼榻上人，扯扯嘴角小聲道：「未必。」
「哦，妳有話說？」三皇子聽到了，隨口問。
陸鹿此時也顧不得裝腔作勢了，苦笑道：「段世子是有名的厭女症，他不會輕易改變自己喜好的。殿下，其實段世子抱我是因為救人，並無他意。」
「嗯，那手爐呢？」
「呃，這個，他是同情心氾濫吧？因為當時民女被凍得瑟瑟發抖，段世子可能一時起了憐憫之心，事後想起贈送手爐祛寒吧？」陸鹿艱難的扯完，自己都覺得編得不大圓滿。
三皇子嗤笑一聲，語氣轉冷。「段勉會同情心氾濫？對一個從水裡撈起來的女人起憐憫心？」他瞄一眼陸鹿，搖頭笑。「會這麼認為，妳確實不大瞭解他。」
「是，殿下說得對。民女跟段世子完全不熟，怎麼會瞭解他呢？」陸鹿馬上順竿爬。
三皇子坐直身體，招手讓她坐下。「妳把寶安寺發生的所見所聞，再細細說一遍。」
這位皇子，你該不會是來聽書的吧？陸鹿摸不清他葫蘆裡賣的什麼藥，忐忑了下，眉尖皺了皺道：「是，殿下。當天是這樣的，我們一行人棄馬車轉轎入了山門……」
她當然不敢講自己怎麼竄到山門出主意的事，專門挑寺裡一幫女人的內鬥，說得天花亂墜，掐頭去尾，整個就是一群女人吃飽撐著閒得無聊嚼舌生是非的劇情。
原以為三皇子會不愛聽這些家長裡短的女人是非，誰知他不但沒打斷，反而聽得津津有味，更索性手肘撐榻几，頻頻點頭，擺出聽到底的姿態。

陸鹿當然就越講越有些混亂，畢竟她被奸細挾持，後面又扯進了段勉。這段要跳過，必須找點別的話題插進去才不突兀。哎喲，累死她了！

「哦，顧家小姐這麼愛挑事？還專門針對妳？」三皇子很快就揀出重點詢問。

陸鹿為難的扯扯嘴角，苦笑。「民女愚鈍不知。」

「嗯，膽色不錯，口才不錯……」三皇子若有所思地盯著她開口。

陸鹿一愣，這是誇她嗎？要不要謝恩？這些繁文縟節真是煩死人！

「民女謝殿下誇讚。」陸鹿心裡在翻白眼，還是恭敬的起身謝恩。

靜默了幾秒，三皇子忽然說了一聲。「賞！」

「啊？」陸鹿脫口驚呼。

王公公臉色已恢復過來，聽聞殿下這麼說，忙向陸鹿小聲吩咐。「還不快謝殿下賞賜之恩。」

「哦。」又得跪下，膝蓋吃苦嘍。陸鹿乖乖磕頭謝恩。「多謝殿下打賞。」不知賞多少錢？千萬不要是綾羅之類的布疋呀！

「賞文房四寶一對，新出書冊一套並白銀千兩。」三皇子報名賞賜。

什麼？陸鹿一聽前頭文房四寶和書冊就表情一變，直聽到還有白銀千兩，就面轉喜色，笑咪咪再次謝過恩賜。

她想得美好，現實卻打擊她了。這些賞賜並不是直接交到她手裡，而是小內侍領命後交由陸府長輩，然後陸府當家人謝恩，恭敬地收好。當然，白銀充公，文房四寶供起來，京城新出書冊，這倒可以給陸鹿本人。

令人提心吊膽的面見皇室成員之行，終於有驚無險的度過。趁夜還黑，與春草急急回轉竹園。

「什麼也別問，我想一個人靜靜。」陸鹿擺手，制止衛嬤嬤盤問。

小青笑回。「姑娘，熱水已備下了。」

「有勞了。春草、夏紋留下，妳們都去歇了吧。」

「是，姑娘。」

由春草和夏紋服侍著泡了會澡，陸鹿熱氣騰騰的撲在床上，長長鬆口氣，仰面自語。

「也不知是吉是凶，看來，跑路要提前了！」

「什麼跑路？」春草正要去移床前的燈。

「沒事。妳們也歇息去。春草，尤其是妳，辛苦了。明日放妳一天假。」

春草抿嘴笑。「奴婢不累，倒是姑娘妳……」

「噓！」陸鹿忙制止，嚴肅叮囑。「春草，妳口風嚴點。今晚所見所聞，妳給我統統忘了，否則後果別說妳，我也擔不起。」

春草忙咬下自己舌頭，嚇得臉色青了，急忙應。「是，奴婢錯了。」

「去吧。」陸鹿悶悶，不想多開口。

隨著燈移出，屋裡陷入黑暗，窗外月色清冷。陸鹿擁被沈思。這三皇子到底什麼意思呀？總把人往陰暗面猜想的陸鹿開始了她的胡思亂想。

為色？劃掉！別說現在的陸鹿只是個未完全長開的小姑娘，就是真的長大成人變大美女，只怕三皇子也不稀罕吧？他皇子之身，可不是底層窮魯蛇，見過的美女加起來可以繞齊國五圈了吧？

為財？劃掉！富商們錢財雖然多，但怎麼能比得上皇室成員呢？就算現在天下還在皇帝老兒手上，可三皇子府裡難道還缺幾個錢？

為膽？劃掉！她陸鹿雖然表現可圈可點，沒有失禮失態，鎮定自若，對答也算勉強過關。但這份見皇子不怯場的膽量……呃？難道皇子沒見過有膽色的小姑娘？

陸鹿琢磨了下，鎖緊眉頭暫時把腦海清空，重新捋了一遍。靈光的火花一閃，她低呼出聲。「啊，怎麼把這傢伙忘了？」段勉啊！

「這怎麼辦？」陸鹿心慌了慌。

有三皇子這塊招牌杵著，陸府肯定不會再肖想著把她嫁進段府，但是……會不會把她轉嫁給三皇子派別的其他官家呢？如果三皇子為了鞏固同盟，硬要保媒呢？陸靖肯定會樂意吧？

她陸鹿的命運，只要身在陸府一天，就由不得她掌握在手裡！

翌日，天氣陰沈，秋風頗勁。陸鹿慢條斯理吃著早餐，琢磨著怎麼小懷還沒回個信息呢？是不是要讓小青去催催？

正這麼想著，小青悄悄進來，低聲報。「姑娘，小懷哥來了。」

「叫他進來。去偏廳等著。」

「是。」小青趕緊去園子外頭把小懷領進偏廳。

陸鹿匆匆忙忙漱口後，趕過來。小懷施禮見過。

「怎麼樣？人找著沒？」陸鹿沒時間繞彎子，直接詢問。

小懷忙答。「回姑娘，見著了。」

「那，有沒有按照我教你的說？」

「有。」小懷正色低頭回。「孟大哥說，已經在練習了，日常開銷也足夠，還有什麼事，姑娘但請吩咐。」

陸鹿呼口氣，總算有件舒心的好消息了。廳裡只有春草和夏紋，她也就坦率說：「不錯，小懷。辦事越發俐落了。對了，以後每兩天你去他們那裡瞧著點，有什麼事及時向我報告，短缺了什麼，只管回來要。」

「是。」

「還有，你催促他們勤快點，我這有急事只怕要提前。」

小懷眼角一跳，為難地點頭。「明白了。」

「我知道你機靈，但這件事，你給我守口如瓶。」

「小的一定守口如瓶，絕對不會給姑娘辦錯事。」

陸鹿總算有些欣慰，計劃終於上正軌了！不過，毛賊四人的品行到底可不可靠，還有待觀察才能最終放下心防。當然，小懷機靈歸機靈，也不能什麼事都讓他去辦，省得到時自個兒的把柄全讓他拽在手裡留有後患。嗯，得找機會溜出府近距離考察一下毛賊四人組才行。

又嘉勉小懷幾句，囑咐了幾句，看看時辰不早了，讓春草又賞他一些銀子，陸鹿急急趕去龐氏屋裡請早安。

龐氏屋裡燃起了火盆，加上一屋的人，女人為主，脂粉香味跟薰香混合在一起，令邁步進來的陸鹿鼻子一癢，打個噴嚏。

「咦？大姑娘這風寒還沒好嗎？」朱氏驚訝地抬眼問。

陸鹿向她咧咧嘴，盈盈小碎步上前請龐氏安。

龐氏眼圈黑著，面無表情。「可是風寒加重了？一會兒讓婆子另外請個大夫瞧瞧。」

「多謝母親，我沒事了。」

陸明容斜眼淡淡說：「咦，沒事那就能去學堂了吧？大姊姊可落下不少功課了。」

陸鹿嘴角抽了抽。她才不想去學堂呢！冷得要死，還要對著這幫居心不良的同學們。

「嗯，容姐說得對。」龐氏向陸鹿和氣道：「今兒起，照常上學堂去吧。哦，對了，這裡有新出的書冊。多順。」

「是，太太。」多順笑吟吟應聲，手裡托盤捧著幾本嶄新的書冊，向龐氏點頭，又走向陸鹿道：「大姑娘，這是京城新出的書冊，請收好。」

陸鹿抽口冷氣。這是昨晚三皇子的賞賜吧？這麼快就領到手啦？那銀子呢？充公啦？

龐氏也是大清早就被陸靖叫去外書房，磕頭謝恩賜後才知曉昨晚陸鹿表現不錯，還贏得了皇子殿下的賞賜。不過，三皇子低調，這麼件光榮有臉面的事，不能鬧得闔府皆知，有些許遺憾。

看著陸鹿神色由詫異到恍然大悟，龐氏端起手邊茶，抿了口。禮儀方面粗鄙了點，卻不蠢笨，知道這事不能嚷出來，偷著樂吧！

「多謝母親。」陸鹿垮下肩，快快接過。

陸明容頓時感到極大的不服氣。憑什麼呀？她陸鹿是嫡女沒錯，可她不學無術，就她那三天打漁兩天曬網的學習態度，還有那一筆醜字，憑什麼這京城新出的書冊只給她？

「母親，我也想要。」陸明妍仗著年紀小，扯著龐氏撒嬌。

「四妹妹別鬧了。」陸明容上前推一把明妍，笑道：「母親既然是交由大姊姊，咱們的自然也一併暫歸大姊姊保管吧。一會兒回學堂，大姊姊自然會分給咱們。」

這話說得真是讓知情者氣得牙癢癢，卻又無可奈何。龐氏和陸鹿知道這是三皇子賞的，只有一份，其他人沒有的，但屋子裡其他人並不知曉呀，以為就是龐氏偏心，只單給陸鹿京城的新書冊。

而眼下，陸明容也不直接指出龐氏偏心，反而說龐氏也賞下了，但一併賞在陸鹿的那一份裡。

這下，龐氏要否認又不妥，倒給人話柄說她偏心嫡女。可若不否認，難不成一會兒讓陸鹿把三皇子的賜品隨意拆分？

「呀？那大姊姊先保管著。」陸明妍笑嘻嘻地轉向陸鹿調皮眨眼。

「沒妳們的分。」陸鹿懶得敷衍這心眼多的兩姊妹，直截了當拒絕說：「這是我前些日子拜託爹爹從京城特意購買回來，好彌補被落下太多的功課。」

「這、這……」陸明容被反擊個措手不及。

龐氏嘴角下扯，臉色也很不好看，冷眼向陸明容淡淡說：「容姐這見著什麼都要往自己屋裡扒拉的毛病，還沒改好呀？」

「母親息怒。」

易姨娘也慌了，陪笑說：「容姐、妍姐這是在跟大姑娘開玩笑呢！」

「大姊姊託爹爹從京城帶回來的，怎會沒我們的分呢？爹爹是最公正的。」陸明妍天真的反駁。

陸鹿抿著嘴角，皮笑肉不笑的。「可不是，爹爹對妳們兩姊妹可公正啦。不然，我這當大姊姊的怎麼會養在鄉間八、九年呢，對不對呀，四妹妹？可公正、可公平啦！」

這會兒許多人都不住地倒抽冷氣。

陸明妍還想反駁，陸明容猛扯了下她，示意她閉嘴。陸靖要真的公正，就不會把嫡女送鄉莊養，兩個庶女在城裡當千金小姐養。陸明妍這不是明顯給陸鹿找證據嗎？

「喲，四妹妹還一臉不服氣啊？別在母親屋裡撒潑，鬧著了母親，去外書房鬧如何？」陸鹿還涼涼地攛掇著。

「母親，我錯了！」陸明妍審時度勢，立即向龐氏認錯。

龐氏早就對這兩姊妹無時無刻不耍心眼子的個性煩不勝煩，沒好氣地向外喚道：「多貴。」

「在，太太。」

「去，把四姑娘送到外書房跟老爺對質去，省得心裡有怨氣，背地裡怨我偏心。」龐氏翻個白眼。

陸明容和陸明妍大驚，齊齊跪下懇求。「母親息怒，我們錯了，再也不敢了。」

她們跪下，易姨娘是生母，也趕忙跪下低頭道：「太太別生氣。四丫頭年小不懂事，請太太擔待些吧。」

「年小？臉面倒是大得很呀。這屋裡長輩還沒開口，就大呼小叫含沙射影的，我還沒死呢！爛泥還沒扶牆就尾巴翹起來，當自個兒是誰呀？」龐氏拉下臉，出言毫不留情。

陸明妍捂著臉嚶嚶抽泣，伏地不起。「母親，我錯了、我錯了，您罰我吧！」

這話頗嘲諷，易姨娘臉色被說得五顏六色輪一遍，手指暗暗絞著衣角。爛泥？這是罵誰呢？妳這難道不是含沙射影？

龐氏一動怒，屋裡人都站起來垂手聽訓。

「罰你？我怎麼敢呀？免得有那長舌婦又背地裡咒我偏心了。這樣吧，老爺最公正，去外書房求老爺評評理好啦。」龐氏眼神瞧著陸明妍，極為嫌惡。

「母親，不要啊！」陸明容驚慌失措。真要為這點事去吵陸靖，這後果她不敢想像。

陸靖平日是疼她們，可無故惹到當家主母龐氏，再加上方才陸鹿那譏諷的話，未必會保她們姊妹兩個。而且，她也隱約知道府裡想借著陸鹿跟段府攀扯上關係，這節骨眼，絕不會為了陸鹿偏袒她們姊妹兩個。

「母親，求妳不要送我去爹爹那裡。」陸明妍倒沒姊姊想得深遠，她只是憑直覺覺得今日的事是自己冒失了。鬧到陸靖那兒去，吃不了兜著走的肯定是自己！這才後怕起來。

龐氏好久沒發這麼大脾氣了，朱氏等其他妾室也趕緊跪下求情，只有陸鹿手裡攏著手爐，無動於衷地冷眼旁觀。

反正龐氏要立威，要發洩怒火，跟她無關。再說，陸靖忙得腳不沾地，就連陸序、陸應兩兄弟也沒工夫進來請早安，怎麼可能理這些破事呢？龐氏心裡明鏡似的，根本不可能真的把陸明妍送到外書房去添亂。

「大姊姊，我錯了。」陸明妍不曉得哪根筋搭對了，轉向陸鹿求情，哭得可憐巴巴的。

陸鹿苦著臉，矮身道：「四妹妹這是幹麼？」

「求大姊姊去求求母親，我、我以後再也不敢跟大姊姊頂嘴了。」

「乖啦。」陸鹿順手在她臉上拍了拍，卻沒幫她求情。

龐氏端坐身體，很滿意這一屋子跪滿人，個個神色戰戰兢兢的情景，好久沒這麼發過威了，這幫死女人真當她病貓嗎？

「母親，怒易傷肝，消消氣。」陸鹿奉上一盞清茶溫和勸道。

「這府裡好久沒整治，有些人只怕皮癢了。」龐氏接過茶。

「是，母親整治內宅辛苦了。只是，一會兒咱們姊妹仨還要去學堂，瞧這時辰不早了，四妹妹再不收拾下頭面，讓心懷叵測的人瞧見了，只怕背後又好一頓嚼舌，對母親總歸不利。」

「誰嚼舌都給我報上來，瞧瞧舌頭是什麼做的。」龐氏冷笑。

底下人都噤若寒蟬。龐氏最近幾年扮賢良久了，都忘記她當初進門可是化身母老虎好好收拾過陸府內宅的。

陸鹿無話可說，反正臺階給找了，她不願下，沒辦法。攏著手退到一旁，開小差去了。

「行了，都起來吧。」龐氏才不要什麼臺階，她在這府裡一人之下，眾人之上，要反悔需要臺階嗎？不需要！

「謝謝母親。」見沒事了，陸明容兩姊妹喜極而泣，可憐兮兮的。

一群人齊齊起身，靜靜退侍一旁。

「什麼時辰了？」

如意看一眼計漏器，小心回。「辰時兩刻。」

差不多可以上學堂去了！龐氏臉色不豫，輕擺手。「妳們都去吧。」

「是，母親。」陸鹿首先施禮，帶著兩妹妹退出堂屋。

出到廊下，陸鹿就歪著頭盯著陸明妍瞧。

「妳看什麼？」陸明妍低聲羞惱問。

陸鹿落井下石。「看妳眼睛，哎呀，真的掉眼淚，腫成小桃子了。」

「妳……」陸明妍氣得咬唇想打她。

陸明容急忙扯她。「妍兒別鬧。束香、憐琴，扶四妹妹回院子。」

「是，二姑娘。」

陸明妍這狼狽模樣自然不肯去學堂讓人看笑話，忿忿不平瞪一眼陸鹿，乖乖轉回院子裝病去了。

陸鹿挑眉冷笑。倒要看看陸明容這次在學堂要耍什麼手段？嗯，無非就是借著外頭的流言蜚語攻擊取笑她罷了！她，做好大撕一場的準備了！來吧，妳們這幫乳臭未乾的小婊子，姊姊現在有空陪妳們練手了！

陸鹿雄赳赳氣昂昂，大步奔向梨香閣去。

落在後頭的陸明容還有點納悶。怎麼這麼興奮？怎麼興致這麼高？她幾時轉性了？不是最煩去學堂嗎？動不動就請假，就為了逃避學習。

哼！也好。府裡有太太撐腰，治不了妳，且看我到學堂怎麼羞辱妳。

梨香閣，清冷依舊，牆角凋謝一地的雜花。對於陸鹿的到來，唯一表示欣喜的只有陸明姝。「我還說下學去瞧瞧大姊姊呢，沒想到姊姊今日上學來了？」

陸鹿撇下嘴角，無精打采地苦笑。「我也沒想到。」

「大姊姊，妳好像不開心？」

「哪有，我能回到學堂，又將重新遨遊在知識的海洋，不曉得多快樂呢！」陸鹿覺得秋風寒，舌頭閃了閃。

陸明姝聽得一頭黑線。這什麼鬼話？

掃一眼課堂，楊明珠，易建梅和黃宛秋一干人都在，不過，神情都有些蔫蔫的，目光中透出些絕望。陸明容過去跟她們打招呼，只有易建梅張望一眼，躲過陸鹿的眼神，好心的問起陸明妍。

「病了！請假一天。」陸明容笑笑說。「已經向鄧夫子報備過了。」

「哦。」

陸明容奇怪，怎麼氣氛如此沈悶呢？她悄悄指指陸鹿，壓低聲音道：「妳們不會是怕了她吧？」

「才沒有。」黃宛秋翻她一個白眼道：「要怕也是妳先怕。妳吃她的虧最多。」

這話鬧得陸明容面色難看，要不是還需要她幫忙，當場就要翻臉了。「呵呵，說得好像妳們少吃了她虧似的？宛秋呀，我們這裡最該避她的可不是妳嗎？明珠有楊姨娘撐腰，梅姐有我娘護著，妳只不過是周管家姨姪女。小心惹惱了她，她第一個拿妳作筏子。」

「切，我怕她？」黃宛秋家雖沒地位，家境卻算不錯，平日也養得跟個大小姐似的。她的意識中，陸府不過是富商，他們黃家也是做生意的，地位相等，沒有個黃家小姐怕陸府小姐的道理！

「行，有妳這句話就好。」陸明容挑撥成功，轉向面色一直不大好的楊明珠，關切問：「明珠，妳怎麼啦？」

「煩著呢，別跟我說話。」楊明珠不高興地甩一句。

陸明容訕訕的，更奇怪了，遞個眼色給易建梅。趁著離上課還有小半刻鐘，兩人走到角落說悄悄話。「她怎麼啦？妳們誰惹到她啦？」

陸鹿才來學堂，能惹得楊明珠不高興的只有她們這幫女人。

「誰也沒惹她，她今天一來就這副德行。」易建梅撇撇嘴角，不屑道：「我們問了，她不肯說。不過，我倒是聽到一點消息，可能跟她有關。」

「妳說。」

易建梅左右瞧瞧，把聲音壓很低，跟陸明容咬耳朵。「我聽我娘說，陸二老爺府上替度少爺向程家提親去了！」

「什麼？」陸明容驚呼一聲。引得學堂裡其他人側目，陸明容急忙掩嘴，目光陰晴不定，扯扯易建梅，俯耳問：「當真？」

易建梅攤攤手。「我也只是偷聽我娘跟嬸娘說了這麼一句。看明珠這模樣，只怕是真的？」

「程家？哪位姑娘？」

「沒猜錯的話，是程宜吧？」易建梅歪頭報出個名字。

陸明容腦海中搜尋出程宜的模樣，倒是周正，行為舉止也大方得體，做事穩當，年紀小小頗沈穩。家世模樣年紀跟陸度確實般配，只不過……當日賞菊，她就瞧出程宜有討好陸鹿的舉動，不大搭理她們幾個。

「這事，我回頭打聽一下。」陸明容皺起眉頭。

易建梅搖頭。「我們方才找陸三姑娘旁敲側擊過了，她嘴可嚴實了。」

陸明姝？陸明容目光移向正跟陸鹿說話的陸明姝面上。她笑語盈盈的，穿著一襲嬌黃短襖，下身是淺月牙白薄棉裙，襯得嬌美動人！

「哼！她呀，自然是打聽不出來。」

易建梅八卦心起，扯扯她，指指陸鹿問：「聽說，段世子喜歡她？」

「沒有的事。妳聽誰胡說八道？」陸明容惱怒否認。

「外頭流言四起，什麼又是贈送手爐，又是單獨說話……傳得有鼻子有眼的。明容，老爺、太太是不是有意……」

陸明容心煩意亂地擺手。「不可能！八字沒一撇。」

「呼！那我就放心了。」易建梅鬆口氣，撫撫胸。這等好事，怎能便宜了陸鹿這個無禮粗魯沒教養的鄉下丫頭呢！

——未完，待續，請看文創風549《斂財小淘氣》3

2017年7月出版

# 藥堂千金

文創風 538～540

曾經的小小實習醫，如今的藥堂千金女，
在這拿泥鰍治黃疸、拿汞當仙丹的古代，
且看她大顯身手，走南闖北，一藥解千愁！

錦繡燦爛好時光 攜手同行／衛紅綾

她原本是個實習醫生，卻逃不過過勞死的命運，穿越來到大慶國，
如今身分是藥堂之家的千金魏相思，只是有個「小問題」──
都怪她爹娘苦無子嗣，這小千金打從娘胎就被當成「嫡孫」來養，
要是她的性別被拆穿了，他們一家三口怕是要被逐出家門喝西北風！
既然同在一條船上，她只好勉為其難當個小同謀，
左應付一心盼望「嫡孫」成材的祖父；右對抗滿屋難纏的叔嬸，
各位長輩啊，可別看她外表弱不禁風，就掉以輕心了，
她雖然看似好欺負的黃口小兒，骨子裡卻是活了兩世的幹練女子，
根本懶得理會雞毛蒜皮的宅門小事，活出精采的第二人生才是正理，
而她的首要任務就是，努力打拚，在藥堂站穩位置好求勝！

# 斂財小淘氣 2

國家圖書館出版品預行編目資料

斂財小淘氣 / 涼月如眉著. --
初版. -- 臺北市 : 狗屋, 2017.08
冊 ; 公分. --（文創風）
ISBN 978-986-328-757-5（第2冊：平裝）. --

857.7 106009728

著作者 涼月如眉
編輯 林俐君
校對 黃亭蓁 周貝桂
發行所 狗屋出版社有限公司
地址 台北市104中山區龍江路71巷15號1樓
電話 02-2776-5889～0
發行字號 局版台業字845號
法律顧問 蕭雄淋律師
總經銷 知遠文化事業有限公司
電話 02-2664-8800
初版 2017年8月
國際書碼 ISBN-13 978-986-328-757-5

本著作物由起點中文網（www.qidian.com）授權出版

定價250元
狗屋劃撥帳號：19001626
網址：love.doghouse.com.tw E-mail：love@doghouse.com.tw